Du même auteur chez le même éditeur :

Abattage, 2019.

Tout ce qui brûle

COLLECTION DIRIGÉE PAR JOËLLE LOSFELD

Ce livre a été publié avec l'aide du Literature Ireland.

LITERATURE IRELAND
Promoting and Translating Irish Writing

Titre original : *Bright Burning Things*.

ISBN : 978-2-07-294158-0

Lisa Harding

Tout ce qui brûle

Roman

Traduit de l'anglais (Irlande)
par Christel Gaillard-Paris

ÉDITIONS JOËLLE LOSFELD

Un feu éteint la brûlure d'un autre
Un mal est amoindri par la douleur d'un autre.

WILLIAM SHAKESPEARE,
Roméo et Juliette

– ma mère tout entière a surgi à mes yeux
– et m'a fait fondre en larmes !

WILLIAM SHAKESPEARE,
Henry V

1

Elle est là, létale, irrésistible, mon acolyte survoltée, et j'entends cette chanson scélérate, *Impossibly Beautiful*. Le ciel si haut, la lumière si vive, et le sable, un velours chaud sous mes plantes de pieds ; alors arrive une bouffée de bonheur absolu, le sentiment intense d'être connectée à tout ce qui est juste et bon dans ce monde : la main poisseuse de mon fils dans la mienne tandis qu'il regarde le ciel, mon chien trottant à nos côtés, ses poils noirs brillant dans la lumière du soleil.

« Ne regarde pas le soleil en face, mon cœur, ça brûle les yeux.

— Mais, Yaya, toi tu le fais. »

Je me penche pour l'embrasser sur le front, encore et encore, et il éclate de rire et fait semblant de me chahuter. Tandis que nous déambulons le long de Sandymount Strand, nous ressemblons à tous les autres ; chien et enfant, marques de normalité. Pas d'homme, certes, mais ça n'a rien d'inhabituel de nos jours. Tommy me lâche la main et il court en zigzaguant comme s'il était ivre – non, pas ça, oublie –, il part en titubant en direction des vagues, les langues d'écume qui lèchent le sable. « Va Herbie, va surveiller Tommy ! » Le chien bondit à sa suite et tous deux folâtrent au bord de l'eau et je ressens, par vagues successives, des choses délicieuses, mon corps vibre en rythme, le bout de mes doigts électriques, une bouffée de chaleur pulse en moi.

La fièvre monte ; j'enlève mon pantalon, passe mon tee-shirt par-dessus ma tête, et les laisse tomber dans une flaque à mes pieds avant de piquer un sprint pour rejoindre mes garçons – mon Tommy et mon chien. La diablesse me fait signe de la main, m'invitant à entrer dans l'eau miroitante. *Salut, l'Euphorie, espèce de salope à paillettes.* Je suis en soutien-gorge et culotte, mais c'est pas grave, il fait chaud, tous les autres sont en maillot de bain, et mes sous-vêtements peuvent passer pour un bikini, donc tout va bien, tout va bien, tout va bien. Herbie aboie comme un fou. On l'aurait piqué dans la semaine, ont-ils dit, si je n'étais pas allée le chercher à ce moment-là. Qui a sauvé qui ? – cette pensée me vient à l'esprit tandis que je m'immerge dans l'eau, le froid me donne des frissons, en plus des autres frissons du jour, ma tête est sous l'eau, là où c'est soyeux et salé.

Mon corps me paraît vigoureux quand je remonte à la surface, à travers une déferlante, la lumière du soleil réfractée comme autant d'étoiles minuscules, jusqu'à ce que mes poumons brûlent et mon cœur palpite dans ma gorge. Je me mets sur le dos et flotte, en regardant le concentré de lumière sans ciller. Quand je ferme les yeux, un festival de couleurs et de formes explose derrière mes paupières. Oh, Mr Soleil réussit parfaitement son tour de magie ! Je tends le cou pour voir les garçons, mais un inconnu surgit dans le tableau, penché sur Tommy pour lui parler. Une version déformée de la mélodie du bonheur des instants précédents. Maintenant, l'inconnu le prend dans ses bras. Pas bon. Battre l'eau avec des mouvements des pieds et des mains violents et saccadés, un clapotis liquide dans mes oreilles et ma bouche. Dès que j'ai de nouveau pied, je fonce, repoussant la masse d'eau comme si je fendais l'air.

« Tout va bien, mon cœur, tout va bien, je suis là, je suis là », dis-je – tout au moins je pense le dire. Ma voix distordue fait écho dans mes oreilles tandis que j'ouvre grand les bras pour y accueillir mon fils.

« Vous ne devriez vraiment pas laisser un petit bout de chou tout seul comme ça », me dit l'inconnue, une vieille femme étouffant Tommy dans son giron. « Tenez », dit-elle en fouillant dans son sac pour me tendre une serviette. « Où sont vos vêtements ? »

Je n'aime pas l'aura d'autorité de cette femme qui ne lâche toujours pas mon fils. Je tremble de colère et de froid, des taches violettes apparaissent sur mes bras et mes jambes.

« C'est bon, Herbie, dis-je au chien en lui tapotant la tête.

— Oh, cette pauvre bête est à vous ? Je pensais que c'était un chien errant. »

La voix de cette femme résonne comme un essaim, mordant et noir, ailé. Des parasites surgissent dans ma tête et je dois la secouer pour m'en débarrasser.

« Ça va, ma chère ? » Les mots tombent de la bouche de cette femme et me piquent.

« Merde alors ! Oui, ça va. D'accord ? Tout va bien, putain. C'est bon, rendez-moi mon fils, et on dégage. »

Elle serre Tommy dans ses bras encore plus fort. « Vous devriez peut-être vous sécher d'abord, non ? »

Je tremble sous le coup de quelque chose d'autre maintenant, qui me secoue au plus profond de moi-même. Ma voix est forte et avalée, et j'ai peur de ce qui se passerait si je la laissais s'échapper. Respirer : inspirer, expirer, inspirer, expirer.

La femme mord l'intérieur de ses joues creuses, et elle a l'air d'un cadavre maintenant, comme si elle pouvait entraîner Tommy dans une autre dimension. « Voulez-vous que j'appelle quelqu'un ? » Sa voix, une voix de sorcière. Je fais tomber le téléphone de ses mains et lui arrache mon fils des bras – qui sont aussi fins que des brindilles, avec la peau qui pend. Suis dégoûtée par cette vieille femme : sa proximité, son intrusion autoritaire dans notre monde si heureux, tellement merveilleux.

La femme se penche tranquillement pour ramasser son téléphone et ma réaction me paraît exagérée. Même quand je me vois comme ça, de l'extérieur, je ne peux pas arrêter la tornade qui me balaie : « voleuse d'enfant », « tripoteuse de tout-petit », « sale vieille peau », « sorcière/salope/vieille bique/vieille conne », les mots jaillissent hors de moi tandis que je pars en courant, un Tommy braillard agrippé à mon soutien-gorge trempé, Herbie dans notre sillage. Foncer jusqu'à la voiture sans m'arrêter pour récupérer mes vêtements ; les gens me regardent, sidérés – laisse-les regarder, ils n'ont rien de mieux à faire. J'installe Tommy à la hâte à l'arrière avec Herbie – dont les poils du dos sont hérissés, à la Sid Vicious –, avant de démarrer avec la clé que j'avais laissée sur le pneu droit (un truc que Howard m'a appris car je perdais toujours mes clés. Ce connard aura servi à quelque chose). Quitter le parking bondé en marche arrière pour rejoindre la route encombrée, mes pieds nus glissant sur les pédales.

Je mets le chauffage à fond, encourageant ma vieille bagnole à rouler, et je fredonne l'un des airs préférés de Tommy : *Marie avait un petit agneau, Petit agneau, petit agneau*... Habituellement, quand je fredonne, il chante, sa voix, une voix d'ange de dessin animé, haute et pure, mais cette fois il se contente de fourrer son pouce dans sa bouche et de le sucer fort, comme s'il voulait que toute autre pensée disparaisse. « Ça va, p'tit bonhomme ? » je demande en regardant dans le rétroviseur avec un sourire, le pouce levé. Rien. Essayer de nouveau. « Ça va, mon grand ? » Je tire la langue, la roule pour que les deux bords se touchent – ce qui normalement le fait glousser puis hurler de rire, mais il ferme les yeux et suce son pouce encore plus fort. « Ok, Mr Monsieur, on arrive bientôt à la maison, et on pourra manger des bâtonnets de poisson pané et des pois sauteurs, d'accord ? » Je mets la radio et le *Boléro* de Ravel sort des haut-parleurs en hurlant.

Comme l'habitacle se réchauffe, de la buée se forme sur les vitres. Je dessine un cœur sur le pare-brise avant, tout en gardant une main sur le volant, et j'écris « Maman t'aime ». « Tommy, regarde. » Je trace les lettres du bout d'un doigt, en lisant à voix haute. Il ouvre les yeux, les plisse, se penche sur Herbie, essaie de le serrer dans ses bras, mais ses mains n'atteignent qu'un tiers de la circonférence du corps de l'animal. Le chien couine en signe de contentement. « Bon chien, Herbie, le meilleur. » Sa queue épaisse bat le revêtement de nylon défraîchi de la banquette arrière. « Mes garçons préférés, qu'est-ce que je ferais sans vous ? » À un feu de signalisation, un homme, dans une voiture à côté de la nôtre, hoche la tête comme un fou, avant de baisser sa vitre et de crier : « C'est pas tous les jours. C'est mon jour de chance. Oui, j'ai de la chance. N'est-ce pas, chérie ? » Je l'ignore jusqu'à ce que le feu passe au vert et, redémarrant en trombe, je lui fais un doigt d'honneur, de vagues échos de sa voix suspendus dans les airs : « Ouais, ça me plairait bien... » Mon taux d'adrénaline monte en flèche quand je m'aperçois qu'il me suit. Mais me suit-il vraiment, ou bien la diablesse folle me leurre-t-elle ? « On arrive bientôt », dis-je à mes deux garçons toujours en train de se câliner à l'arrière. Je tourne à droite, regarde dans le rétro, et je le vois, il est encore là, non, ce n'est pas lui, il s'est amusé, c'est tout, rien de mal à ça, tout va bien, tout va bien, tout va bien. Je sais ce qui m'attend dans le frigo et mes battements de cœur ralentissent. Je suis contente d'avoir pensé à ça : la mettre au frais. Il fait chaud maintenant dans la voiture, et dehors la température n'a pas fraîchi.

En me garant devant la rangée de petites maisons mitoyennes en brique rouge, je prie pour qu'aucune des fouines du quartier ne m'épie derrière ses stores à moitié baissés. Cette Mrs O'Malley, toujours à se mêler de tout, qui vient m'apporter du pain fait maison pour « le p'tit bout de chou ». Je sais comment rendre Tommy heureux avec sa nourriture orange : ses corn flakes, sa marmelade, ses haricots, ses bâtonnets de poisson pané et son cheddar. La viande est de la chair animale morte, il a fallu le lui dire. Mais pas le poisson, je ne lui raconte pas le poisson accroché au bout d'un hameçon, et dont on frappe la tête pour le tuer après l'avoir attrapé. Il ne veut rien manger qui ressemble même de loin à du vert – qui a à voir avec la moisissure. Il n'est pas chétif, ni rien, mais bon, il est vrai que je ne connais pas d'autres enfants de quatre ans. Je me couvre du mieux que je peux avec la minuscule serviette, avant de franchir en courant l'allée qui mène à la porte d'entrée, peinte de mes propres mains en rose vif – un travail bâclé. « Faites comme chez vous », je crie en entrant dans la chambre que nous partageons. Je me débarrasse de mes sous-vêtements mouillés et j'ouvre le tiroir du haut de la commode, un méli-mélo de chaussettes, de soutiens-gorge et de culottes, parviens à en dégoter des propres, avant de me retrouver dans la cuisine, en culotte devant le réfrigérateur.

« Yaya, t'as pas mis de vêtements. » La voix de Tommy à la porte de la cuisine. J'entends ses pas sautiller en direction du salon, accompagnés du *tip-tap* des pattes de Herbie, et soudain la télé qui hurle. « Trop fort », je crie. Il ne baisse pas le volume – peut-être qu'il ne m'a pas entendue, à moins qu'il ne cherche à m'énerver. Je dévisse le bouchon de la bouteille, et suis tentée de boire au goulot – besoin de me rafraîchir, de me calmer –, mais je m'oblige à ouvrir le placard et à attraper un verre. Afin de rester civilisée, même si personne n'est là pour me voir. Surtout quand personne n'est là pour me voir. Ce blanc subtil mérite un verre, pour s'aérer. Me servir, en siroter d'abord une goutte délicatement, puis renverser ma tête en arrière et avaler le tout en une lampée. Immédiatement, je me détends. Cette femme m'a rendue tellement nerveuse, et cet homme dans la voiture – *les autres… je les emmerde* –, et je me sers un deuxième verre. Une légère brûlure d'estomac, suivie d'une chaleur veloutée qui se répand dans ma poitrine. Au troisième verre, je m'aperçois que je peux avaler, respirer, avaler, respirer. Comme si je nageais.

J'allume le gril à 180°, ouvre le congélateur pour en sortir les bâtonnets de poisson pané mais n'en trouve aucun. Je fouille dans les placards, repère deux boîtes de haricots à la sauce tomate et une boîte ouverte de bouffe pour chien, qui pue un peu, mais ça devrait aller, Herbie mange n'importe quoi. Fourrer les haricots dans le micro-ondes, et attacher mon tablier à froufrous par-dessus ma culotte – un cadeau ironique de la part de Tina quand j'ai emménagé avec elle à l'époque où nous partagions un appartement à Londres : « Pour ma fée du logis préférée ! » Je la revois encore, ma vieille copine, toujours un grand sourire aux lèvres et la plupart du temps sans raison. Les haricots sifflent et crachent, ils éclatent. Le micro-ondes est moucheté de jus de haricots. Plus tard. Je nettoierai plus tard.

« C'est bien, ce que vous regardez ? » Je pose l'écuelle à côté du chien sur le canapé et l'assiette sur les genoux de Tommy.

« Où sont les poissons ?

— Ne commence pas, Tommy. Tu te rappelles, les enfants qui meurent de faim en Afrique ? » Au même moment, j'aimerais ravaler ces mots-là. Ce genre de merde que mon père avait l'habitude de me cracher au visage. « Il n'y en avait plus. On ira en acheter demain, d'accord ? »

Tommy hoche la tête et porte la cuillère à ses lèvres.

« Aoutch.

— C'est trop chaud, mon chéri ? » Je me penche sur son assiette et souffle dessus. « C'est bon, maintenant... Miam ? » Lever la cuillère et imiter le bruit d'un avion avant de la redescendre jusqu'à sa bouche, qu'il garde bien fermée. Voir ma main agir comme indépendamment de ma volonté, la cuillère heurtant ses lèvres pour l'obliger à ouvrir la bouche. Le bruit métallique tandis que ma main tremblante lâche la cuillère qui tombe par terre. Je fantasme à mort, jamais bon signe. « D'accord, pas de problème, tu mangeras quand tu auras faim. » Je parviens à lui lancer un clin d'œil désinvolte avant de me retrouver dans la cuisine, le goulot aux lèvres, au diable les convenances, *calme-toi mon cœur qui cogne.*

La bouteille vidée, un espace s'ouvre en moi et ma tête se relâche comme si je venais de libérer mes cheveux d'un élastique trop serré. Filer dans le salon et me laisser tomber entre les deux garçons, Tommy nourrit Herbie à la main avec le reste de haricots ; c'est un si gentil petit garçon, si attentionné. Je vais m'assurer qu'il mangera plus tard. Nichée dans la chaleur de leurs deux corps, sentir le mien se ramollir, tomber.

Un peu plus tard, une odeur âcre de toast au fromage brûlé datant d'hier envahit la pièce. Je me redresse trop vite, les tempes battantes, des points dansant devant mes yeux. De la fumée noire s'échappe de sous la porte de la cuisine. Me déplacer comme si j'étais en transe, sonnée, mon pouls battant la chamade – est-ce une autre de mes hallucinations nocturnes ? Ouvrir la porte du gril, glisser ma main à l'intérieur, attraper la poignée, les flammes me lèchent la main, je lâche la grille – *merde, calme-toi ma tête qui cogne.* Envelopper ma main dans un torchon mouillé et ramasser la grille pour la mettre dans l'évier. Sous le robinet, et *fschuiii*, les flammes jaillissent et meurent, plus rien que du charbon. J'avais recouvert la grille de papier sulfurisé au lieu de papier d'alu, idiote, idiote, complètement idiote. Je vois mon fils dans l'encadrement de la porte, les yeux grands ouverts, vitreux.
« C'est bon Tommy, tout va bien maintenant. »

Il sourit, la bouche pincée, un coin relevé, exactement comme son grand-père, et dit : « Maaanifique. Comme le soleil. Doux et chaud. »

Herbie geint. Ma main est chaude et ébouillantée.

« De l'eau, Yaya. » Je lui souris, mon petit oracle, et passe ma main sous le robinet d'eau froide.

Il faudra ouvrir toutes les fenêtres. Des picotements partout en moi. La sensation de m'écrouler, tomber dans le puits. J'aurais dû m'en douter dès que je l'ai vue là-bas sur la plage, chatoyante, irrésistible, c'était le signe de ce qui allait se passer. Attraper la bouteille pleine, tourner le dos, dévisser le bouchon avec les dents. Me dire que ce que Tommy ne voit pas ne peut pas lui faire de mal.

2

Les fenêtres sont grandes ouvertes et je suis nue à l'exception de mon tablier, aucun signe de la présence d'un autre corps dans le lit. La pendule indique 9 h 10 – le matin, déjà ? La télé hurle et la maison pue le charbon de bois brûlé, une odeur recouverte d'effluves d'eau de Javel qui font pleurer mes yeux irrités. « Tommy ? Tommy chéri ? » Je laisse ma tête retomber sur les oreillers empilés en désordre, épuisée par l'effort, et regarde par la fenêtre la couche de nuages gris suspendus dans le ciel. Une journée ensoleillée, voilà tout ce que je mérite. Mon corps est lourd, pour autant mon cerveau turbine et donne de la bande à l'intérieur de mon crâne. Me lever, me doucher, m'habiller, aller au supermarché, préparer le déjeuner, nettoyer les dégâts causés par les haricots, récurer la couche de charbon sur les murs noircis, acheter de l'encaustique, asperger la maison de désodorisant, peut-être acheter un bouquet de fleurs, des tulipes, de couleurs vives, laver Tommy, l'habiller, le nourrir, promener Herbie, trouver sa laisse – où est la laisse ? –, ramasser ses crottes, ne pas oublier, apporter les sacs à caca, faire prendre l'air à mon fils, m'assurer qu'il mange. Fermer les yeux, épuisée par l'effort d'avoir imaginé les activités de la journée. Tout paraît asséché, comme assoiffé : langue, gencives, lèvres, yeux, paupières, le bout de mes doigts. Tommy pensera-t-il à m'apporter de l'eau ? – il devrait le savoir désormais.

Quand je me réveille à nouveau, il est treize heures quinze. M'efforcer de m'asseoir, regarder les nuages bas et lourds, pleins comme des pis de vache gonflés. La nausée. « Tommy ? » Ma voix déraille. « Écoute, Tommy… Maman a sa voix de sorcière aujourd'hui ! » Pas de réponse, et la télé s'est tue. Je m'efforce de me lever, le sol tangue sous mes pieds – un mal de mer carabiné.

La cuisine a été récurée, elle étincelle. C'est moi qui ai fait tout ça hier soir, ou ce matin ? Quand ? Mes garçons ? Attendez – « Tommy ? Herbie ? Tommy ? » Respire, Sonya, respire, respire, respire. Enfiler mon jean et un sweat chaud à capuche, lutter contre un reflux gastrique en déglutissant comme une folle, lutter contre le tournis en m'appuyant sur toutes les surfaces à portée de main. Les clés ? Sur le crochet près de la porte. Un autre truc précieux que Howard m'a inculqué. Claquer la porte derrière moi, toute la maison en tremble, courir jusqu'au parc municipal, mes glandes surrénales en surrégime. Trois enfants et leur père, quelqu'un que je ne reconnais pas, sont là. « Excusez-moi, avez-vous vu un gros chien noir avec un petit garçon ? » L'homme me regarde comme tous les hommes finissent toujours par me regarder, comme si j'étais une créature étrange qui venait juste de sortir en rampant de sous un caillou : doit-il m'écraser ou partir en courant ? L'homme attrape ses trois enfants et s'éloigne. *C'est ça, casse-toi, c'est ce que vous finissez toujours par faire*. Les nuages se gonflent de pluie. Une vision de mes garçons, perdus et effrayés, m'apparaît – une gifle qui me coupe le souffle. Où peuvent-ils être allés ailleurs qu'ici ? À la plage ? Dans les magasins ? Je cours jusqu'au Spar du coin. « Avez-vous vu un petit garçon avec un gros chien noir ? » Les garçons derrière le comptoir secouent la tête, ricanent. « C'est pas drôle, abrutis. Un petit garçon a disparu… » Ils arrêtent de rire. « On ne l'a pas vu, m'dame. » Courir jusqu'à la grand-route à la recherche d'un pelage noir écrasé, les entrailles à l'air, des traces de sang, imaginant le pire. « Herbie ? Bon chien Herbie. Bon chien. » Ma voix s'échappe de moi en grinçant. Herbie ne laisserait jamais rien arriver de mal à Tommy ; à moins que ce stupide clébard ne se jette au milieu de la circulation. Tout le reste, il le comprend d'instinct, sauf ce petit truc : quand il voit une voiture, il fonce à sa rencontre. Je repars en courant jusqu'à l'aire de jeux dans le parc et monte sur la balançoire, je pousse sur mes pieds, la voix de Tommy qui résonne à mes oreilles : « Haut, plus haut, encore plus haut. » Le mouvement aide à calmer le sentiment grandissant de panique. Lever la tête vers le ciel, et une bruine légère rafraîchit mes joues brûlantes. Depuis combien de temps Tommy a-t-il disparu ? Une heure, cinq heures ? Qui pourrais-je appeler ? Mon père ? Cette idée est balayée de mon esprit dès qu'elle surgit. Howard ? Il dira que ça devait arriver. La police ? – mais à quel retour de bâton devrais-je alors m'attendre ?

Mes pieds décollent, glissent dans mes tongs sur le bitume mouillé tandis que je cours vers la maison située juste en face de la nôtre, avec sa haie bien taillée, ses parterres fleuris, sa porte d'un marron immaculé, conformément au reste de la rue. Pourquoi n'y ai-je pas tout de suite pensé ? Je toque à la porte poliment, trois coups, attends, toque de nouveau, retoque, de plus en plus fort, j'emmerde *la bienséance*, jusqu'à ce que la porte s'entrouvre. « Vous n'auriez pas vu Tommy, par hasard ? » Mrs O'Malley pointe un doigt derrière elle en direction de la cuisine où Tommy est assis, un livre devant lui, Herbie à ses pieds. La colère me submerge. « Vous ne pouviez pas réfléchir un instant et penser que j'allais m'inquiéter, putain ? »

Mrs O'Malley tire la porte derrière elle et sort. « Pas devant le petit. Vous n'avez pas vu le mot que je vous ai laissé ? »

Mot ou pas, comment cette femme ose-t-elle entrer chez moi et emmener mes garçons ?

« Votre porte d'entrée était grande ouverte ce matin. C'est moi qui me suis inquiétée. »

Respirer, avaler, contrôler. « Oui, je vois ça. » Je porte mon pouce à la bouche et en arrache l'ongle avec mes dents. Il faut que je me rattrape. « Ça ne se reproduira plus, je suis désolée. » Visiblement, Mrs O'Malley paraît se radoucir, elle ouvre sa porte en grand, ce qui me permet de voir Tommy, si beau, perdu dans son monde à lui, trempant des biscuits dans son lait avant d'en boire une gorgée. « Il est si concentré. » Elle parle à voix basse et, du menton, me montre mon fils. Ai-je raté quelque chose ? « C'est l'*Encyclopaedia Britannica* et il est amoureux de l'Australie et des marsupiaux. » Lui a-t-elle raconté que les marsupiaux mouraient brûlés vifs dans les feux de brousse ? Pourquoi mon fils se permet-il de boire du lait d'un autre animal ? Ne l'ai-je pas suffisamment mis en garde ? Pourquoi n'ai-je pas déjà couru vers lui et ne l'ai-je pas serré dans mes bras, comme je le fais habituellement jusqu'à ce qu'il en ait le souffle coupé ? Mrs O'Malley me fait signe d'entrer dans le salon et de m'asseoir sur le canapé froufroutant, qui a l'air d'être encore enveloppé dans la housse en plastique dans laquelle il a été livré des dizaines d'années auparavant.

« Tommy avait très faim ce matin, Sonya. »

Je hoche la tête d'un air sérieux, comme si cette remarque me donnait à réfléchir. Besoin de donner des signes de respectabilité et de remords.

« J'avais la migraine hier soir.

— Vous étiez dans les vapes, vous dormiez à poings fermés ce matin. »

Je souffle sur ma main ébouillantée.

Mrs O'Malley se lève pour tapoter le coussin sur l'unique fauteuil de la pièce, puis passe le bout d'un doigt sur le manteau de la cheminée, ramassant une poussière imaginaire. La pièce est à peine éclairée, étouffante, une palette de couleurs marron, avec une odeur d'antiseptique, de vieille dame, un pot-pourri éventé.

« Je serais heureuse de m'occuper du garçon et du chien aussi longtemps que vous en aurez besoin. J'ai préparé des spaghettis à la bolognaise.

— Tommy ne mange pas de viande. »

Une ride sur le front de Mrs O'Malley se creuse plus profondément, comme si un ver traçait un sillon au milieu de son visage déjà sérieusement marqué. De fines rides de fumeuse encadrent sa bouche aux lèvres fines soulignées d'un trait de crayon couleur prune qui les fait paraître plus grandes qu'en réalité. De la poudre de riz est coincée dans tous les plis qui ravinent son visage, le fard à joues lui donnant l'apparence des poupées Pierrot de mon enfance qui la nuit s'animaient, dansaient, me murmurant des instructions diaboliques dont je ne pouvais jamais me souvenir correctement le lendemain matin, même si persistait un sentiment de complicité. Mon père les rangeait chaque fois à « leur place » sur l'étagère dans ma chambre après les avoir retrouvées fourrées dans des taies d'oreiller sous le lit, allongées sur le ventre. Il me disait qu'elles étaient mes amies et comment pouvais-je faire une chose pareille à mes amies ?

« Il m'a dit que vous lui interdisiez de boire du lait. » Mrs O'Malley interrompt mes rêveries.

« Du lait de vache ? Dégoûtant. Quelle mère sensée… ? Les veaux pleurent à chaudes larmes. »

Mrs O'Malley fait tomber d'une pichenette une miette collée sur son bras. « Que mange-t-il ? Il est menu, non ?

— Je suis menue. » Je réponds d'une voix tout sauf « menue », amplifiée par l'écho, et qui résonne entre les quatre murs.

« Yaya ? » Tommy entre en trombe dans la pièce et se jette dans mes bras, Herbie sur ses talons, le corps comme propulsé par sa queue qu'il agite en tous sens. Mrs O'Malley se dépêche de mettre ses figurines en porcelaine à l'abri.

« Hé, vous m'avez manqué les gars. Ne partez plus jamais sans me prévenir. »

La vieille peau m'interrompt: « Sonya. Vous avez besoin d'aide. »

Une brume devant mes yeux. Ce n'est pas de la colère, juste une calme détermination tandis que je rassemble mes garçons et ferme la porte derrière moi. Je me félicite de ne pas l'avoir claquée, de ne pas avoir pété les plombs. Avoir prononcé le mot en P ne sera pas oublié, pas plus que je n'oublierai que ma voisine est venue chez moi, qu'elle est entrée par effraction, pour me voler mon fils, oui, me le voler sous mon toit pendant que je dormais.

Nous marchons jusqu'à la voiture. Les garçons ont l'air abattus, en quête d'aventure.

« Qui veut aller se promener sur la plage ? »

Herbie hurle à la lune et Tommy hoche la tête avec enthousiasme.

« Mr Air Frais balaiera toutes les toiles d'araignée, Tommy.

— Laver la tête, Yaya !

— C'est l'idée, Mr T ! »

Besoin d'air et d'eau, de beaucoup d'eau. Bouche sèche, tempes qui battent. Plus jamais.

« Tommy, tu n'iras plus jamais nulle part sans me le dire, d'accord ?

— Désolé, Yaya.

— Ne sois pas désolé, beau gosse. Tu n'as pas à être désolé. Juste, ne recommence jamais. »

3

Par contraste avec la scène dorée de la veille, la plage est froide et grise. Je reviens sur mes pas, mais impossible de retrouver mes vêtements. Peut-être la vieille bique les a-t-elle pris à des fins d'identification. Secouer ma tête, c'est atroce, pour tenter de me débarrasser de l'arrivée des bruits parasites. Tommy barbote dans l'eau, en léchant sa glace, et Herbie court le long du rivage, aboyant face aux vagues qui aujourd'hui sont plus fortes. L'hypnotique sifflement et bruit de succion quand l'eau se retire, au moment du reflux, laissant dans son sillage des galets polis, luisants d'humidité. Je me penche pour en ramasser un, « écumoire » plat, parfait pour servir de frisbee à la surface de l'eau, au-delà des déferlantes. « Tu vois, Tommy, c'est comme ça qu'il faut faire. » Le visage de mon père penché sur moi, souriant. J'ai toujours été très bonne aux ricochets. Tommy n'a pas l'air d'attraper le coup de main et, après trois tentatives, il abandonne, préférant grimper sur le dos de Herbie qui ressemble à un ours avec ses longs poils mouillés, tout emmêlés. « Hue dada, He'bie ! »

« Tommy, tu deviens trop grand », je crie, tandis que Herbie prend miraculeusement de la vitesse et part au galop. Soudain, je m'assieds et, tout aussi soudainement, je pleure. Tout ça fait partie de « mon état », tel que diagnostiqué par Howard. Il disait que ça faisait de moi une très bonne actrice : extrême et surexcitée. À l'époque, j'avais des sautes d'humeur qui ne duraient jamais vraiment, qui ne prenaient jamais vraiment le dessus ; mais depuis que j'ai arrêté de jouer et que j'ai eu Tommy, et que je suis seule, avec la fatigue et l'impression d'être jugée par des voix – et maintenant par des vieilles dames –, ces sautes d'humeur sont permanentes. Quel âge aurait eu ma mère ?

Le corps chaud de mon fils se blottit contre moi.

« Pourquoi Yaya pleure ? »

J'essuie les larmes sur mes joues et l'étreins en le plaquant au sol. « Yaya ne pleure pas. C'est juste les embruns. » Son visage inquiet ne paraît guère convaincu. « Le sel fait pleurer les yeux, Tommy. » Je le chatouille jusqu'à ce qu'il se débatte et me donne des coups, les yeux pleins de larmes. « Tu vois, Tommy, tu pleures toi aussi maintenant, mais tu es heureux. Les larmes ne signifient pas toujours qu'on est triste.

— J'aime pas quand tu chatouilles si fort, Yaya. Ça fait mal. »

Je le prends dans mes bras et le serre tout contre moi, son cœur cognant à l'unisson du mien.

« Dis-moi quand je fais quelque chose que tu n'aimes pas, d'accord ? »

Il se met à me frapper, cherchant à se libérer de mon étreinte.

« Trop serré, Yaya.

— Excuse-moi, mon chéri. On fait l'avion ? »

Il hoche la tête, et je le repose au sol avant de l'attraper sous les bras pour le faire tournoyer.

« Plus haut, Yaya, plus vite… »

Nous tournoyons ensemble, l'air sifflant à nos oreilles, le chien courant en rond autour de nous.

« He'bie aime ça lui aussi, Yaya. »

Je tournoie encore et encore, décidée à lui donner le vol de sa vie jusqu'à ce que mes jambes se dérobent sous moi et que je tombe sur le sable mouillé, couvert de flaques d'eau, mon petit garçon s'écroulant sur ma poitrine, tous deux hors d'haleine, riant aux éclats, avec Herbie qui vient nous lécher.

« Meilleure Yaya du monde. »

La seule Yaya au monde, un nom qu'il a inventé en m'entendant parler toute seule, m'apostrophant aussi par mon prénom, Sonya, ou parfois par « maman », et c'est devenu confus dans sa petite tête. Je ferme les yeux et laisse le monde basculer, tout mon corps a le tournis comme si j'étais montée sur un manège psychotique, détraqué, impossible à contrôler, avec des machinistes à l'air sinistre, tandis que la machine prend de la vitesse, impossible à arrêter. Je crois me souvenir de cette même sensation en pensant à ma mère : sensation de vitesse et de tournis.

Tommy se pelotonne contre mon ventre. La seule chose qui m'ancre aux « ici » et « maintenant » c'est le corps chaud, vibrant de mon fils. Quand j'ouvre les yeux, je le vois concentré, qui me fixe avec une attention digne de celle d'un amant. Non que quiconque m'ait regardée ainsi récemment, mais je reconnais ce regard fixe qui exprime toutes les nuances de l'amour que j'inspire : confusion, possessivité, instinct de protection, et autre chose, de trouble et inquiétant.

Je montre du doigt un point dans le ciel : « C'est là que se cache Mr Soleil aujourd'hui. Il doit dormir, après la journée d'hier. »

Tommy lève la tête dans la direction que je pointe du doigt et son regard se porte vers la trouée claire au milieu des nuages qui obscurcissent le soleil.

« On peut peut-être balayer les toiles d'araignée et laisser Mr Soleil se réveiller ?

— Quelle bonne idée, dis-je en me relevant et en brossant le sable mouillé sur mes vêtements. Attrapons nos balais magiques et balayons ces fichus nuages. »

Nous faisons tous les deux semblant de déblayer l'air à l'aide de balais géants. Herbie aboie en direction du ciel.

« Ça marche pas, Yaya, dit Tommy au bout de quelques minutes. Mr Soleil ne veut pas sortir aujourd'hui.

— Je crois que tu as raison Tommy. Il en a trop fait hier.

— Bon, tant pis. » Il laisse tomber son balai imaginaire, lui donne un coup de pied, ramasse la laisse mouillée de Herbie dans le sable : « Allez, on y va. Yaya, on peut aller acheter des bâtonnets de poisson pané et de la nourriture pour He'bie ? Il dit qu'il a faim lui aussi.

— Oui, bien sûr, allons tous au supermarché pour acheter de quoi nous régaler. » Mais rien qu'en pensant au Tesco avec ses néons clignotant au-dessus de nos têtes, les longues allées remplies de toutes sortes d'animaux morts, ma vue se brouille et j'ai le souffle court. Je commence à avoir des palpitations et je pose ma main sur ma poitrine, essayant de calmer les créatures qui y battent des ailes. Je peux le faire, c'est nécessaire, c'est normal, je dois le faire. Je remercie la pluie qui, à cet instant même, a décidé de s'abattre sur nous : elle mouille les ailes et les alourdit. Mon fils lève son visage vers le ciel et lèche les gouttes de pluie à mesure qu'elles tombent. « Il va y avoir un orage, Yaya ? » Il adore les orages, comme moi, il adore l'excitation que procure le tonnerre, son corps menu se balançant au rythme des basses, ses yeux fascinés par les éclairs. Je pense à l'orage au tout début de l'été, trois mois plus tôt, quand nous avons tous les deux foncé dehors jusqu'au parc pour danser pieds nus, nos corps vacillant, guettant les éclairs, souhaitant que la foudre vienne nous trouver. Herbie était resté enfermé et pleurnichait.

« Le dernier arrivé à la voiture est un chieur », dis-je, et je pars en courant, mes tongs à la main.

« Caca prout », il chante en riant.

Dans la voiture, nous jouons au jeu « des couleurs ». Quelle que soit la couleur que nous voyons, nous devons la décrire en d'autres termes. C'est Tommy le premier qui, accidentellement, avait un jour commencé, quand je lui avais demandé de me nommer toutes les couleurs qu'il pouvait voir à l'intérieur et à l'extérieur de la voiture ; et il avait alors répondu : la couleur de la morve et des sauterelles, beurk, la couleur de la mer un jour de soleil, la couleur du ciel un jour de nuages, la couleur des yeux de Herbie, la couleur de la pluie, la couleur des cheveux de Yaya, la couleur de Yaya contente. Ce qu'il voit quand il dit ça, je ne peux pas le deviner. « C'est quoi Tommy ? Qu'est-ce que tu vois ? Une mouette ? — La couleur d'une crème glacée », répond-il.

Nous ralentissons en arrivant au parking du Tesco qui regorge de 4 × 4 et de Volvo à la carrosserie étincelante, comme flambant neufs, la plupart avec des plaques d'immatriculation de moins de cinq ans. Je compte, comme une maniaque : aucune n'est aussi vieille que ma voiture qui a plus de quinze ans et qui a dépassé la date du contrôle technique. Je suis submergée par une bouffée de chaleur et je vais me garer dans un coin éloigné, caché, camouflé derrière des buissons, afin que personne ne puisse voir la mousse qui a incubé aux coins des vitres, les éraflures soulignées de rouille. Essayer de ne pas penser à la Spider de collection que mon petit ami italien, Roberto, un réalisateur prometteur, m'avait achetée pour mon vingt-cinquième anniversaire. « Un objet d'une rare beauté pour une grande beauté », avait-il dit, cadrant mon visage de ses mains comme s'il s'apprêtait à le filmer. Qu'est-ce qu'il ferait de moi maintenant ? Un rire silencieux, sans joie, me prend à la gorge.

Je me gare, puis me tourne vers mes deux garçons, tous deux ébouriffés, sur la banquette arrière, et je me bats avec moi-même pendant un moment. Herbie s'ennuie terriblement si on le laisse seul, il gémit comme une banshee[1], attirant l'attention sur la femme cruelle qui a abandonné son chien dans une voiture minable, et Tommy devient surexcité dès qu'il entre dans

1. Fée des légendes irlandaises dont les plaintes présagent la mort d'un proche parent. (*Toutes les notes sont de la traductrice*.)

un endroit avec de la nourriture, attrapant sur les étagères tout ce qui est de couleur orange. Je jette un coup d'œil alentour et me rends compte que là où nous sommes personne ne peut vraiment nous voir. « J'en ai pour une seconde », dis-je en descendant de voiture d'un bond et en partant en courant, avec cette litanie en tête : bâtonnets de poisson pané, pain, papier toilette, nourriture pour chien, haricots – en boucle, de la même manière que je répétais mon texte avant les auditions. J'entends les mains de Tommy frapper contre la vitre, à moins que ce ne soit le fruit de mon imagination, je ne veux pas me retourner. J'ai une mission à accomplir, et s'il y a bien une chose sur laquelle je peux compter chez moi, c'est que je ne renonce jamais une fois que j'ai commencé, même quand c'est manifestement mauvais pour moi, même quand ça pose ses mains sur moi, me caressant et me battant tout à la fois. Je secoue la tête et fonce à l'intérieur du Tesco.

Mon pouls bat fort dans ma gorge, ma vue baisse et se brouille tandis que les lumières au plafond se font plus vives, la musique de supérette me remplit la tête, des gens me bousculent sans même un « excusez-moi » ou « désolé ». Les enfants crient – pourquoi n'apprennent-ils pas à leurs sales mioches à bien se tenir ? Et les chariots, des chariots rutilants archi remplis, des chariots gourmands, goulus, saturés qui, tels de gros ventres proéminents, me rentrent dedans, la musique de fond se transformant en un cri strident. Si je me débrouille au moins pour ramener les bâtonnets de poisson pané, Herbie pourra en manger lui aussi. Trouver le rayon des surgelés, putain, il y fait froid, attraper les paquets de la marque Tesco, cinq, je sens des doigts me tirer les cheveux, un tiraillement à la racine. Pas besoin de chercher loin – un chardonnay est en promotion : Le Versant, un vin français, frais et aromatique, aux délicates notes de miel et fleurs blanches. Un doux nectar ! Certaines bouteilles n'ont pas d'étiquette antivol. Je me débrouille pour passer aux caisses automatiques, scanne les bâtonnets de poisson pané, et une bouteille au cas où.

Quand je suis de retour à la voiture, les vitres sont embuées, Herbie laisse échapper un long gémissement indigné, et Tommy pleure en silence. « Ça va mes chéris ? C'est bon, je suis là. Maintenant, on rentre à la maison et on mange nos bâtonnets de poisson. » Je m'installe sur le siège conducteur, me retourne pour tapoter distraitement la tête de Tommy, le chien halète doucement. Ça me sidère l'effet apaisant que j'ai sur cette créature – même quand moi-même je fais de l'hyperventilation, ma présence semble libérer ce chien de son stress. N'ai jamais connu une telle adoration inconditionnelle et, je dois l'admettre, il est désormais le seul à avoir une influence stabilisante dans ma vie. Tommy est de plus en plus sujet aux sautes d'humeur et ses besoins sont beaucoup plus grands que ceux du chien. « Arrête ça de toute suite, Sonya. Arrête. Grandis un peu. »

« À qui tu parles Yaya ?

— À mon ange gardien.

— Elle s'appelle Yaya, elle aussi ?

— Ouais. Elle est faite à mon image. Ça fait un peu peur, non ? »

Il ne dit rien pendant un moment, il presse juste son nez contre la vitre avant de l'essuyer sur sa manche. Je ne le réprimande pas.

« Elle doit être maaanifique comme toi. Est-ce que mon ange gardien me ressemble ?

— Il, ou elle, peut ressembler à qui tu veux.

— Mon papa », dit-il en fourrant son pouce dans sa bouche, se tournant de nouveau vers la vitre. Son visage s'est fermé.

« Un grand, bel ange gardien, comme ton papa. Quelle bonne idée ! Je te l'emprunterai peut-être quelquefois. »

Il mordille son pouce qui est rouge, presque à vif, abîmé à la jointure. Assez parlé de son père, le défunt héros. Tommy ne saura jamais que Howard n'a pas voulu de lui, et qu'il est resté fidèle à cette parole, qu'il l'a donc abandonné quand il était encore dans mon ventre. Ma grossesse a été accueillie par : « Tu commets une grossière erreur Sonya, tu n'as pas l'étoffe d'une mère... et ta carrière, tu y as pensé ? » Souhaitant devenir acteur, Howard avait de l'ambition pour deux et n'avait pas l'intention de laisser une grossesse non planifiée lui mettre des bâtons dans les roues. Je commence à chanter, *Le vieux McDonald avait une ferme, et dans sa ferme, il avait des singes, I-A-I-A-O, et dans sa ferme il avait des tigres...* Tommy prétend ne pas écouter, mais quand j'imite le bruit du singe, il glousse malgré lui, et quand j'imite le rugissement bredouillant du singe-lion, il éclate de rire, en m'imitant « OohoohoohooheeeahahahGrrrRooaaar ! ».

La pluie s'intensifie et s'abat lourdement sur le toit de la voiture, les essuie-glaces balaient le pare-brise en crissant, peinant à dégager la vue. La voiture fait des embardées et dérape sur la route mouillée – je suis presque sûre que les pneus sont lisses ou à plat ou les deux –, mais l'envie de rentrer à la maison et de retrouver le rituel qui permet de m'endormir à la nuit tombée m'incite à rouler à toute vitesse. « Vroum, Yaya, vroum... » Tommy hurle à l'arrière, les yeux brillants d'excitation à cause du danger. Il le sent, et Herbie aussi, je le vois à la manière dont il couche ses oreilles en arrière. « D'accord, les garçons, accrochez-vous ! » Je jette un coup d'œil dans le rétroviseur pour m'assurer que la ceinture de Tommy est bien attachée, et quand je vois que c'est le cas, je mets les gaz, j'appuie sur le champignon. Les pneus crissent, Herbie jappe, un aboiement à la manière d'un jeune chiot, et Tommy se met à applaudir comme un fou : « Plus vite, Yaya, plus vite. »

La vitesse aide, je l'ai toujours su ; sous toutes ses formes : à l'époque, la course à pied, le sprint, les amphétamines aussi, tout ce qui me speedait m'aidait à échapper aux voix. L'excitation quand je jouais – qui me permettait de sortir de moi-même, quand je n'étais consciente que du sang qui battait dans ma gorge, mes poignets, mes veines saillantes – et la danse, la nage, la baise, l'oubli. Roberto m'a fait découvrir la sensation de la vitesse au volant, généralement avec une voiture du genre Ferrari. Il est évident que cette vieille guimbarde ne va pas exactement battre des records de vitesse, mais ça m'aide quand même – la voiture qui tremble, les pièces desserrées qui s'entrechoquent, le moteur qui ronfle –, ça crée l'illusion de remporter une victoire, d'être plus maline que les fantômes, d'échapper au mauvais sort. Tout ce qui me permet de sortir de moi-même, ne serait-ce que pour un court moment de bonheur, même le hurlement d'un klaxon sur la voie opposée, la voiture en face faisant une embardée pour m'éviter. Je suis hors d'haleine, je me sens émoustillée, comme j'avais l'habitude de l'être quand Roberto me prenait dans les toilettes publiques. J'aperçois brièvement mon fils dans le rétroviseur, qui rebondit sur son siège, se balançant en avant pour tester les limites de sa ceinture de sécurité.

4

« Home sweet home », dis-je dès que les petites maisons se matérialisent comme sorties du brouillard. Je n'ai aucune idée de là où j'étais au cours de ces quelques dernières minutes. M'efforcer de ralentir, réintégrer mon corps, tandis que je passe en seconde en arrivant dans notre rue. « Yaya, crie Tommy, tu conduis comme une vieille mamie qui pue ! Plus vite, plus vite, plus vite ! » À peine garée en bordure du trottoir devant chez nous, je sens que nous sommes épiés. Je devrais peut-être appeler la police après tout ; c'est clairement de la persécution, du harcèlement. J'ouvre la porte d'entrée à la volée, prends Tommy dans mes bras (voyez quelle mère attentionnée je suis, Mrs O'La Fouine !) – et l'emporte jusque dans le salon où je l'installe sur le canapé, et Herbie nous suit en faisant des bonds. Je cours récupérer le sac avec les bouteilles de vin et la nourriture, reviens et claque la porte d'entrée avant de la verrouiller de l'intérieur. Merde, j'avais oublié que le gril était inutilisable, je vais devoir mettre les bâtonnets de poisson pané dans le four. Est-ce que ça va marcher ? « Jus d'orange, Tommy ? » Je cherche des yeux le jus d'orange fraîchement pressé. La télé est déjà allumée, deux paquets de dix bâtonnets de poisson pané sont dans le four et un verre plein m'attend, promesse d'engourdissement et d'apaisement. Des glaçons, le verre qui tinte, santé. Herbie arrive dans la cuisine, la langue pendante. « Ok, l'Aboyeur, me regarde pas comme ça. Je sais que tu as faim. Encore quelques minutes.

— Il a soif, Yaya. Comme toi », dit Tommy depuis le canapé. Comment peut-il m'avoir entendue avec le son de la télé si fort ? Je n'aime pas le ton de sa voix. Comment un gosse de quatre ans peut-il être si arrogant et se comporter comme s'il était plus malin que moi ? Je verse de l'eau dans le bol de Herbie et à peine l'ai-je reposé par terre que le chien boit de grandes lampées. Quand lui ai-je donné à boire pour la dernière fois ? C'est l'une des instructions que les gens de la fourrière m'ont dictées : de l'eau fraîche deux fois par jour. Un gros chien comme lui a besoin de beaucoup s'hydrater. « Désolée, mon vieux », lui dis-je, tandis que sa grande langue lape tout le contenu de son bol et attend patiemment que je le resserve. Je remplis et re-remplis son bol quatre fois, autant de fois que j'étanche ma propre soif.

« Yaya ? Est-ce que les poissons brûlent encore une fois ? » Nom de Dieu, ce ton, de nouveau, et il a raison, de la fumée sort du four. *Putain, putain, putain, putain, putain, putain*… et mon fils m'imite : *Putain merde*, chante-t-il. Je gratte le dessus carbonisé des poissons panés et enlève donc la croûte orange, la chose, la seule, l'unique chose, qui incite Tommy à les manger. Les disposer dessus dessous en un tas sur une assiette et les présenter à mon fils avec un grand geste plein de panache.

Nous sommes tous les trois assis côte à côte sur le canapé, tandis qu'un type monstrueux, un gros balèze, chante dans l'émission *Britain's Got Talent*[1], et tout le monde se lève et l'applaudit, comme autrefois lors des batailles de gladiateurs ou d'une

1. *Britain's Got Talent* (littéralement « la Grande-Bretagne a du talent ») est une émission de télévision britannique diffusée sur ITV. Ce programme est décliné en français sous le nom de *La France a un incroyable talent*. Le but de cette émission est de découvrir les nouveaux talents britanniques dans des domaines artistiques variés du spectacle (musique, danse, acrobatie, magie, comédie, etc.). Des candidats de tout âge peuvent se présenter, mais doivent être amateurs.

pendaison publique. Je ne connais que trop bien les serpents qui te séduisent l'espace d'un instant avant de te mordre. Comment ai-je pu, moi – une inconnue, venue de nulle part (le nulle part de la banlieue de Dublin), sans expérience, sans relations –, avoir un jour été admise à la Royal Academy of Dramatic Art de Londres ? Je repense à ma décision de passer une audition et je suis émerveillée. *Miss Personne déterminée à devenir Miss Quelqu'un !* Cette capacité à me faire des illusions m'a somme toute été utile parfois.

Je réussis à manger l'un des bâtonnets de poisson pané, pendant que Herbie en engloutit onze et Tommy sept. Nous nous blottissons les uns contre les autres avant que le rideau ne tombe sur la scène finale : le public, debout, m'applaudit, je salue d'une révérence, tout le monde est en pleurs : « Électrique », s'extasient-ils, « tout simplement époustouflante », « touchée par la grâce », « une représentation miraculeuse par une jeune Irlandaise inconnue prête à prendre d'assaut la scène anglaise », « un tourbillon d'émotions », « magnifique et terrifiante tout à la fois », « vulnérable mais féroce »... Les critiques ne cessent d'affluer ; il est possible que je me noie dans ce flot soudain d'attention : les mots de la presse écrite ou autre, les mains qui applaudissent, les gens debout, tapant du pied, les larmes (sincères, ou de crocodile ?), des milliers de nouveaux amis sur Twitter, Facebook, Instagram (de stupides lieux d'expression qui rendent dépendant, des gens en adoration, stupides), les autographes, les talk-shows – être sous les feux de la rampe, s'en délecter, bourrée, défoncée, ne plus être moi. Mon personnage de Hedda, dans la nouvelle version d'un jeune dramaturge à la mode, est *l'*interprétation de la décennie : sexuellement frustrée, vorace ; vulnérable, puissante ; prise au piège, libre.

Je vis dans un palais des glaces, avec mon image dont je vois le reflet, déformée : belle, grotesque, célèbre, grotesque, brillante, grotesque. Je suis un clown triste, en mal d'affection.

« Yaya ? Yaya ? » La voix de Tommy, en marge de ma conscience, tandis que je me balance, agrippant mon ventre, dégoulinante de sueur. Il souffle sur mon visage et la grosse langue de Herbie me lèche. Cinq ans maintenant. La vitesse à laquelle j'ai glissé du dos du serpent et, pour commencer, le danger qu'il y avait eu à grimper en haut de cette échelle. L'impression d'être jugée, en bien ou en mal, m'étranglait. Ça, et le fait d'avoir toujours su qu'un jour je serais démasquée.

Tommy me pince la peau sur le dessus de la main en la tordant. « Yaya, réveille-toi, réveille-toi, arrête de parler toute seule. » Je me réveille en sursaut et vois le visage de mon fils, mouillé et chaud. Herbie halète, il me souffle sa mauvaise haleine au visage. Faire l'effort de m'asseoir et jeter un coup d'œil autour de moi : le dernier bâtonnet de poisson pané tout froid, figé, la moquette jonchée de vêtements, de papiers d'emballage, de miettes et d'ordures. « Un vrai trou à rats », dirait mon père. Je revois son visage, les narines dilatées, le corps guindé mais prêt à se briser comme s'il pouvait à peine contenir la déception que je lui infligeais, comme s'il allait s'effondrer sous le poids de la honte. Sa fille unique, qui d'abord monte sur les planches, exhibant sa folie devant le monde entier, puis qui se cache, disparaît, une mère célibataire, une vulgaire fainéante qui dépend des allocations. Mon père n'a retiré aucune fierté de mon talent inattendu sur scène. Ce n'est pas la voie qu'il aurait choisie pour moi et il n'aurait certainement pas voulu de cette seconde option non plus.

Ces moments de lucidité sont les pires, quand le brouillard s'est dissipé et que la froide réalité tente de me reprendre en main, me collant aux basques, me donnant l'envie de courir à nouveau, vite. Impossible de rester assise face à l'évidence de mes échecs et, à nouveau, je me retrouve dans la cuisine, à ouvrir une autre bouteille, avec Tommy qui me regarde depuis le salon. « Tu as encore soif Yaya ? » *Une soif impossible à étancher, mon cœur.* Je suis désolée je suis désolée je suis désolée. Impossible de faire autrement. J'enfonce l'ouvre-bouteille trop loin et le bouchon s'effrite et se brise. La prochaine fois, je m'assurerai de prendre des bouteilles avec des bouchons qui se vissent. La prochaine fois… il n'y aura pas de prochaine fois. Je gère, j'avale, je me calme, je dors, les garçons me grimpent dessus.

La lumière du soleil se déverse à travers la fenêtre, si vive que ses rayons me poignardent. J'attire Tommy tout contre moi et câline son corps chaud et endormi.

« Mr Soleil a assez dormi, Yaya. Il est sorti pour jouer. »

Ses petits doigts tambourinent sur le dessus de ma tête, ra tata tam, ra tata tam.

« Chut, p'tit bonhomme, viens là. Dormons encore un peu. » Je lui tiens les mains, embrasse ses doigts. De petits tortionnaires.

« Debout, Yaya, debout. »

Tommy soulève la couette qui nous recouvrait tous les trois et court autour de la chambre, chassant la lumière pour l'attraper. Je ne me souviens pas d'être passée du canapé au lit. Dommage que je ne puisse pas tout autant occulter d'autres souvenirs indésirables. « Tommy, baisse le store, tu seras gentil. » Je parviens à parler, articulant et détachant chaque syllabe. « Tu peux aller chercher de l'eau ? » Il hoche la tête, va à la cuisine, verse de l'eau dans un verre, revient avec et le porte à mes lèvres, puis fait boire Herbie. « Pas hygiénique… » J'essaie, mais c'est trop d'efforts. Tommy pose un gant de toilette sur mes yeux et me caresse les cheveux jusqu'à ce que je sombre à nouveau.

« Tommy ? » La télé est allumée, j'entends des cris et des huées, probablement un de ces talk-shows de psy merdiques, que Tommy adore, avec Jeremy Kyle, son animateur préféré. *Il est gentil Yaya. Il veut que les gens arrêtent de crier.* Nous ferions de super candidats, avec record d'audience. J'ai terriblement besoin du petit corps douillet de mon fils et du poids de Herbie ;

j'appelle donc le chien, qui ne vient pas. La porte du salon est fermée, ce qui est strictement interdit comme je leur ai déjà dit. Nous n'avons rien à nous cacher, pas même pour la grosse commission, ce que Tommy trouve extrêmement drôle. Les portes fermées m'angoissent et donc je me traîne au bord du lit, la tête qui tourne, la nausée ; poser mes pieds sur la moquette et parvenir à me mettre debout, ouvrir la porte communicante et trouver Tommy blotti contre le ventre de Herbie sur le canapé, tous deux enfermés dans un cercle d'amour, le chien ronflant, les bras du petit garçon autour de son cou. Une image d'une si grande tendresse que j'en ai le souffle coupé et je dois m'asseoir, la vue brouillée. Depuis quand suis-je devenue une telle pleureuse ? Ces derniers temps, tout me donne envie de pleurer, tout ce qui est beau, tout ce qui est cruel, et cette scène contient tout ça.

Mon estomac est à vif et mon ventre distendu. Je passe mes mains dessus et imagine la forme d'un corps étranger vivant à l'intérieur et qui me dévorerait. Une force étrangère a installé son quartier général dans mon ventre et donne des instructions auxquelles je ne peux qu'obéir. Je jette un coup d'œil au miroir au-dessus du manteau de la cheminée et vois un visage bouffi, tout rouge, maculé de mascara (quand ai-je donc pris la peine d'en appliquer la dernière couche avec mon pinceau tout desséché ?), des traînées noires coulent sur mes joues, preuves de mes larmes teintes en noir. Mon regard se tourne vers la silhouette de mon petit garçon, son pantalon barbouillé de crème glacée, son tee-shirt froissé et crasseux au col, des chaussettes dépareillées, dont l'une m'appartient, son petit pied flottant dedans. Je m'assieds au bord du canapé, Herbie ouvre les yeux et il sort sa grande langue pour me lécher la main. « Qu'est-ce qu'on va devenir, l'Aboyeur ? » Il penche la tête, avec ses grands yeux qui brillent. J'imagine y voir mon reflet, avec un éclairage plus avantageux que le verre froid du miroir. Dans ses yeux, je suis la bonté incarnée, après avoir connu la cruauté délibérée et avoir été négligé. Oh, Herbie, mon vieux, je ne sais pas si je suis à la hauteur de ce job. Je peux encore voir les cicatrices sous ses poils épais, les brûlures de cigarette sur son cou, cachées par son collier. Quel genre de personne, dans quel genre de monde… ?

« Tu dois apprendre à te contrôler », n'avait de cesse de répéter mon père après la mort de ma mère, quand j'avais pris l'habitude de claquer les portes simplement en quête d'une réaction, une habitude que j'ai retrouvée avec beaucoup d'enthousiasme à l'adolescence, après que Lara est venue vivre avec nous. « Je déteste… » mon début de phrase préféré, suivi de « J'adore ». « Il existe un entre-deux, Sonya. Il faut juste que tu apprennes à te calmer, à être moins excessive. »

Tommy se retourne dans son sommeil et je l'entends murmurer, du charabia entrecoupé de quelques mots intelligibles : He'bie, Yaya, He'bie, Yaya, en boucle. Il se tient le ventre en dormant et je me demande s'il a mal lui aussi. Je tends la main pour l'y poser et le sens ballonné, je me penche pour lui embrasser doucement le nombril et pars dans la salle de bains où, pleine de bonnes résolutions, je prends une douche bouillante. Je peux le faire. J'étale sur ma peau un peu de lotion Clarins pour le corps, un cadeau de Howard pour Noël quatre ans auparavant, juste avant qu'il me quitte pour de bon, passe une robe à manches longues, qui arrive sous le genou et que je n'ai portée qu'une fois, et un gilet dont les coutures s'effilochent ; j'enfile des chaussures plates que j'ai depuis sept ans mais qui ont gardé leur forme. Des reliques d'une vie passée : une tenue pour une audition, pour un personnage « discret ». Je sèche mes cheveux avec une serviette, étale de la crème sur mon visage et mon cou, et recourbe mes cils à l'aide d'une pince spéciale en métal que j'avais oubliée. Et ça suffit ; je me lance un clin d'œil dans le miroir et pose mes mains sur mes hanches.

« Maaanifique, déclare Tommy d'une voix forte sur le seuil de la salle de bains.

— On sort déjeuner, mon chéri ? Rien que toi et moi ?

— Et He'bie ?

— D'accord. Il faudra s'installer dehors quelque part, mais c'est bon puisque Mr Soleil est de retour. Maintenant, on te met sous la douche. »

Il recule, comme si l'idée le terrifiait. Drôle de réaction, sachant à quel point il aime la vitesse, le tonnerre, les éclairs, se jeter à l'eau même quand les vagues sont hautes, jouer à cochon pendu, faire l'avion. « Allez, viens. On prend Herbie avec nous ? » Tommy hoche la tête ; il agrippe Herbie par son collier, les yeux fermés, et l'eau leur tombe dessus en cascade, Herbie tremblant mais stoïque et Tommy se tortillant, la langue tirée pour attraper les gouttelettes qui l'éclaboussent. « Ça y est. C'était pas si terrible que ça, hein mon chéri ? » Je devrais faire ça plus souvent, pour l'habituer.

Une fois secs tous les deux et Tommy habillé, je file dans la cuisine et nous sers à tous des corn flakes que j'arrose de lait de soja. Je vide la lie de la troisième bouteille de vin blanc dans l'évier. Les deux bouteilles pleines qui restent me provoquent, susurrant, me faisant miroiter de petits plaisirs, me menaçant, me faisant des promesses. Allez vous faire foutre. Je les enferme dans un sac en plastique noir dont je noue fermement les anses avant de le balancer dehors. *Allez vous faire foutre*. Tommy applaudit. « Tu pourras boire du jus d'orange comme moi, Yaya. Ça ne sent pas mauvais et ça ne te fera pas perdre la tête ni la voix. » Je vais vers lui et le chatouille, frottant mon nez contre le sien. « Baiser eskimo ? » En retour, il frotte son nez contre le mien. « On va au parc avant le déjeuner ? » je demande, même s'il est déjà quinze heures et que l'heure du déjeuner est passée depuis longtemps.

Il fait des bonds. « On peut donner à manger aux canards ?

— Alors on va d'abord acheter du pain au Spar.

— Daco'dac, super chouette », répond-il. Et il va chercher la laisse qui est pendue à un crochet sous les escaliers. Comment ai-je pu donner naissance à un petit garçon aussi intelligent ? Herbie rejette sa tête en arrière et aboie joyeusement.

Mrs O'Malley est dehors, en train d'arroser ses chrysanthèmes roses et rouges, ou plutôt rôdant, dans l'espoir de nous voir. « Bonjour tout le monde, lance-t-elle d'une voix chantante, comment ça va aujourd'hui ? » Je lui fais signe, baisse la tête et tente de filer, mais Tommy court vers elle et jette ses bras autour de sa taille corpulente, son visage enfoui dans la graisse au-dessus des genoux de la vieille dame. Lui apprendre les limites, lui dire qu'il ne faut pas faire des câlins à des quasi-inconnus. « Hé, p'tit bonhomme. Tu vas où comme ça ? » Herbie tire sur sa laisse accrochée à mon bras, tout son corps tremble d'excitation. J'ai toujours pensé que ce chien comprenait les gens, d'instinct ; généralement, il ne s'approche jamais de personne sauf de Tommy et moi. Trouve-toi un chien et un fils – un essaim en colère, sombre, exaspérant bourdonne dans ma tête. Mrs O'Malley s'avance lentement vers moi, en tenant Tommy par la main.

« Sonya, avez-vous réfléchi à ce que j'ai dit hier ? »

Je secoue la tête pour en chasser l'incessant bourdonnement. « Nous sommes en route pour aller au parc et ensuite déjeuner. Tommy ? » Mrs O'Malley regarde sa montre. Stupide, Sonya, attention. « Nous déjeunerons tard ou dînerons tôt, c'est pareil. » La vieille fouille-merde chuchote quelque chose à l'oreille de Tommy et lui tend un biscuit, fait maison sans aucun doute, sorti de la poche de son tablier, et un pour Herbie aussi. Tous deux l'engloutissent sans même mâcher, comme des sauvages. Où sont passées leurs bonnes manières ?

« Dînons plus tard tous ensemble. Et ainsi nous pourrons parler. D'accord, Sonya ? »

Des interférences, tels des parasites, dansent devant mes yeux et je les chasse de la main.

« Yaya, y a rien là.

— Je sais, andouille. J'avais juste un peu chaud. Maintenant, allons-y, allons nourrir les coin-coin affamés. »

Tommy étreint Mrs O'Malley à nouveau avant de lui dire au revoir et merci.

« Sept heures, Sonya. J'aurai préparé à dîner pour les garçons. »

Mrs O'Malley se transforme en géante affublée d'une ombre menaçante qui me plonge dans l'obscurité. Je lutte, pour la bonne cause, et me retiens de lui lancer des injures à la tête et de la maudire. À la place, je rejette mes épaules en arrière, me plante fermement devant elle et me redresse de toute ma hauteur. Un port de reine. « Merci. Nous serons ravis de venir tout à l'heure, n'est-ce pas les garçons ? » Tommy hoche la tête, Herbie secoue sa traîtresse de queue, tandis que je les attrape tous les deux, l'un par le collier et l'autre par la main, avant de prendre congé. *Ne te retourne pas, ne te retourne pas, ne te retourne pas.* Une fois que nous sommes hors de portée de voix, les mots fusent : « Ne t'approche plus jamais de cette femme. Elle essaie de t'enlever et de te garder enfermé chez elle et de t'engraisser comme la sorcière dans *Hansel et Gretel*. » Le visage de mon petit garçon se froisse. D'où me vient une telle propension à la cruauté, une telle capacité à poignarder le bonheur ? La voix de mon père : « Ma fille n'ira pas s'exhiber devant un Tom, Dick ou Harry… » Et ce, juste après que j'avais reçu la lettre d'admission à l'une des écoles d'art dramatique les plus prestigieuses de Londres.

Au Spar, sur pilote automatique, je fourre un paquet de pain blanc sous mon bras et ne paie que la sucette glacée orange vif que Tommy me tend avant d'arriver à la sortie. Personne ne me demande rien, présumant qu'une femme avec une telle allure, un tel maintien et, oui, une telle éducation ne prendrait pas la peine de s'abaisser à voler du pain. Quoi qu'il en soit, c'est pour les canards, et il n'y a donc pas de mal à impliquer le magasin dans mes activités de philanthrope.

Le soleil est d'un jaune citron pâle aujourd'hui, ou plutôt «jaune tendre», comme dit Tommy en léchant sa sucette glacée à l'orange, pendant que nous marchons autour de la mare aux canards. Je lève la tête pour que le soleil me caresse doucement le visage et je me sens de nouveau incarnée. Cette rencontre avec Mrs O'Malley a été pénible, et voler, bien que je sois super pro, fait toujours battre mon cœur à toute vitesse comme s'il allait s'échapper par ma bouche. Je trouve un banc et m'y laisse tomber, relevant ma robe au-dessus des genoux pour exposer mes longues jambes et mes chevilles fines, des attributs que seuls les gens de théâtre remarquaient: «Des chevilles et des poignets si délicats, un physique pour "salon".» En effet. J'étends mes jambes et pointe mes orteils, et m'abandonne au souvenir d'avoir été adorée.

«Arrête-les, Yaya. Arrête-les. Ils sont méchants avec elle.» Tommy crie. Comment a-t-il instinctivement deviné qu'il s'agit d'une femelle, je ne sais pas, mais nous nous emparons tous deux d'un bâton et d'une balle, tout ce qui nous tombe sous la main, pour les lancer sur les attaquants. Cinq canards mâles sur une cane, la traînant sous l'eau, lui tapant la tête sur la rive en béton de la mare. J'attrape une grosse pierre, la lance dans leur direction, atteins l'un d'entre eux, mais ils ne sont que momentanément distraits et attaquent leur victime de plus belle.

Un homme appuyé sur un bâton de marche intervient d'une voix forte: «Vous donnez là un bel exemple à votre jeune garçon.»

Je lance une autre pierre encore plus furieusement. «Je lui apprends que ce n'est pas bon pour une femme de se faire violer.»

L'homme agite son bâton. «Espèce de folle, vous allez blesser l'un d'entre eux.

— J'en ai bien l'intention, mon vieux.» J'entends la rage dans ma voix, je vois mon fils tout excité, le rouge aux joues, extrêmement concentré. Herbie court de long en large au bord de la mare avec des aboiements de détresse.

Tommy s'emmêle les pieds, comme un clown. Je lui ai enfilé la mauvaise chaussure au mauvais pied, évidemment, et maintenant mon fils boitille. Un grand cygne glisse jusqu'au bord de l'étang et siffle. Je vois blanc.

5

« La maison de Mary est faite de bonbons, Yaya ?

— Je ne pense pas, chéri. Selon moi, la maison de Mrs O'Malley c'est de la brique et du mortier. » Depuis quand l'appelle-t-il Mary ?

Tommy a le nez collé à la fenêtre, fixant la maison d'en face. Je me retrouve dans la cour à fouiller dans les sacs noirs et à récupérer les deux bouteilles pleines. C'est drôle, quand on y pense, que je n'aie pas versé leur contenu dans l'évier ; c'est drôle que les bouteilles aient été délicatement emballées dans le sac pour éviter la casse ; c'est drôle que je sache qu'il n'y a vraiment rien de drôle dans tout ça. Aucun contrôle conscient, aucun, à part le sentiment que je devrais m'arrêter, mais j'en suis incapable, incapable, incapable. Le tire-bouchon est dans ma main, il est dans la bouteille, il vrille et tourne. Le goulot est entre mes lèvres et je le suce, comme un bébé avide qui tète sa mère. Cette fois, pour ressentir autre chose que ce vieux moi triste, solitaire et pathétique, il me faut boire toute la bouteille. Des lignes ondulées flottent devant mes yeux, suivies de taches noires fantomatiques. Étourdie et grisée. Je suis un personnage de Tennessee Williams – disons Amanda dans *La Ménagerie de verre*. Me frayer un chemin d'un pas léger jusqu'au salon, fermer les rideaux, pour écouter l'album de blues *The Essential* de Billie Holiday qui reste à demeure dans le lecteur de CD, appuyer sur la touche « play » et attraper mon fils, le soulever haut dans les airs, en le balançant. Haut, plus haut, encore plus haut. Un, deux, trois, waouh. Herbie court sauvagement en rond autour de nous, comme un fou. Tommy glousse, puis éclate de rire, hoquetant, à moins que… Est-ce qu'il s'étouffe ? Je m'arrête et le serre contre moi. « Ça va, p'tit bonhomme ? Tout va bien se passer. » Fermer les yeux et continuer à me balancer, mon garçon tel un amant dans mes bras, son corps pressé contre le mien. Me sentir désirée, indispensable, et tout est pour le mieux dans le meilleur des mondes. Je chante à l'oreille de Tommy : *Your eyes of blue, your kisses too / I never knew what they could do / I can't believe that you're in love with me…*

Tommy me repousse, tente d'échapper à mon étreinte, et quand je le relâche, ses poings frappent mes épaules. « Pas ok, Yaya. J'aime pas… » Oh, ce qu'il peut être anxieux. Je l'embrasse, partout. « Ça va, Tête à caca ? » – je m'attends à ce que ces mots tendres soient suivis d'un éclat de rire. « Je veux descendre, Yaya, je veux descendre. » Un accès de colère s'empare de moi. Personne n'aime se sentir rejeté, surtout par l'un des siens, après tout ce à quoi j'ai renoncé pour lui. Tellement ingrat, mais oh, comme je l'aime ! Le serrer plus fort dans mes bras, chanter plus fort à son oreille, sentir son corps tendu se relâcher, c'est comme si je recevais un coup de jus. C'est le seul endroit au monde où j'ai maintenant un quelconque pouvoir, où mes actions ont un quelconque effet. J'ai enfin endossé le rôle de metteur en scène ou, mieux encore, de l'auteur, et ses personnages sont à moi, je peux en faire ce que je veux. À cet instant, je ressens la folle envie d'aspirer Tommy en moi, de fusionner avec ce garçon dont la tête est pressée contre ma poitrine. Et Herbie ? Qu'est-ce que je pourrais lui faire ? Je me teste. Lui donne des coups de pied, le jette dehors, dans le noir, allume une bougie et l'approche de ses poils, une odeur de brûlé, une lueur fascinante, les flammes bondissent et lèchent sa peau. Des ombres rampantes se rassemblent en une masse solide et m'enveloppent de ténèbres. Ma main est sur l'arrière de la tête de Tommy, qui se balance sous ma paume, tandis que je continue à presser son visage contre ma poitrine. « Chut, chéri, chut. » Herbie gémit vraiment très fort maintenant, et ma jambe se déplie instinctivement pour décocher un coup et taper dans ses côtes. Il se fige, se recroqueville, se fait aussi petit qu'un gros chien peut l'être et commence à trembler.

Mon cœur se serre. Mon cœur. J'en ai un. Je peux l'entendre battre dans mes oreilles. J'éprouve un dégoût rampant qui me picote. Que suis-je ? Qu'est-ce que j'ai fait ? Herbie, chéri, je suis désolée, c'est à ça que tu as été habitué avant ? Je libère mon garçon, son visage tout rouge, tout froissé, et je le regarde ramper vers Herbie et poser sa tête sur les flancs du chien. « Tout va bien, He'bie, tout va bien, tranquille He'bie, toi moi, moi toi, ça va, ça va… », murmure-t-il à son ami, sans me regarder.

Je m'éloigne, traverse la cuisine et sors dans la cour. L'air sent la pluie d'été. Je lève mon visage vers le ciel parsemé de nuages, je tombe à genoux. Ce que j'ai failli faire. Secouer la tête pour essayer d'en déloger les pensées qui déboulent. L'impression de me noyer, d'être submergée. Essayer de retenir ma respiration, me balancer à genoux en récitant des incantations, aidez-moi, aidez-moi, aidez-moi, s'il vous plaît, aidez-moi, sans savoir qui j'implore, mais quelqu'un, quelque chose, une force du bien, quelque chose de plus grand que moi, de plus sage, de plus gentil. Ma mère ? Mon père ? Plus grand que ça, plus bienveillant, moins enclin à faire du mal.

Tout à l'heure, elle m'a eue, cette salope mortelle, elle m'attendait et je ne l'ai même pas vue s'approcher sournoisement, elle m'attendait.

Je me lève, les jambes flageolantes, je lisse ma jupe et, du revers de la main, j'efface toute trace de larmes. Je dois lutter contre une envie de m'anesthésier, mes poings se serrent, qui contiennent toute ma rage.

Quand je retourne au salon, mes garçons sont toujours accroupis et continuent de se parler dans le charabia qui est le leur. Il est sept heures du soir à la pendule et nous n'avons toujours pas déjeuné, mais le dîner nous attend sur la table de la voisine. Normaliser : doucement, Sonya, doucement. Tommy me regarde, en position de repli. Je suis sûre que si je m'approche trop, Herbie va bondir et m'attaquer, pour protéger son maître légitime. « Herbie, mon vieux, je suis désolée. Maman est désolée. Je ne sais pas ce qui m'a pris. » Je lui parle à voix basse, doucement, prenant soin de ne pas l'effrayer. Comme j'aimerais avoir une friandise pour m'attirer de nouveau ses bonnes grâces. Je tends la main à mon fils.

« Désolée, chéri, désolée. »

Tommy reste là où il est, toujours à me fixer, comme s'il pouvait plonger son regard à l'intérieur de moi.

« J'étais partie, Mr T, et maintenant je suis de retour. Il ne faut pas avoir peur. D'accord ? »

Il reste parfaitement immobile et renifle autour de lui.

« C'est vraiment moi, Tommy. C'est moi ! »

Il se penche pour embrasser Herbie sur la tête. « Yaya, partie, He'bie. Partie, maintenant de retour. La vilaine fée partie. »

Mais qu'est-ce qu'il a vu ?

« Vilaine fée dans la vilaine bouteille, Yaya.

— Oh, Tommy, je crois que tu confonds une fée avec un génie dans une bouteille. Tu te souviens d'*Aladin* ?

— Non, Yaya, pas génie, une vilaine fée noire et méchante, qui te fait faire des choses méchantes. »

De quoi vient-il d'être témoin – une sorte de possession ? A-t-il déjà vu ce genre d'absence ? Je secoue la tête, tout mon corps, pour les débarrasser de cette vilaine méchanceté noire.

« Rien ici, Yaya.

— Non, tu as raison, petit malin. Tout s'est envolé. »

Il se rapproche de moi et Herbie, méfiant, grogne. « Tout va bien, He'bie, tout va bien maintenant. »

D'une manière ou d'une autre, je dois revenir en arrière, d'une manière ou d'une autre, normaliser, d'une manière ou d'une autre, les distraire, d'une manière ou d'une autre, faire en sorte qu'ils oublient. « Tommy, est-ce que toi et Herbie aimeriez aller chez Mary pour un délicieux dîner ? » En disant ça, je sais que je vais avoir du mal à le persuader que notre voisine n'est pas sortie des pages d'un conte sinistre, et qu'il n'y a aucune chance que l'un de nous puisse manger de la sauce bolognaise. Comme à son habitude, mon esprit commence à tourner en rond : des images de créatures dans des camions en partance pour les camps de concentration, conduites vers des abattoirs où elles sont obligées de se regarder mourir. Je peux sentir leur peur et la manger. Me sentir maintenant cruellement sobre, choquée, paralysée par un moment de conscience cristallisée si aiguë que je peux tout voir, tout, et atteindre l'éternité. Lugubre et terrifiante ; et un avenir qui est tellement, tellement fragile.

J'observe mon chien et mon fils, je déglutis difficilement, un poing se fraie un chemin tout au fond de moi. Devrais-je appeler mon père ? Immédiatement, je me défends contre cette attaque-là. Personne d'autre ne doit entrer dans l'arène maintenant, pas avant que je n'aie retrouvé un semblant d'équilibre. Il faut que je mange ; mon taux de sucre dans le sang est trop bas. Diagnostiquée hypoglycémique par un médecin à l'époque où je suivais des cours de théâtre. J'avais l'habitude de me priver de nourriture aussi longtemps que possible, pour permettre au monde de gagner en éclat. Parfois, j'avais des trous de mémoire, et cette sensation d'étourdissement était généralement un avertissement, accompagné de sautes d'humeur, un état parfait pour alimenter les personnages que je jouais. Tout à l'heure, j'incarnais peut-être seulement un personnage ; peut-être que je suis dans une pièce de Pirandello, dans le rôle du metteur en scène despotique.

« Pas question, Yaya. » Tommy secoue la tête comme un fou. « Pas question d'aller dîner chez Mary la Sorcière. » Je lui prends la tête entre mes mains pour le calmer et lui donne un baiser papillon sur la joue avec mes cils. Son corps se détend, un soupçon de confiance revient dans ses yeux. « Ok, alors allons chercher des pizzas. » Il couvre de baisers la tête de Herbie. « Tu aimes la pizza aussi, He'bie. Super miam. » Le chien lui lèche le visage, pas hygiénique mais gentil et adorable. Mes yeux se remplissent de larmes.

Là maintenant, je n'ai pas l'énergie de commettre un vol ; j'espère avoir de l'argent. J'ouvre les tiroirs, fouille mes poches et je trouve un billet de cinquante euros dans le jean que je porte depuis une semaine. Aucun souvenir de l'avoir fourré là ni de sa provenance, chaque centime de mon allocation de la semaine dernière ayant été comptabilisé. Peut-être que l'Homme Là-Haut écoutait après tout ! En quittant la maison, je remarque que la porte de Mrs O'Malley est ouverte. Je dis à Tommy, tout bas : « Filons. » Nous courons, main dans la main, et la voix de Mrs O'Malley me poursuit, un souffle dans mon cou : « Sonya, nous devons parler. » Vieille peau, vieille fouine.

Une fois que nous sommes hors de vue, nous ralentissons, et Tommy se tourne vers moi. Je gonfle mes joues, une parodie de Mary La Dodue. Tommy fait de même et commence à se dandiner, une imitation bien vue, puis fait mine de manger son bras, ses doigts. « Succulent, appétissant, excellent miam… dééélicieux ! » Quoi demander de plus que ce garçon, qui est brillant et drôle et que moi j'ai fait ? Il est ce que j'ai fait de mieux jusqu'à maintenant, la seule chose que j'ai jamais produite dont je puisse être vraiment fière. Des bouffées de chaleur me traversent, l'énergie pulse en moi comme des mini-électrochocs, alors que je le hisse sur mes épaules et que je recommence à courir, Herbie nous accompagnant d'une même foulée, six pas à chacun de mes pas, ses quatre pattes trapues travaillant dur pour propulser son corps, la langue pendante. Les cris aigus d'excitation de mon fils résonnent dans mon oreille. « Plus vite, Yaya, plus vite, hue, hue, dada ! »

« Nous prendrons trois grandes pizzas végétariennes, s'il vous plaît. » Je peux entendre ma voix résonner haut et fort au comptoir bondé de la pizzeria du coin. Je fais descendre Tommy toujours juché sur mes épaules. Il n'y a aucun signe de Marco, seulement sa fille acariâtre, qui préférerait être partout ailleurs plutôt qu'ici. Je me revois quand j'étais plus jeune et je dois réfréner l'envie de la gifler. La fille m'ignore, s'affairant à la caisse. Ma voix monte d'une octave : « J'ai dit trois grandes pizzas végétariennes. » Tommy tire sur ma manche. « Dis "s'il te plaît", Yaya. » Comment ose-t-il me reprendre comme ça en public ? Se moquer de moi. D'un geste vif, je lui attrape l'oreille. Le silence se fait dans la salle, le rouge me monte aux joues, la paume de ma main est tremblante et chaude. Une voix d'homme : « À quoi ça sert ? » Ma langue me paraît trop grosse pour ma bouche. Une jeune fille aux cheveux teints en blond ne quitte pas son téléphone des yeux, faisant glisser son pouce sur l'écran ; une femme plus âgée au col amidonné garde la tête baissée, tandis que deux autres personnes sont tournées obstinément vers la fenêtre, mais l'homme qui vient de parler m'interroge tout entière du regard, centimètre carré par centimètre carré. *Calme, calme.* J'écarte mes cheveux de mes yeux, je redresse mes épaules, rentre mon ventre. La fille dit à voix haute : « Deux grandes pepperoni » et lui tend un sac ; c'est un homme mince, en short, avec des chaussettes hautes, ce qui lui donne l'apparence d'un écolier monté en graine. Il paie la fille et me dit : « Vous avez une attestation prouvant que vous êtes propriétaire de ce chien ?

— Il se trouve que oui. Adopté…

— Et pour le pauvre enfant ? Vous avez une attestation pour ça ? »

Cette fois, ça fait mouche. Tommy tend sa petite main vers moi et je la prends, l'enfermant dans la mienne. Il me regarde, avec son visage sérieux, cette expression de chouette effraie, et me fait signe de la tête. « Tout va bien, Yaya. » L'homme se penche et parle à hauteur du visage de Tommy : « Si ta mère recommence, tu le dis à ta maîtresse, d'accord ? » Tommy acquiesce, détournant l'attention. L'homme s'en va, en jetant un coup d'œil par-dessus son épaule, son sens surdéveloppé des responsabilités le laissant aux prises avec toute cette merde qu'il n'a pas à gérer. Je ne sais pas comment j'ai compris ça, mais ça m'a toujours servi quand j'étais comédienne, cette intuition de la psyché des autres. C'est tellement plus facile de se mettre dans la peau de quelqu'un d'autre.

« Je vais devoir vous demander de sortir », dit la fille.

Quel âge a-t-elle pour me parler sur ce ton ? Que sait-elle de l'éducation des enfants ? Il n'y a pas si longtemps encore il était parfaitement acceptable de donner une gifle à sa progéniture. Je le sais, j'en ai reçu plusieurs, et je connais aussi l'humiliation, je sais que ça n'apporte rien. Et pourtant ma paume me picote à l'idée d'entrer en contact avec la joue de la petite madame et de lui faire perdre son air suffisant. Mais mes garçons ont besoin de manger, alors j'ouvre la bouche pour parler d'une manière que je crois raisonnable : « Je suis désolée. C'est juste que j'ai eu une journée stressante. Ton père me connaît, je suis une habituée.

— Moi aussi je vous connais.

— Donc tu sais que je ne fais jamais ça et que je suis une habituée.

— Vous nous devez trente euros. »

La fille tend une boîte au contenu fumant à la femme à la chemise impeccable, celle qui a gardé les yeux baissés pendant tout ce temps ; elle dit merci et s'en va.

« Vraiment ? Je vais en parler à ton père.

— C'est mon père qui m'a dit de ne pas vous servir tant que vous n'aurez pas payé ce que vous devez. »

Je mets la main dans ma poche et récupère les cinquante euros, que j'agite triomphalement devant la fille.

« Ça ne suffira pas.

— Oh, pour l'amour de Dieu. » L'un des deux hommes qui regardaient par la fenêtre, prétendant ne rien remarquer, cesse soudain de jouer la comédie. « Servez cette pauvre femme et son enfant, et je paierai la différence. »

Je pense que je suis sur le point de pleurer, alors je pince la peau du dos de ma main et je tords ma bouche en un grand sourire qui accentue ma seule fossette. « Ce n'est pas la peine, vraiment. »

L'homme évite mon regard. « Donnez juste à manger à ce p'tit bonhomme, d'accord ? »

Une bouffée de chaleur pulse en moi et ma peau rougit, se couvre de taches.

« Combien elle doit ? demande-t-il à la fille.

— Je ne veux pas que vous me fassiez la charité » – ma voix aussi légère que de l'hélium s'envole.

« Je ne fais pas ça pour vous », dit-il.

Tommy caresse Herbie sur le haut de la tête, encore et encore, si bien qu'on dirait qu'il pourrait lui arracher les poils. Je prends sa main dans la mienne et me penche pour embrasser ses doigts. « D'accord, merci, dis-je.

— De rien, répond-il plus gentiment. Tenez. » Il me tend une carte de visite avec son nom et son numéro de téléphone : David Smythe, McManus Smythe – avocats. C'est la technique de drague la plus déroutante que j'aie jamais rencontrée. « Je suis passé par là, moi aussi. » L'homme parle bas. « C'est injuste pour lui. » Il fait un geste vers Tommy. « Il y a une réunion plus tard. »

Ah d'accord. Qu'est-ce qui fait que c'est si évident chez moi ? Et maintenant, il n'y a pas que les vieilles dames qui le remarquent. Je repense à l'oncle Dom, le jeune frère de mon père. Il avait trouvé la sobriété et Jésus au même moment. Je le préférais avant, quand il se promenait avec des yeux rouges, pleins d'eau, et qu'il déplorait que le monde soit dans un « état de délabrement » permanent. J'aimais son goût pour la mélancolie ; il avait l'air tout droit sorti des pages d'un livre écrit à la fois par O'Casey et Tchekhov : un homme frustré, apparemment brillant, contrarié par le monde et ses machinations. J'étais sa « petite poupée » avant qu'il ne tombe amoureux de Jésus, sa petite fille si spéciale, et il aimait me brosser les cheveux et me chanter des chansons. Il n'y avait rien de plus là-dedans, et surtout pas de la manière dont mon père l'a interprété plus tard ; mais qu'il ait été banni de la maison a fait partie de son processus de désintoxication. Des images pieuses sont arrivées, adressées à nous tous. Mon père a toujours accueilli Dieu sous toutes ses formes à la maison, mais Dom n'en a plus jamais franchi le seuil.

Il m'a manqué, comme m'a manqué Amy, la sœur de ma mère, une « pouffiasse », une vache laitière avec de gros seins (selon Lara). Après une dispute spectaculaire avec Lara la veille de Noël, quand j'avais treize ans, Amy est partie, ou a été mise à la porte, je ne me souviens plus exactement, mais je n'ai plus jamais entendu parler d'elle. Lara avait orchestré tout ça : notre vie insulaire – coupée du monde –, sur laquelle elle avait la mainmise.

L'homme est maintenant de dos et, par la fenêtre pleine de traces de doigts, il regarde défiler la circulation. Un silence s'est installé dans la pizzeria et les bruits de l'extérieur sont amplifiés. La voix de la fille s'élève au-dessus du bruit des voitures et s'adresse à l'homme de dos : « Ce sera un supplément de huit euros cinquante. » Il lui tend un billet de dix et lui dit : « Gardez la monnaie », puis sort. La fille lui crie après : « Vos pizzas sont presque prêtes. » Il était parti.

Je retourne la carte dans ma main et l'étudie : David Smythe. Un nom solide. Il a laissé dans son sillage une impression d'ordre et d'unité, bien que je ne sache déjà plus à quoi il ressemble. La couleur de ses cheveux ? Ses yeux ? Ses vêtements ? Rien, sauf ses chaussures bien cirées et ses longs doigts. Et les pommettes, la peau tendue tirée vers le haut. Une réverbération. Une voix qui sait des choses. Et, près de lui, une impression de solidité.

La fille me tend un sac. « Cinquante euros, c'est bon », dit-elle. Je lui donne le billet et je pars, les jambes lourdes. « C'est une belle soirée, T, on fait un pique-nique dans le parc ? » Tommy traîne des pieds, éraflant ses baskets. « Pizza sur l'herbe ? » demande-t-il à Herbie, qui est toujours abattu et tendu. Qui a dit que les chiens n'avaient pas de mémoire ? Je pourrais parier que chaque seconde du temps passé ensemble est inscrite dans le cerveau de ce p'tit gars, et ce dernier incident n'a aucun sens par rapport à ce qui a précédé. Peut-être que tous les humains ne sont rien que des trous du cul auxquels on ne peut pas faire confiance. Peut-être que tu as raison, Herbie.

L'air est doux et sucré, il en émane toutes les senteurs d'un lendemain de bruine estivale. Mes sens sont exacerbés lorsque je respire l'odeur de l'herbe, de la terre humide, des troncs d'arbres moussus ressemblant à une peau d'éléphant rugueuse. Dès que nous atteignons le parc municipal, j'enlève mon cardigan et l'étale sur le sol pour que mes garçons puissent s'asseoir dessus. Je tends une part de pizza à Tommy, qui donne la première à Herbie, puis prend la sienne, y plante les dents, les yeux fermés, parodie d'adulte vivant un moment de bonheur. Une seule bouchée me suffit, je suis incapable d'oublier l'origine du fromage. Tommy ouvre les yeux, me regarde, m'observe.

« Yaya, les oiseaux noirs vont venir si tu manges pas. »

Bon sang, quand lui ai-je parlé des oiseaux noirs de l'inquiétude ? Je me souviens qu'on m'avait raconté à moi aussi un truc comme ça. Qui ? Ma mère ? Lara ? Il est peu probable que ce soit Lara, qui ne me disait jamais rien, sauf quand elle voulait que je sache que mon père me désapprouvait.

« Yaya, tu dois manger ! »

J'ébouriffe les cheveux de Tommy et lui dis : « Je mangerai plus tard. Promis, mon cœur. Pour le moment, ne t'inquiète pas. Profite de ta pizza. »

Mon estomac est plein et gonflé, alors qu'il doit être vide, et j'ai peur d'avaler ma langue, qui semble prendre toute la place dans ma bouche. Je m'allonge sur la pelouse et je regarde le ciel nocturne, flou, et si bas qu'on dirait qu'il pourrait s'abattre sur nos têtes et nous recouvrir d'un manteau de nuages. Je m'autorise à vivre le moment en toute conscience : le bruit de mes garçons qui mâchent, la lourdeur de mes membres, et me rendre compte que quelque chose m'a rattrapée. Mes paupières tombent, lasses de devoir protéger des yeux comme les miens : *Ô ! malheur à moi, Avoir vu ce que j'ai vu, et voir ce que je vois*[1] *!*... La foule est réduite au silence. La fin d'Ophélie a toujours été une proposition séduisante, la fin poétique d'une vie tragique. En tant que mère, mon propre sens du tragique et ma présence dans ce royaume ne sont plus que ponctuels. Je dois penser à quelqu'un d'autre qu'à moi, ce qui ne correspond pas à l'image que j'avais de moi-même. Je n'aurais jamais été choisie pour jouer le rôle de la mère. Une célèbre directrice de casting me l'a dit, je ne possédais pas les attributs propres à une mère : j'étais « trop anguleuse et fébrile ». Je pense que c'était un compliment.

Le corps chaud de Tommy me grimpe dessus, nous sommes couchés cœur contre cœur, un duo arythmique... Je le câline, le serre dans mes bras, pas trop fort, pas trop longtemps, sans être en demande, en veillant à ne pas l'effrayer. Son corps reste détendu et s'endort. Je regarde ses cils papillonner tandis que je caresse doucement ses joues rougies. Mon corps succombe à un amour douloureux. *Prends-le et découpe-le en petites étoiles, Et il rendra le visage du ciel si beau, Que le monde entier sera amoureux*

1. Shakespeare, *Hamlet*, acte III, scène 1. Traduction de Jean-Michel Déprats, Éditions Gallimard, coll. « La Pléiade », 2002, p. 815.

de la nuit, Et cessera d'adorer l'éblouissant soleil[1]. Les mots de Juliette flottent dans l'air. J'enfouis mon nez dans les cheveux de Tommy, qui sont vraiment aussi fins que de la soie. Herbie est couché tout près, mais pas trop près, ses yeux sont fixés sur celui qui est vraiment son maître, comme pour le protéger. « Désolée, Herbie, mon vieux. » Sa queue bat, un synonyme de pardon. Pas étonnant que nous utilisions les chiens comme nous le faisons. Ils nous font nous sentir mieux que nous ne le méritons.

1. Shakespeare, *Roméo et Juliette*, acte III, scène 2. *Op. cit.*, p. 339.

6

Le ciel s'est vidé de toute sa lumière résiduelle, et l'humidité qui imprègne mon cardigan pénètre mes os. Je murmure à l'oreille de Tommy : « Allez, T, il est temps de rentrer. » Mrs O'Malley est couchée depuis longtemps, il n'y a rien à craindre ; pourtant, l'idée de retourner à la maison, où les mauvaises ondes, suite à mes actes passés, vibrent encore, fait battre mon cœur à tout rompre. Tommy s'agite. « Rat-a-tat-tat », dit-il en se relevant.

Nous filons discrètement le long de la route, tous les trois recroquevillés dans l'ombre du mur, Herbie toujours plus petit qu'il ne devrait l'être. Tommy me tient fermement la main. « Bobo au ventre », dit-il. Je me penche pour l'embrasser. « Ça va passer. » Je connais cette sensation : ne pas manger, puis manger trop et trop vite, et le mal à l'estomac qui s'ensuit. Tommy et Herbie ont englouti à eux deux les trois pizzas, et je ne peux qu'imaginer l'état des intestins du chien : tout tordus par le stress et trop de pâte à pain et de fromage. Les miens doivent baigner dans de la saumure, plongés en permanence dans un bain de reflux acide, et pourtant je vais devoir en rajouter. Sinon, je ne pourrai pas passer la nuit, les tremblements ont déjà commencé. Cette fois, il n'y a pas de voix discordantes ; je me rends tout simplement compte que ma gueule de bois est trop violente et que les envies sont trop exigeantes. Je tripote la carte avec le numéro de téléphone de David Smythe. Demain – il y a toujours un lendemain.

Alors que nous approchons de la maison, j'aperçois une voiture garée juste devant et qui en bloque l'accès. *Les gens, parfois…* Un éclair familier de colère me saisit, les clés à portée de main. Au moment où je m'apprête à enfoncer la pointe dentelée dans le métal, je me rends compte que cette voiture ne m'est pas inconnue. Je remets les clés dans ma poche et respire profondément.

Un homme descend du véhicule. « Bonsoir, jeune homme. »

Tommy me regarde, troublé. Personne ne nous rend jamais visite.

« Bonsoir, Sonya, dit l'homme.

— Il est tard. »

Il ne bouge pas. « Je pense qu'il serait préférable que nous entrions. » Sa voix est coincée dans sa gorge. Il regarde autour de lui pour vérifier que personne n'écoute. Toujours inquiet pour les voisins ; je sais qu'il vaut mieux ne pas répondre à cette provocation. « Tu sais l'heure qu'il est, Sonya ? Le petit devrait être couché depuis longtemps. »

Que sait-il de l'heure à laquelle se couche Tommy alors qu'on ne l'a pas vu dans les parages depuis presque deux ans ?

J'arrive à bredouiller : « Où étais-tu passé ?

— Tu m'as dit de ne pas venir. »

Tu devrais me connaître mieux que ça. Si ce n'est pas toi, alors qui ? Mes pensées tourbillonnent, sans être exprimées à voix haute, et je dois m'appuyer contre le mur, étourdie par l'effort de les retenir.

« Ça va, Sonya ?

— Bien. » J'essaie, sans succès, d'afficher un grand sourire super radieux.

« Tu vas m'inviter à entrer ?

— Ce n'est pas le bon moment. Tommy doit aller au lit. »

Il hoche la tête, mais ne bouge toujours pas. « Il faut que je te parle, Sonya. »

Ces mots sonnent comme un mauvais présage et soulèvent la question épineuse de savoir quand je pourrai avoir ma dose pour la nuit. Mes mains tremblent, depuis plusieurs heures maintenant, et mon esprit est submergé par l'image de ma tétine, consolatrice liquide et soyeuse. Mon beau répit.

« Un drôle d'animal. »

Herbie grogne en réponse.

« Tout ça ne lui plaît pas, dis-je en esquissant un demi-sourire qui ressemble plus à un rictus.

— J'entre, Sonya. Je n'ai pas fait toute cette route pour rien. »

Comme si rouler une dizaine de kilomètres pour voir sa fille unique était un sacrifice. Il n'a sûrement pas dit à Lara qu'il venait. Elle l'aurait manipulé pour le convaincre de rester loin de moi, pour le protéger – après ce qui s'est passé la dernière fois. La honte comprime mes voies respiratoires alors que des bribes de souvenirs se logent dans ma gorge : moi perdant les pédales, hurlant, donnant des coups, dans une rage impuissante. Mais Tommy ? Je ne peux pas concilier tout ça avec l'abandon de son unique petit-fils. Mon corps réagit, se replie sur lui-même et se raidit. Va-t'en, je lui ordonne silencieusement, va-t'en, va-t'en. À ce moment précis, je le pense vraiment, même si, dans un instant, le voir partir me tournant le dos pourrait aussi bien me couper le souffle. Nous avons toujours joué à ce jeu du « fuis-moi, je te suis ». J'ai souvent pensé qu'il serait préférable qu'il soit mort : mon chagrin serait alors justifié, défini et « normal ». À l'heure actuelle, alors qu'il est là, devant moi, je pleure toujours autant son absence.

« Ce n'est pas le bon moment. » J'essaie de parler d'une voix raisonnable, adulte. « Allez, viens Tommy, c'est l'heure d'aller au lit. »

Nous sommes suivis par des bruits de pas.

« Yaya, le monsieur arrive.

— Cet homme est ton grand-père, dis-je sèchement. Dis-lui “Bonne nuit, grand-père”. »

Nous sommes arrivés devant la porte et j'essaie de tirer Herbie par son collier – il est tendu et les poils sur son échine sont au garde-à-vous – quand je sens mon père m'arracher les clés des mains. Il nous précède dans l'entrée. Le moment est si inattendu et étrangement violent que je suis abasourdie, réduite au silence. Herbie le rompt en grognant.

Mon père se tourne vers moi, impuissant. « Désolé, mais c'était le seul moyen d'être invité à entrer… » Il s'interrompt, sa tentative pour être drôle tombe à l'eau.

Herbie se rapproche, renifle, tourne en rond.

« Tu vas mettre ce clébard dehors ?

— Ce clébard s'appelle Herbie, tu l'as connu quand il n'était alors qu'un chiot, et c'est un chien d'intérieur. »

Tommy a mis son pouce dans sa bouche et le suce avec véhémence. « C'est bon, Mr T, arrête un peu, maintenant. Ce pouce est à vif et tes dents vont pousser en avant. Tu veux que je le recouvre de moutarde ? » Alors que ces mots s'échappent de ma bouche, je sens mon père nous fouiller des yeux ; il fait le tour de la maison pour embrasser du regard tout le glorieux désordre qui règne partout autour de nous – depuis l'entrée jusqu'au salon.

« Bon sang, Sonya, tu as vu dans quel état est la maison ? Un vrai trou à rats. »

Toujours et encore cette métaphore du rat, jamais celle des mignons petits cochons dans une porcherie, plutôt celle des rats aussi gras que des chats, se gobergeant, se gavant de la saleté des gens. Quel dommage que Mrs O'Malley n'ait pas pensé à nettoyer ailleurs que dans la cuisine.

« Je n'ai pas vraiment les moyens d'employer une femme de ménage. »

Il me regarde avec une sorte de dégoût mêlé de pitié. « Un coup d'aspirateur de temps en temps. Un coup de chiffon. »

Et moi qui pensais qu'il avait peur de moi, et que c'était pour ça qu'il restait à l'écart. La culpabilité que je portais. Et je pensais qu'il me manquait. Il va dans la cuisine, s'adosse à l'évier. Nous le suivons.

« Jeune homme, ça te dirait de venir passer quelques jours de vacances chez moi ?

— De quoi tu parles ? je demande.

— Je pense qu'il serait bon pour lui de rester à l'écart de tout ça pendant un certain temps, jusqu'à ce que tu te requinques.

— Juste comme ça ? Deux ans sans aucune nouvelle, et puis tu débarques sans être invité et tu me menaces ?

— He'bie ? demande Tommy.

— Ne t'inquiète pas Mr T, tu ne vas nulle part. Ne fais pas attention à ce vieil homme méchant. Peut-être que lui aussi veut t'engraisser.

— Sonya, arrête de lui bourrer le crâne avec de pareilles sottises. »

L'affront de ces propos me coupe le souffle. « J'aimerais vraiment que tu t'en ailles.

— Et le garçon ?

— Tommy, il s'appelle Tommy.

— Je sais, dit-il, l'air épuisé par la futilité de notre conversation. Il est encore assez jeune… »

Ces mots tirent les créatures ailées de leur sommeil, et il n'y a qu'une chose à faire, une seule façon de les calmer : les noyer.

« Je suis là maintenant, Sonya. Je suis là maintenant. Une tasse de thé ?

— Je ne suis pas une buveuse de thé, *papa*, dis-je en essayant de prononcer ce mot qui remplit ma bouche comme un morceau de foie cru.

— Tu pourrais y prendre goût, si tu en buvais plus souvent. »

Je hausse les épaules et vais jusqu'au frigo ; sans vergogne, je me sers un verre de vin blanc dont le chuchotement résonne à mon oreille, barrage à tous les bruits dans ma tête ou à tout ce que mon père pourrait dire.

« Sonya ? »

J'avale une gorgée.

« S'il te plaît, pas devant le petit. »

Un éclat de rire m'échappe et je mets ma main sur ma bouche pour essayer de l'étouffer. Des bulles de rire se fraient un chemin depuis mon estomac jusqu'à ma gorge, irritée à force de tenter de les empêcher de s'échapper. Le vin m'aide. Avaler, respirer, avaler, respirer. De l'eau, qui m'encercle, me retient. Mon père se dirige vers la bouilloire, l'allume et attend. L'eau bout tandis que Herbie, Tommy et moi sommes au garde-à-vous, en rang, suivant tout des yeux, avant de se fixer sur cet homme étrange, là dans notre cuisine où nos bols de corn flakes détrempés sont restés sur la table. Il ouvre prudemment les portes des placards, comme s'il avait peur de ce qui pourrait lui sauter dessus. Il trouve les sachets de thé et les met dans deux tasses qu'il stérilise d'abord avec de l'eau bouillante. Je suis surprise qu'il ne renifle pas autour de lui.

« Allez, viens, jeune homme, on va te mettre au lit. Ta maman et moi avons besoin de parler, une conversation entre adultes, d'accord ? »

Tommy me regarde et je lui réponds par un clin d'œil discret.

« Tout ce qui a besoin d'être dit peut l'être devant Tommy.

— Oh, bon sang, Sonya ! Ce n'est qu'un enfant. »

Je ne bouge pas, ne parle pas, me contente d'avaler une autre gorgée de vin. Tommy continue à me regarder.

Mon père dit à voix basse : « Je ne veux pas le bouleverser, Sonya. C'est grave. S'il te plaît, mets-le au lit et reviens me parler, d'adulte à adulte. »

Je dois poser fermement une main sur l'autre pour ne pas lui jeter mon verre à la figure.

« La police a été alertée, Sonya. »

Une crampe à l'estomac si violente que je manque de me plier en deux de douleur.

« Par qui ? La vieille fouine, la cafteuse qui habite en face ?

— Sonya, s'il te plaît… » Il fait un geste en direction de Tommy.

L'expression du visage de mon fils est insupportable. « C'est bon, Munchkin, on va te mettre au lit et je vais avoir une discussion entre adultes pendant quelques minutes, d'accord ? Ensuite, je viendrai te retrouver et nous irons tous ensemble au pays de Nod, d'accord ? »

Tommy passe sa main sous le collier de Herbie. « Allez, He'bie ! »

Mon père me regarde d'un air incrédule, alors que je prends Tommy par la main, le chien sur nos talons, et que je ferme la porte derrière nous.

« C'est qui le monsieur, Yaya ? »

Je décide que ce n'est pas le moment de donner des explications sur les pères qui abandonnent leurs enfants.

« C'est bon, mon chéri, il ne restera pas longtemps, je te le promets. Maintenant, on va te mettre en pyjama et tu vas monter au lit avec Herbie. On te brossera les dents quand le monsieur sera parti, d'accord ?

— D'accord. » Il se déshabille, lève les mains pendant que je lui enfile son haut de pyjama. Il enfile le bas lui-même.

« Tu es vraiment un grand garçon, Tommy ! » Je l'embrasse sur le front.

« Yaya ?

— Oui, mon chéri ?

— Ne laisse pas la méchante fée voler à l'intérieur ce soir, s'il te plaît, Yaya.

— D'accord, chéri, je te le promets.

— Plus de bouteille. »

Je lui souris pour le rassurer mais, avec la nuit qui s'annonce, c'est une promesse impossible à tenir et je ne vais pas mentir à mon garçon. Je serai prudente, je serai modérée, je sais quand m'arrêter.

« Maintenant, je ferais mieux d'y aller et de parler au monsieur, et je reviens te voir tout de suite après, d'accord ?

— Tout de suite après, Yaya ?

— Oui, mon bébé, je reviens tout de suite. Je t'aime plus que le monde entier.

— Je t'aime plus que toutes les planètes », dit-il en ouvrant ses bras aussi grand que possible. Je lui envoie un baiser, il l'attrape et il improvise une pantomime comme pour le manger.

« Miam, miam, miam.

— Miameux, slurpeux, miam, bam, je dis, ce qui le fait glousser. Je veux que tu penses à la meilleure histoire du soir, ok ? Raconte à Herbie toutes les aventures que tu vas vivre à Nod ce soir… Herbie, surveille Tommy jusqu'à mon retour, ok ?

— Allons au pays des géants endormis, He'bie, et on les réveille pa'ce qu'ils veulent aider les petits qui ont peur.

— Super, Tommy ! Je serai de retour en moins de deux ! » Je fais tourner ma main comme si elle tenait une baguette magique.

À son tour, il me fait disparaître d'un geste. Je sors et referme la porte doucement derrière moi.

Mon père est toujours debout, adossé à l'évier, tendu.

« Sonya, tu te joins à moi pour boire un thé ? »

Je l'ignore et remplis mon verre de vin. J'ai besoin d'émousser les bords mais pas de tamiser les lumières. Je vais faire attention, je vais compter.

Tommy crie : « Yaya, tu viens m'embrasser pour me souhaiter bonne nuit ? » Je ne peux pas y retourner maintenant, pas tant que mon père est là, sachant que, si je fais preuve du moindre débordement émotionnel, je serai accusée d'intempérance, d'instabilité. « Dans une minute, d'accord ? » Je sens les yeux de mon père posés sur moi.

« Quoi ? Qu'est-ce que tu regardes ? Deux ans sans donner ni prendre de nouvelles, même pas pour l'anniversaire de ton petit-fils.

— Tu risques de perdre la garde de Tommy, si tu continues comme ça.

— Tu risques de me perdre pour de bon, définitivement cette fois. Je divorcerais si je le pouvais.

— Mrs O'Malley a prévenu la police.

— Vraiment ? Tu n'as pas pensé qu'elle pourrait juste être cinglée ? C'est bizarre qu'elle s'intéresse autant à ma vie, non ? »

Mon père rallume la bouilloire et, en attendant que l'eau chauffe, il ouvre le frigo. « Bon sang.

— De quel droit tu ouvres mes placards, mon frigo ?

— Il n'y a rien là-dedans.

— Comme je l'ai dit, j'ai un petit problème de trésorerie.

— Tu t'entends, Sonya ? » Il regarde fixement la bouteille de vin. « Combien ça coûte ?

— Ça ne te regarde pas. » Treize ans, les hormones rongent ma raison.

« Ta voix… Ce n'est même pas la tienne. »

L'eau bout, la vapeur monte vers le plafond humide et moisi. Je regarde le vapeur se dissoudre dans les fissures. J'en remarque alors une qui fait toute la largeur de la pièce. Peut-être que le plafond va nous tomber sur la tête et que l'affaire sera réglée. Il verse l'eau bouillante sur le sachet de thé, complète avec un filet d'eau froide et boit à petites gorgées, comme si avaler quoi que ce soit en provenance de ce trou à rats revenait pour lui à faire pénitence. J'ouvre la porte de derrière et m'y adosse, je respire l'air de la nuit, rempli d'effluves de fumée de barbecue venant des jardins voisins et d'une odeur de terre humide et de pourriture, une odeur de décomposition. Je n'ai pas sorti les poubelles depuis des semaines.

« Sonya, tu ne t'en sors pas, tout simplement.

— Et t'étais où ? Peut-être que si j'avais eu un peu de soutien, je m'en sortirais mieux.

— Sonya, tu as un problème avec l'alcool. »

Comment ose-t-il débouler, débarquer, arriver ici avec ses gros sabots – non, s'imposer, entrer ici de force – après tout ce temps, en affichant son arrogance et son mépris, en me disant ce que je suis, qui je suis, quel genre de mère je suis ? Mon amour pour Tommy est plus grand que tout ce que j'ai pu ressentir auparavant, plus grand que tout l'amour dont il a jamais fait preuve à mon égard.

« C'est de famille, Sonya. » On dirait qu'il a du mal à dire quelque chose.

« Quoi ? Qui dans la famille ? »

Il pèse ses mots avant de dire : « Tu sais que ça a failli détruire ton oncle ? J'ai peur qu'il t'arrive la même chose. » Il s'assied, fatigué par cette confrontation. Ce n'est pas dans ses habitudes ; normalement, il règle les problèmes en faisant comme si de rien n'était, jusqu'à ce qu'un coup de tonnerre éclate – comme avec son frère, comme maintenant –, quand la police risque de s'en mêler. Je sens qu'il me cache quelque chose.

« Tu es terriblement lâche », dis-je d'une voix légèrement brouillée.

J'ai envie d'aller me blottir contre lui, d'enfouir ma tête contre sa poitrine comme je le faisais avant que Lara n'entre dans nos vies ; j'entends mon cœur battre dans mes oreilles, mais j'ai peur de m'effondrer si je fais un pas dans sa direction. Bien que ma vision soit floue, brouillée par l'alcool, je suis surprise de le voir affalé sur la table, un homme vaincu. Enfin, enfin, je l'ai achevé. Et ce qui jaillit en moi, c'est une tristesse insupportable : la mienne et la sienne. Nous restons silencieux tandis que les larmes montent en moi, jusqu'à ce que tout mon corps tremble – torturé par l'effort de les ravaler. Tout ça est-il bien réel ?

« Arrête ça maintenant, Sonya, pense à ton fils. »

Il recommence à me donner des instructions : faux, faux, tout faux. Y a-t-il un seul instant où je ne pense pas à mon fils ? J'essuie mes larmes d'un geste brusque.

« Sonya, il faut qu'on parle… » Il me dit que Mrs O'Malley est une vieille amie de la famille et que, malgré les apparences, il ne m'a pas complètement abandonnée ; il a demandé à ma voisine de garder un œil sur moi et de le tenir au courant.

« Tu as demandé à cette vieille chouette de m'espionner ?

— Mrs O'Malley a dit que tu avais un comportement de plus en plus imprévisible, que tu laissais portes et fenêtres grandes ouvertes et que tu avais failli mettre le feu à la maison.

— Oh, pour l'amour de Dieu. Tu t'y connais toi aussi en repas cramés, non ?

— C'était seulement tout de suite après la mort de ta mère, dit-il calmement. Écoute, Sonya, Mrs O'Malley est inquiète, et je le suis aussi. Cet enfant n'est manifestement pas entre de bonnes mains.

— Et tu penses qu'avec toi j'ai été entre de bonnes mains ? »

Il baisse les yeux sur ses gros doigts maladroits qui entourent la tasse en fausse porcelaine de quincaillerie, décorée et chichiteuse, calligraphiée en bleu : des saules, ou des chatons, une pagode, des fleurs, des bateaux et des gargouilles qui se poursuivent sur la surface émaillée en cercles sans fin.

« Tu l'as payée ? »

Il ignore ma question, ce qui laisse entendre que c'est possible.

« Tu aurais dû venir nous voir, dis-je dans un murmure.

— Tu as oublié m'avoir interdit de te revoir ?

— Et tu ne pouvais même pas envoyer une carte de Noël à ton petit-fils ?

— Sonya, tu as une mémoire sélective. J'ai envoyé des cartes, qui m'ont été renvoyées sans que les enveloppes aient été ouvertes. »

C'est vrai que j'ai comme effacé cet épisode. C'était presque trop douloureux d'avoir des bribes de son existence alors qu'il ne se montrait jamais.

« Et je suppose qu'il se passe aussi des choses "dramatiques" ? » dis-je.

Il se frotte les tempes de ce même petit mouvement circulaire qui est le mien. Il ferme les yeux et respire profondément, l'expiration ressemble à un long soupir. Si je ne me contrôle pas, des mots vont maintenant jaillir de ma bouche, des mots que je regretterai plus tard. Je peux voir la brume, sentir la fièvre monter, et ma bouche brûle à force de retenir toutes les insultes que j'ai besoin de cracher. J'inspire profondément et expire lentement en un long sifflement. Pendant les quelques minutes qui suivent, seules nos respirations amplifiées se font entendre. *Contrôle tes impulsions*. J'entends la voix de mon père résonner à mon oreille. J'avais quatre, ou peut-être cinq ans, trop grande déjà pour piquer une colère de bébé – ou, selon ses termes, une « crise d'hystérie » – dans le rayon d'un supermarché surchauffé et trop éclairé. Je me revois allongée sur le ventre, tapant le carrelage de mes poings, m'écorchant les genoux et le ventre au passage. Il s'était alors éloigné, faisant semblant de ne pas me connaître. Je me demande où était ma mère. Je ne me souviens pas qu'elle ait jamais fait les courses, cuisiné ou lu des histoires pour m'endormir. Une absence, même avant sa mort.

« Oui, je l'ai payée, Sonya – Mrs O'Malley. Elle a dit qu'elle s'occuperait du petit. »

Je mords ma grosse langue râpeuse maintenant que mon père est honnête. Il y a un ton dans sa voix, dépouillé de son habituelle suffisance, que je n'ai jamais entendu auparavant.

« Tu t'en sortais bien, d'après ce qu'elle savait, jusqu'à il y a quelques mois quand ton alcoolisme s'est aggravé, au point que tu as failli mettre le feu à la maison l'autre soir. Pense à ce qui aurait pu se passer, Sonya.

— Mon Dieu, c'était juste quelques bâtonnets de poisson pané brûlés. »

Mon père me tourne le dos, il regarde nos reflets dans la vitre et l'obscurité dehors, ses doigts tripotant une tache rouge et épaisse sur sa nuque. Il parle sans se retourner.

« Il s'est passé quelque chose, il y a quelques mois ? Quelque chose qui t'a fait basculer ? »

Il s'est passé « quelque chose » ? Je ne crois pas. Mon « point de bascule » n'était que la destination inévitable du voyage que j'avais entrepris. Mon flirt s'était transformé en une liaison à part entière. Il n'y a pas eu de moment grandiose, de déclic ; la relation se déroulait gentiment, en douceur – un tampon protecteur –, jusqu'à ce que je me réveille pour constater que toutes mes pensées étaient consumées. C'est mon histoire avec l'alcool, comme avec tous les hommes de ma vie jusqu'à présent.

Qui suis-je si je ne joue pas la comédie ou ne baise pas ?

Il se tourne vers moi. « Y a-t-il quelque chose de drôle, Sonya ? »

Ma bouche doit être en train de se tordre. « Je n'arrive pas à croire que tu as payé cette vieille salope pour "garder un œil" sur nous.

— Qu'est-ce qu'on va faire ? »

Je me surprends à dire : « Pour commencer, je vais boire un thé. »

Mon père paraît soulagé, il s'en occupe, concentré sur la tâche à accomplir.

« Merci. » Je sirote le liquide amer, me brûle la langue – ma pénitence.

7

Nous sommes tous les deux assis en silence – mon père, les épaules voûtées et les doigts recroquevillés, comme je ne l'ai jamais vu auparavant. J'ai envie de délier ses doigts, de redresser son dos. J'avale timidement le liquide brun, couleur de tourbe, maintenant tiède mais toujours si peu réconfortant, et j'ai envie de ce petit goût qui m'attend patiemment dans le réfrigérateur. Suis-je vraiment dupe ? Est-ce que je le « goûte » vraiment ? Ce que je recherche, c'est plutôt une sensation : le vide, le retour au calme et le néant. Le néant total. *Putain, papa, tu m'as manqué.* Mordre fort l'intérieur de ma joue.

« J'aimerais emmener le petit.

— Je vais aller aux Alcooliques anonymes.

— À ce stade, tu as besoin de plus que ça, Sonya. Une cure de désintoxication.

— Je n'abandonnerai pas mes garçons.

— Juste pour quelque temps. En contrepartie, tu seras une meilleure mère. »

En contrepartie.

« Il devrait aller à la maternelle maintenant. Pourquoi n'y va-t-il pas ? »

Je repense à l'inquiétude de mon généraliste la dernière fois que je suis allée le voir quand Tommy a eu une forte fièvre. Le médecin semblait bien plus préoccupé par le parcours scolaire de Tommy que par son mal de gorge.

« Il ne veut pas y aller. Je lui ai demandé. »

Mon père me regarde, tout en grattant sa grosseur sur la nuque.

« Qui est l'adulte ici, Sonya ? »

Je lui tourne le dos pour qu'il ne voie pas le rouge qui me monte aux joues.

« On doit tous faire des choses qu'on n'a pas envie de faire. Il est important que Tommy le sache. »

J'ouvre le placard où est rangé le Cif citron ; il y a aussi un tampon à récurer. Je vaporise et je frotte chacune des surfaces dans la cuisine, obsédée par les traces sur le mur que je n'avais pas remarquées auparavant. Mrs O'Malley est loin d'avoir récuré à fond. Le balai à la main, j'enlève une toile d'araignée dans le coin le plus reculé de la cuisine. Les pauvres araignées. Que vont-elles devenir maintenant ? Mes yeux se remplissent de larmes. En un flash, je vois le visage de Tommy illuminé par les flammes, ses yeux reflétant le feu vacillant. Ce qui aurait pu se passer m'apparaît soudain... Mon garçon englouti dans un buisson ardent. Mon garçon étouffé. Mon chien maltraité.

« Sonya, tu n'as pas le choix. Mrs O'Malley n'a pas envie que ça continue... Et moi non plus... Tu vas faire ce qu'il faut. »

Est-ce qu'il m'a déjà parlé de ça avant ? C'est Lara qui a attisé sa désapprobation, son dégoût, son aversion viscérale pour moi. Je ne comprendrai jamais pourquoi cette femme a ressenti le besoin de semer la zizanie entre nous. L'idée que Tommy soit près d'elle me coupe presque le souffle. Une quinte de toux me prend à la gorge. Mon père se lève et me tape dans le dos. « Là, là, Sonya, là, là », comme s'il essayait de calmer un bébé souffrant de coliques.

« Je vais voir Tommy, il faut que je m'assure que tout va bien.

— Tu crois que c'est raisonnable ? Il dort, probablement. »

J'entre dans la chambre, ferme doucement la porte derrière

moi et retrouve mes deux garçons blottis l'un contre l'autre, ronflant bruyamment. Je m'assieds au bord du lit, tends une main pour lisser le front inquiet de Tommy. Son front inquiet, et il n'a pas encore cinq ans. Sa petite tête pleine de mauvaises fées et d'oiseaux noirs, ceux de l'inquiétude, son ventre souvent douloureux, sa maison crasseuse, et sa mère alcoolique, une alcoolo égoïste, égoïste, égoïste. Combien de fois encore vais-je dire « demain » ? Combien de fois encore vais-je dire « désolée » ? Et la maison qui a failli prendre feu n'est pas le pire, le pire s'est produit plus tôt dans la journée, sans témoin. Une femme capable de ça est capable de tout. *Une mère monstrueuse* – je peux voir les gros titres. Tout ce qui se trouve dans la pièce devient très net, ma vision est comme filtrée par du cristal, et je peux voir un futur où je suis sous la coupe de cette salope de diablesse. Je leur dis : « Vous n'êtes pas en sécurité avec moi telle que je suis. » À peine un murmure

Je me lève, vais à la fenêtre et appuie mon front contre la vitre. J'ouvre l'armoire, prends ma valise à roulettes et commence à y jeter des choses au hasard.

Tommy ouvre un œil. Je suspends mon geste.

« Comment va Nod, chéri ? Tu as trouvé le pays des gentils géants ? »

Il sourit, encore à moitié endormi.

« Souviens-toi que tu as un ange gardien spécial qui veille sur toi. Toujours. »

Il se retourne et se blottit contre Herbie.

« À plus tard, mon canard, je chuchote.

— Dans longtemps, pélican », murmure-t-il en retour, dans son sommeil.

Je retourne dans la cuisine avec ma valise, juste au cas où, bien que je ne sois même pas sûre d'avoir pris des sous-vêtements.

« Combien de temps ?

— Trois mois.

— Quoi ? C'est beaucoup trop long. Tommy ne survivra jamais aussi longtemps sans moi.

— Ce qui m'inquiète, c'est de savoir s'il va survivre avec toi. »

Un sentiment que je n'avais jamais éprouvé auparavant m'envahit.

« Je suis désolé, Sonya. Je sais que c'est un choc, je sais que tu aimerais m'entendre dire que tu pourrais t'en sortir rien qu'avec les Alcooliques anonymes. Mais il est trop petit, c'est trop dangereux. On ne peut pas vaincre cette maladie sans se faire aider. »

Il s'assied, affaissé, il semble épuisé.

« Tu ne peux pas revenir dans quelques jours ? Il faut que je prépare Tommy à cette idée. » J'ai failli ajouter « et Herbie », mais je ne veux pas que mon père soit plus inquiet qu'il ne l'est déjà.

« Il y a une place pour toi demain. Si tu acceptes d'y aller. Tu dois accepter d'y aller de ton plein gré.

— Pas demain, papa.

— Ces places sont rares, Sonya. Je t'en prie, penses-y. Pour Tommy. Plus vite tu t'attaqueras au problème, plus vite vous serez à nouveau tous réunis. »

Je m'assieds à l'autre bout de la table.

« Où ira Tommy ?

— Chez moi.

— Et Lara ?

— Il faudra bien qu'elle comprenne.

— Tu ne lui as donc rien dit ? »

Il a l'air malheureux. Cette situation pourrait devenir un énorme problème pour lui. Il regarde la table, ramasse une miette, se lève, va à l'évier, prend un torchon, fait couler l'eau, revient et essuie la table.

« Papa, sérieusement, réfléchis bien. Lara ne sera probablement pas d'accord. »

Il lève l'éponge, la regarde attentivement comme si c'était quelque chose qu'il n'avait jamais vu auparavant.

« Il n'y a pas d'autre moyen, Sonya. Mrs O'Malley a dit qu'elle appellerait la police demain, et que s'ils n'intervenaient pas, alors elle appellerait les travailleurs sociaux. Elle ne plaisante pas.

— Connasse. »

Il me regarde droit dans les yeux. « Non, Sonya, elle pense à Tommy. »

Un silence s'installe. Je le romps en chuchotant : « Et Herbie ?

— Le chien ? On va devoir lui trouver un hébergement temporaire. Un chenil ou quelque chose comme ça. »

Je pense à Herbie recroquevillé dans un chenil sombre, entre les mains d'inconnus, des inconnus qui ne s'occuperont pas de lui comme je l'ai fait – jusqu'à aujourd'hui. Je dois m'en souvenir : jusqu'à aujourd'hui.

« Tommy ne survivrait pas sans lui.

— Ce n'est pas normal, Sonya. D'être autant attaché à un chien. »

Mon instinct animal se réveille, en sympathie avec Herbie.

« Je ne partirai pas si je ne suis pas certaine qu'ils pourront rester ensemble.

— Je vais voir ce que je peux faire. »

Au moins, il n'a pas enchaîné avec un « Ne sois pas ridicule, Sonya », qui a toujours été plus blessant que n'importe quelle gifle.

« Passé les deux premières semaines, Tommy pourra venir te voir. »

La résistance s'impose à moi soudain, un mur. Deux semaines sans voir Tommy. Pas question, carrément hors de question.

« Pas question, papa. Je ne peux pas partir et les laisser.

— Si tu ne choisis pas cette solution, ce sera beaucoup plus traumatisant pour vous tous.

— Que va dire Lara si tu arrives à la maison avec un chien ?

— Je vais voir si Mrs O'Malley accepte de prendre le chien. Elle a l'air de bien l'aimer. »

Ce scénario crée un tel conflit que je n'arrive pas à faire le tri dans le fouillis d'images qui l'accompagne. Au moins, Herbie la connaît et semble l'aimer, mais il regardera tous les jours la maison d'en face, vide, et personne ne pourra lui expliquer que ce n'est que temporaire. *Et* si Mrs O'Malley le fait dormir seul dehors derrière la maison, comme ce sera probablement le cas, il va pleurnicher, *et* elle ne va pas aimer ça, *et* elle est trop grosse pour aller le promener, *et* elle lui donnera trop de friandises, *et* je ne peux pas supporter l'idée qu'il pourrait l'aimer, *et* mon fils, sans son gros doudou à poil long, sera brisé. *Et.*

« Peut-être qu'elle les prendrait tous les deux ? » Les mots sortent avant que j'aie eu le temps d'y réfléchir. Mon père a l'air soulagé, instantanément, comme si c'était une chose à laquelle il n'avait pas pensé. Il pourrait faire ce qu'il faut en bottant en touche et Lara n'aurait pas besoin d'être impliquée.

« Tu pourrais la payer. » Les mots s'échappent et je ferme rapidement mes lèvres, comme mon père m'a appris à le faire quand j'étais particulièrement turbulente. Il mimait le geste de faire glisser une fermeture éclair sur ma bouche, me donnant l'impression d'être cousue pour la journée.

« Je pourrais, murmure-t-il. Bien sûr que je pourrais. Je surveillerais la situation de près. »

J'aimerais ne pas avoir planté cette image de notre voisine en sorcière dans l'esprit impressionnable de Tommy. Je veux le voir comme il était hier matin dans la cuisine de Mrs O'Malley, avec son livre, son chien et, peu importe, son lait. Son air heureux. Il pourrait même manger de la viande si on ne lui disait pas la vérité.

Le lendemain, dès l'aube, mon père traverse la rue pour aller voir Mrs O'Malley, qui est réveillée, sur le qui-vive, ayant été prévenue de la situation. Je vais au frigo, termine ce qui reste de la bouteille, en glisse deux autres, cachées sous l'évier – ma réserve d'urgence –, dans ma valise. Mrs O'Malley entre en trombe comme si elle était chez elle, me fait un signe de tête, puis s'adresse directement à mon père : « Ne vous inquiétez pas, Mr Moriarty, je m'occuperai bien d'eux. »

Je lutte contre une envie de crier, de la gifler, de l'étreindre et de lui dire merci, merci, soyez gentille avec eux, aimez-les, mais pas trop ; toutes mes pensées sont secouées et jetées en vrac, chacune contredisant la précédente.

« Mary, je reviendrai directement après avoir déposé Sonya. Nous pourrons alors discuter des dispositions à prendre. »

Je me fais des idées ou je vois des euros clignoter devant les yeux de la sorcière ? Une nuée d'euros. Serait-ce la seule raison de sa présence ici ? Combien a-t-elle déjà soutiré à mon père au fil des ans pour nous espionner, mon fils et moi ? Même si toutes ces pensées m'assaillent, je sais que c'est la meilleure option pour le moment. Tous les deux la connaissent. Pourquoi ai-je fourré cette histoire de sorcière dans la tête de Tommy ? Pourrais-je faire en sorte que mon père lui enlève cette idée de la tête, comme avec moi quand je faisais des cauchemars la nuit en croyant qu'un cancer nous rongeait de l'intérieur, lui, ou moi, ou le reste du monde ? On n'avait pas pu le détecter chez ma mère, pourtant la maladie l'avait réclamée, tout entière. Je me souviens de la voix douce et apaisante de mon père au milieu de la nuit, me disant que ce n'était qu'un rêve, rien que le fruit d'une imagination débordante, qu'il n'y avait rien à craindre. Et les Pierrot qui m'épiaient dans le noir, le regard perçant, prêts à passer à l'action.

Il pourrait dire à Tommy que je faisais juste semblant, que je jouais, que j'inventais des histoires. Mais pas que je mentais, pas ça.

« Je vais juste passer les voir.

— Sonya…

— Je lui ai promis. »

La seule chose dont je me souvienne de la période qui a immédiatement suivi la mort de ma mère, ce sont les mensonges, ou plutôt les omissions, les silences des adultes quand j'étais là, qui n'ont fait qu'alimenter une anxiété latente. C'est une fille à l'école qui a prononcé le mot redoutable, le mot en C, le mot que sa mère à elle lui avait dit pour expliquer ce qui était arrivé à ma mère à moi.

Je gagne du temps, ne me fiant pas à mon instinct, mais mes pieds m'entraînent jusqu'à la porte de la chambre, que j'entrebâille. Mes deux garçons sont blottis l'un contre l'autre, ils dorment profondément. Je lutte pour ne pas dire à mon père et à ma voisine d'aller se faire foutre et de nous laisser ici. Je les regarde tous les deux : les mâchoires de mon père, un tic dans sa joue droite, le visage de Mrs O'Malley, un masque grimaçant, déterminé. Ni l'un ni l'autre ne fera marche arrière maintenant. La prochaine étape serait la police, les travailleurs sociaux, ce qui (mon père a raison) provoquerait un tout autre niveau de traumatisme pour Tommy. Un déchirement à l'intérieur de moi, en plein milieu. Je lève les yeux vers le plafond, et au-delà. J'envoie à Tommy et Herbie dix baisers chacun et leur adresse une bénédiction silencieuse, même si je ne sais foutrement pas qui j'invoque. Si je le pouvais, je les aspergerais d'eau bénite tout de suite. Si je le pouvais, j'arracherais mon cœur et le laisserais sous la couette avec eux.

Je me tourne vers Mrs O'Malley. « Merci. » J'ai l'impression de le penser vraiment.

La femme a l'air triste et, pendant un instant, réelle.

« Je m'occuperai très bien d'eux, Sonya. Avec l'aide de votre père, bien sûr.

— Sonya, j'ai besoin que tu appelles le centre, que tu dises que tu vas venir. La décision finale te revient. »

Il me tend son téléphone. Ils m'ont coincée et, comme un animal sauvage pris au piège, je me débats, je perds la raison. Je veux mordre, grogner, me sortir de ce pétrin.

« Mrs O'Malley, et si vous nous donniez quelques jours de plus ? Il faut que Tommy se fasse à cette idée. J'irai aux Alcooliques anonymes, je vous le promets. »

Mrs O'Malley regarde ses pieds. « Sonya, j'ai peur de ne pas pouvoir accepter ça. J'ai vu trop de choses ces derniers jours pour que ce soit possible. »

J'ai envie de la frapper au visage, de me mettre à genoux, d'agripper ses chevilles, de la supplier : frappez-moi, serrez-moi dans vos bras, dites-moi que je ne suis pas si mauvaise, dites-moi que vous me faites confiance, dites-moi que ça ne doit pas forcément se passer comme ça.

« S'il te plaît, Sonya, tu peux appeler avant que Tommy se réveille ? »

Je lui prends le téléphone des mains. Je les regarde tous les deux d'un air de défi. Je vais vous montrer : voilà à quoi ressemble une mère responsable. Je ne me soûlerai plus jamais de ma vie en présence d'un enfant.

8

Nous roulons pendant près de deux heures sans échanger un seul mot. Classic FM fournit la bande-son : un pot-pourri lugubre de Saint-Saëns et de Bach. Une musique de fond plutôt raccord, lancinante et mélancolique. Un gros plan du visage de mon père, fermé, ne laissant rien transparaître. Nous arrivons devant de grandes grilles à la peinture noire écaillée ; un type dans une guérite de gardien nous fait signe d'entrer. De chaque côté de l'allée sont plantés des arbres touffus, à l'air artificiel, des peupliers ou quelque chose comme ça – comme je déteste leur formalisme, leur *retenue*. Je pense à ce jeu auquel nous jouions : Mr Tordu, Miss Résineux, Mr Noueux, Miss Rosée du matin, Mrs Pleureur, Miss Moussue… Le vieux bouleau de notre jardin, Mr Renard Argenté, était mon préféré ; ses feuilles frémissaient d'excitation lorsque je lui confiais tous mes secrets. Subrepticement, je jette un coup d'œil à mon père aux lèvres pincées, et il m'est impossible de voir l'homme qui s'adonnait à de tels jeux.

« Eh bien, nous y sommes. »

Le bâtiment devant nous est grand et gris, institutionnel. Une statue surdimensionnée de la Vierge Marie dans une grotte se dresse au milieu du jardin soigné, bien entretenu.

« Tu plaisantes ? Je ne pensais pas que ce genre d'endroits existait encore.

— Ce centre bénéficie d'une excellente réputation. »

Et Lara ne l'aurait pas laissé dépenser tout cet argent pour moi pour une cure de désintoxication dans un établissement privé.

« Qu'est-ce que les nonnes peuvent bien savoir des ruses de la chair ? je lui lance.

— Discipline, structure, ordre... »

Il ne plaisante pas. Mon cœur s'emballe.

« Qu'est-ce qui m'a pris ? Fais demi-tour. Il faut que Tommy puisse me dire au revoir. »

Je vois son petit visage, plein de morve, chaud.

Tu p'omets, Yaya ?

« Bel hibiscus », dit mon père.

Putain, merde. « Papa, il est trop petit, il ne comprendra pas. Je n'aurais pas dû partir sans lui expliquer.

— Sonya, tu ne vas faire qu'aggraver les choses. Ça va aller pour lui.

— Quand tu es devenu silencieux, après la mort de maman, ça "n'allait" pas pour moi, même si tu aimais te convaincre que j'allais bien.

— Ce n'est pas pareil, Sonya. » Il a l'air si fatigué. « Les experts ont pensé que ce serait ce qu'il y aurait de moins traumatisant pour lui. »

Bien sûr, il a consulté des « experts ». Je respire à fond, ferme les yeux et plonge dans les profondeurs. Pendant un moment, la sensation efface le bourdonnement dans ma tête, mon corps se détend et je laisse mon esprit flotter. Un espace s'ouvre à l'intérieur de moi : peut-être a-t-il raison, peut-être serait-il plus dommageable d'y retourner maintenant. Beaucoup d'enfants sont confrontés à des situations où leurs parents malades font des séjours prolongés à l'hôpital. Mais dans ce cas, ils en reviennent vivants au moins.

« Sonya, tu es là ? » La voix de mon père me rappelle à l'ordre. « Tu m'écoutes ? »

Je me laisse aller à imaginer que c'est mon premier jour au pensionnat où, enfant unique, j'avais souhaité aller après avoir dévoré les six volumes des *Malory School* d'Enid Blyton, avec ses descriptions de festins de minuit et de pactes entre meilleures amies. Je me sens jeune et surexcitée, comme si j'avais mangé trop de bonbons à la gelée lors d'une fête d'anniversaire où personne ne me parlait. J'ai la tremblote, chose à laquelle je me suis habituée ces derniers mois.

« Tu as froid ? » Mon père enlève sa veste – un geste malaisé dans l'habitacle réduit, ses coudes heurtant le toit de la voiture – et la drape autour de mes épaules.

Il sort, ouvre ma portière, prend ma valise dans le coffre et ouvre la voie. *Où étais-tu, papa ?* On me conduit au sanatorium, l'asile de fous où, il n'y a pas si longtemps encore, l'on enfermait les femmes délurées – quand, dans ce pays, régnaient encore les prêtres et le patriarcat –, des femmes hystériques, des femmes désirantes, des femmes qui avaient trop de tout dans les veines, des femmes qui provoquaient et allumaient. Yep, c'est moi ! Je commence presque à sautiller. Où est mon appareil photo ?

Un bureau est installé derrière une paroi en verre et un homme discute de ses médicaments contre la dépression. Cette vue perturbe les fantasmes de plus en plus vifs d'un monde uniquement féminin, provoquant les créatures ailées qui sommeillent sous ma cage thoracique. L'homme semble gêné d'avoir un public. Une femme avec une écritoire à pince s'avance vers nous, serrant d'abord la main de mon père, puis la mienne. « Vous devez être Sonya ? Asseyez-vous dans la salle d'attente et l'infirmière va venir vous voir dès qu'elle sera libre. » Mon père lui fait un signe de tête comme s'il savait qui elle était et entre dans une pièce meublée de canapés en velours côtelé lustré et effiloché, et d'une télévision allumée en sourdine. Un homme est comme enfoncé dans l'un des canapés, il est grand et porte un pyjama rose trop petit pour lui, ses poignets dépassent des manches, un vieux sac de voyage à ses pieds. Il sourit, un sourire radieux, à notre intention.

« J'espère que t'as apporté ton pyjama. J'ai oublié qu'on devait rester en pyjama tout au long de la première semaine, alors ils m'ont filé ça. » Il montre le pyjama rose délavé et rétréci. « Ils ne voulaient pas que je garde mon survêtement. »

Un rire s'échappe de ma bouche, aérien.

« Sonya, fait mon père.

— Désolée. » C'est tout ce que je parviens à dire, avant qu'une autre vague d'hystérie ne me traverse.

L'homme sourit. « Regardez mon gros ventre dans ce petit truc minuscule. » Il se tapote le ventre et me fait un clin d'œil. « C'est ta première fois, chérie ? »

Mon père répond pour moi. « Cet endroit est mixte ? Je croyais que les bâtiments étaient séparés.

— Les dortoirs, oui. Sinon, c'est mixte. Cette maladie ne fait pas trop la difficile en matière de choix. Et j'en sais quelque chose ; c'est mon troisième séjour ici. »

Par réflexe, mon père essuie le siège avec son mouchoir blanc amidonné avant de s'asseoir. Je sens son humeur changer ; il se fait juge et je vois son jugement comme en suspension dans les airs. Troisième cure : comment peut-on être aussi velléitaire ? Suis traversée par un élan familier de rébellion. Je l'emmerde, avec ses manières condescendantes et distantes. Comment ai-je pu le laisser de nouveau intervenir comme ça dans ma vie ? Une sensation familière d'étouffement.

« Sonya Moriarty ? »

Je me lève, pour passer à l'action, bien que je ne sois pas sûre de vouloir obéir aux instructions.

Mon père se lève à son tour, m'embrasse dans le vide, joue contre joue, le regard absent.

« Je suis fier de toi, Sonya. »

Ça fait mal. Il y a eu tellement d'occasions où il aurait pu vraiment être fier de moi.

Il s'éloigne dans le couloir, marchant avec précaution, comme s'il risquait de voler en éclats.

Le voir s'éloigner fait renaître en moi une ancienne terreur. Je sors du scénario. *Non non non non non non non*. Je l'appelle, un cri : « Papa ? »

Il ne se retourne pas.

« Papa ? C'est une très mauvaise idée. Tu le sais… Reviens, papa. Ramène-moi à la maison. Pour Tommy… »

Il a franchi la porte.

Une main sur mon bras, pour me retenir.

« C'est l'heure de votre examen médical, Sonya. »

9

Il s'avère que « l'examen médical » se résume à une pesée, la vérification de la tension artérielle et une discussion avec une infirmière sur mes « habitudes ». Pas de prise de sang ou d'échantillon d'urine, juste une série de questions, rat-a-tat-tat. Mon instinct me pousse à minimiser, à convaincre cette femme de mon intelligence, de ma capacité à me débrouiller toute seule, de l'attitude trop protectrice de mon père dans tout ça. Je prends un air sérieux, je lui dis que je suis sobre depuis plusieurs jours, que ce n'était pas si difficile. Je ne pense pas bredouiller ; à mon oreille, je parle aussi clairement que du cristal taillé, bien que j'articule exagérément.

« Y a-t-il un moyen d'écourter mon séjour ici ? J'ai un petit garçon à la maison qui a besoin de moi.

— C'est un programme d'abstinence de douze semaines. Une durée qui n'a pas été établie au hasard.

— Oui, je comprends, mais je ne vais pas si mal que ça. » Miss Diction Parfaite. « Y a-t-il des toilettes dans les parages ? »

Elle montre du doigt une salle au bout du couloir. « Vous pouvez laisser votre bagage ici.

— J'en ai besoin. Des trucs de femmes. »

Arrivée dans la cabine, je referme la porte derrière moi, je dévisse le bouchon, avale, apaise. Cul sec. Un agréable flottement.

La « Chef-Infirmière » me conduit dans une salle avec des néons qui courent tout le long du plafond, clignotent, clignotent, bourdonnent, et quatre lits. On m'indique celui près de la fenêtre, ce dont je me réjouis car l'air est étouffant, non pas de chaleur mais de quelque chose de lourd et de vicié. La couleur, marron, et une légère odeur écœurante de Dettol. Je suis dans le salon mal aéré de Mrs O'Malley avec mes garçons, entourée de meubles recouverts de plastique et de minuscules bibelots qui tapissent chaque surface. *Ne les casse pas, Herbie !* Des bruits parasites me prennent la tête et je n'entends pas les mots que l'infirmière prononce, quelque chose à propos de la nécessité de vérifier ma valise, est-ce que je suis d'accord ? Je hoche la tête alors qu'elle retire la bouteille encore pleine, l'autre presque vide, sans jugement, sans surprise, sans la moindre indignation : ni la mienne ni la sienne. Je pose ma main sur ma poitrine. Que vont devenir les créatures ailées sans ma dose quotidienne d'anesthésiant ? J'ai peur qu'elles s'envolent et qu'elles s'extirpent de ma poitrine en la déchirant.

L'infirmière tend sa main. « Votre téléphone ?

— Comment vais-je contacter mon fils ?

— Aucun contact avec le monde extérieur pendant deux semaines, sauf en cas d'urgence. »

Je me lève. « J'ai changé d'avis.

— Je comprends que vous puissiez être bouleversée, mais n'oubliez pas que si vous partez maintenant, vous risquez de ne plus avoir le droit de voir votre fils. »

Sérieusement ? Je lui tends mon téléphone, instantanément perdue. Elle me dit que les prochaines vingt-quatre heures seront les plus éprouvantes. On n'attendra rien de moi, il faudra juste que je mange, dorme et prenne mon Librium. Je n'ai pas besoin de cette merde. Je ne vais pas si mal.

« Le déjeuner va vous être servi sous peu.

— Je ne mange pas de viande.

— Eh bien, c'est dommage. »

Pourquoi ? Pourquoi est-ce dommage, Mrs la « Chef-Infirmière ? » N'êtes-vous pas au courant de la torture que nous infligeons à ces pauvres créatures innocentes ? Ma bouche est pleine du goût de leur peur. Ça repart en boucle : des feux de brousse qui brûlent des koalas et des kangourous, des singes à qui l'on injecte des virus humains, des ours polaires dans des centres commerciaux pour des selfies, des chiennes élevées en cage, jusqu'à ce que leur utérus se dessèche ; des pensées intrusives, des images, une foule d'images.

« Installez-vous, je reviens avec un sandwich et votre première dose. Il est préférable de manger un peu, avant. » La voix de l'infirmière interrompt heureusement mes pensées.

Je m'assieds sur le lit qui m'a été attribué, en tripotant la couverture synthétique qui envoie de l'électricité statique au bout de mes doigts. Mon corps connaît un regain d'énergie et de vigueur, et pourtant, au-delà de l'agitation incessante de mon esprit, de mon pouce et de mon index, il est incapable de bouger. Je sens une odeur de soufre, il ne reste de moi que des tisons. Combustion spontanée ! Suffisamment dramatique et aiguë. Dommage que Tommy n'ait pas pu être là pour apprécier le spectacle. Gros plan sur son visage inquiet, qui prend vie et m'enveloppe telle une cape. Je porte son inquiétude.

La pluie tombe doucement, de petites cascades floues glissent le long de la fenêtre. Je laisse mon attention se relâcher. Est-ce que quelque chose m'a déjà semblé si beau ? L'eau m'entoure, me retient. Une sorte d'apathie lourde s'empare de moi ; son poids m'oblige à m'allonger. *Tip, tap, tip*, le bout des doigts de Dieu, d'abord doucement, puis de plus en plus fort, jusqu'à ce que le bruit de la pluie contre le carreau ressemble à des tirs d'artillerie. Le ciel lance des cailloux durs contre la vitre. Ces billes de glace sont inquiétantes, le signe d'une punition venue d'En Haut. Je crois me souvenir d'avoir été assommée le jour de l'enterrement de ma mère, mais je n'en suis pas sûre. Une grande partie de cette journée a été filtrée par une lentille non focalisée, mais la sensation d'être lapidée par l'Homme Là-Haut persiste. *Une fille courageuse*.

Puis : une photo de Tommy, allongé sur le canapé, ses petits pieds nageant dans mes chaussettes, son ventre gargouillant ; Herbie et lui, blottis l'un contre l'autre, parlant dans leur propre langue ; son petit corps raidi dans les bras de cette inconnue sur la plage ; ma main tendue pour le gifler ; mon besoin excessif de lui ; lui me repoussant et la souffrance dangereuse que ça provoque ; ses yeux, brillants, qui reflètent les flammes de la grille du four en feu. *Maaanifique, Yaya. Chaud et souple comme le soleil*. Et si je ne m'étais pas réveillée ? Une mer de flammes l'engloutissant.

Je passe les jours suivants dans un léger brouillard, des images floues de sandwichs de pain de mie au fromage, de thé noir, de biscuits au gingembre, d'oranges pressées – qui, chaque fois que j'en avale une gorgée, me font penser à Tommy et j'ai l'impression que je pourrais pleurer à gros bouillons, mais je ne le fais jamais, juste des larmes qui coulent tranquillement et que personne ne commente. Les corps vont et viennent, différentes nuances de ronflements, le réveil et le sommeil se confondent. Au début, je n'avale pas les comprimés, au début, je me dis que je contrôle la situation, que je ne vais pas si mal, je ne bois d'ailleurs pas depuis si longtemps que ça, n'est-ce pas ? Je ne buvais d'ailleurs même pas tant que ça, n'est-ce pas ? Mais : les sueurs sont abondantes, les spasmes bizarres, la sensation de vertige me donne la nausée, les rêves (hallucinations ?) trop vifs, même pour moi ; une femme penchée sur moi qui me sourit, elle sent l'eau de rose, sa voix douce mais tranchante, dangereuse, tout s'accélère. Les fissures au plafond au-dessus de ma tête sont autant d'ouvertures sur un autre monde. De petites créatures ailées, ressemblant à des fées, mais bourdonnant comme des mouches bleues, s'envolent de ces fissures et Tommy essaie de les chasser avant qu'elles ne se posent sur moi, avant qu'elles n'élisent domicile en moi. Les pleurs de Tommy, les aboiements de Herbie, les hurlements de tous les chiens du monde, des animaux brûlés vifs, notre avidité notre avidité notre avidité. Les draps sont rêches, crissent et irritent ma peau chaude. Tout m'irrite : la voix grinçante de la « Chef-Infirmière », les diverses tentatives de conversation que j'ignore, les alèses en plastique, l'odeur piquante de l'antiseptique, le poids étouffant de la couleur marron sur les tapis et les rideaux, le bourdonnement et le clignotement des lumières, la gentille religieuse avec ses joues en forme de pomme et le bas de sa robe qui balaie le sol à chaque pas. Une paume sur mon front moite, une prière prononcée, ou peut-être que j'invente. Très vite – quand ? je ne sais pas, ce n'est pas une décision consciente de ma part – j'avale les comprimés, ce qui arrondit les angles de mon impatience, de mon chagrin, de mon irritation qui crépite, de ma colère, de ma rage impuissante et vorace qui semble vouloir me dévorer tout entière. Parfois, mes cris me réveillent – est-ce vraiment moi, cette femme enragée ? Ça doit être ça, car j'entends le nom de Tommy, encore et encore. TOMMY. Et personne ne répond. La femme sur la plage et Mrs O'Malley se fondent en une seule et même sorcière terrifiante ; toutes mes peurs pour lui se concrétisent alors qu'il est happé dans une autre dimension. Claquement de doigts. La diablesse apparaît, vêtue de ses fringues les plus tape-à-l'œil ; elle me regarde l'air ostensiblement déçue, comme si j'étais pathétique, une rabat-joie qui manque de cran. Elle m'ordonne d'aller chercher mon fils, de me faire pousser des couilles, mais alors mon père apparaît, ainsi que Mrs O'Malley, et derrière eux des lumières bleues et des sirènes clignotantes.

« Comment allez-vous maintenant, Sonya ? »

La religieuse aux joues roses est assise au bord de mon lit. Elle ne porte pas d'habit religieux. Je ne sais pas comment répondre à cette question.

« Je voudrais parler à mon fils.

— Vous pourrez passer votre premier appel chez vous dans dix jours, et vous pourrez recevoir votre première visite une semaine plus tard. Concentrons nos efforts pour vous remettre sur pied d'ici là. »

À ce moment précis, je ferais tout ce que cette femme me dit. Je suis béante, en larmes et ramollie.

« Bon, il est temps de prendre une douche. »

Je dois vraiment puer.

« Nous allons vous sortir du programme de sevrage aujourd'hui et vous mettre sur la voie de la guérison.

— Je ne peux pas rentrer chez moi pour aller aux Alcooliques anonymes et retrouver Tommy ? » Ma voix est un peu pathétique quand je dis : « Je me sens bien maintenant.

— Sonya, c'est une étape au cours de laquelle vous êtes particulièrement vulnérable. Ne croyez pas ce que votre esprit vous dit, surtout quand il vous dit que vous allez "bien". »

En quoi est-ce censé être utile ? Comme si elle lisait dans mes pensées, elle m'explique qu'il y a une raison si la guérison – convalescence – est supervisée, dans un environnement contrôlé, et qu'elle dure douze semaines. La dépendance n'est pas seulement physique. De nouveaux repères doivent être mis en place, de nouveaux schémas de pensée et de comportement. Le monde extérieur est rempli de tentations et le travail ici est de renforcer non seulement votre détermination, mais une idée de soi qui fonctionne sans substances. Bla bla bla. Je lui dis que mon alcoolisme est assez récent, que j'étais une actrice à succès, que j'avais une vie à Londres qui ne tournait pas autour de l'alcool.

« Votre abus d'alcool est-il lié au fait d'être devenue mère, Sonya ? »

C'est terrible, une accusation terriblement cruelle.

« Je ne pense vraiment pas avoir abusé de l'alcool.

— Vous pensez qu'il a abusé de vous ? »

Je me sens embobinée, roulée dans la farine. Je veux prendre une douche. La religieuse, qui m'apprend qu'elle s'appelle sœur Anne, m'explique qu'à partir de demain mes journées commenceront à sept heures du matin et que mon ordinaire consistera à travailler, prier, méditer, participer à une thérapie de groupe, à des réunions des AA et, à un stade ultérieur, si besoin est, une thérapie individuelle.

« L'oisiveté est la mère de tous les vices, hein, ma sœur ? » J'essaie sans succès de faire une blague.

10

L'odeur de la viande en train de cuire, probablement du bœuf, bien que je n'aie pas mangé un truc pareil depuis tellement longtemps, envahit – non, attaque, oui, attaque – mes sens, une odeur vive, qui dissipe le brouillard qui m'entoure. Qu'est-ce qu'ils vont me faire avaler d'autre ici, à part de la chair animale ?

« T'es nouvelle ? » Une fille maigre, à la voix tonitruante, et qui dégage de l'énergie, entre dans la pièce qui doit être ma chambre pour les onze semaines et deux jours à venir (SI je vais au bout du programme qui m'est assigné, bien que je sois convaincue que je n'en aurai pas besoin). Apparemment, j'ai passé cinq jours dans l'unité de sevrage, ce qui semble impossible. Cette pièce est une réplique de celle dont je viens de sortir : quatre lits, des lumières trop vives, trop de marron, cette fois avec une touche de beige ; mais pas d'alèses en plastique, Dieu merci.

« Tu devrais te magner le train. Il ne va plus rien rester à manger.

— Je n'ai pas faim. Merci quand même.

— Tu as une longue soirée devant toi. Tu as besoin de te nourrir. Le rosaire, suivi d'une réunion, suivie d'une méditation. Le tout avant l'extinction des feux à dix heures.

— Je ne suis pas une catholique pratiquante, donc je vais laisser tomber le rosaire. »

Elle rit, une sorte de grognement. « Aucun d'entre nous ne l'est, mais ça fait partie du programme. Il s'agit de trouver un "canal" qui te mène au Saint-Esprit censé remplacer ce qui te manque. » Sa voix est sèche, cassée et cassante, comme le reste de son corps.

J'ai d'abord pensé qu'elle devait avoir environ dix-neuf ans mais, en y regardant de plus près, son visage est flétri, la peau tendue, des creux sous les yeux et les pommettes. « Je m'appelle Linda. » Elle me tend une main osseuse aux veines saillantes. « Sonya », dis-je, même si j'ai vraiment envie de mentir. Je ne suis pas sûre d'être capable de me prêter à ce jeu – côtoyer, se lier. C'est ça que recherchait la bande des filles à la Malory School ? Tina est la seule amie que j'ai jamais eue – et Tina, qui était tout le temps défoncée, n'était jamais vraiment là de toute façon…

Le réfectoire est bruyant, au contraire de ce que j'attendais dans un établissement comme celui-ci. Il y a beaucoup plus d'hommes que de femmes. J'essaie de compter : nous sommes peut-être une soixantaine au total, et, pour les trois quarts, des hommes. Je serre mes mains pour arrêter les tremblements, qui ne sont peut-être que nerveux. Un tressaillement au-dessus de mon sourcil droit. On m'observe, mes jambes flageolent presque sous le poids de la surveillance. *Je ne fais que jouer un rôle, ce n'est pas réel.* J'inspecte la nourriture figée qui se trouve derrière une vitrine. « Il est un peu tard, ma chérie », dit une petite femme avec un filet à cheveux placé de façon précaire sur le haut de sa queue-de-cheval. « Je peux t'apporter du dessert avant les autres, si tu veux. » Je force un merci par-delà ma langue assoiffée. J'embrasse les lieux du regard, les murs tachés de jaune, le sol en linoléum, synthétique et brillant, qui semble bouger sous mes pieds. Je tourne la tête vers l'unique petite fenêtre, située au-dessus de ma ligne de mire, hermétique au monde extérieur.

« Tiens, ma chérie, dit le visage remarquablement petit et dénué d'expression. Gâteau de riz. »

Je me retourne vers la salle – que j'essaie d'imaginer remplie d'un public approbateur, et non de regards indiscrets et sournois – et je vois ma nouvelle compagne de chambre me faire signe. Lisa ou Linda ou quelque chose comme ça. Sa bouche est grande ouverte et ses dents sont tordues et petites, et jaunes, ce qui peut ou non être dû à la lumière.

« Comment va ? » Une des femmes plus âgées me salue quand je m'approche de leur table, sans attendre de réponse alors qu'elle attaque le dernier morceau de viande dans son assiette. Je ravale de la bile.

« C'est bien que tu sois venue, dit Lisa ou Linda. Avale ça, maintenant. Rien avant demain matin. »

Je mets dans ma bouche de gros morceaux de gâteau de riz, qui n'a pas le goût du riz mais plutôt du lard, un truc comme ça, en évitant de parler. Je fais comme si je jouais aux hélicoptères avec Tommy. Il aimerait ça : la couleur et la texture sont inoffensives, et aucun être vivant n'a été assassiné au cours de la préparation, du moins je l'en convaincrais. Si je le veux vraiment, je peux invoquer son petit corps chaud assis sur mes genoux, un bouclier contre le monde. *Je t'aime, Yaya. Plus grand, meilleur et plus brillant que le monde entier. Rat-a-tat. Boom*. Il pointe son cœur du doigt. Mon estomac gonfle après quelques bouchées et cette vieille douleur familière s'installe dans mes tripes. Puis-je demander un antiacide, ou quelque chose pour apaiser l'inflammation ? Ça le faisait avant, avant que je ne découvre le liquide adoucissant qui pouvait m'anesthésier contre tout. Un besoin s'empare de tout mon corps, un désir physique et intense, sucré, puissant et douloureux. Comme si j'étais au bord d'un orgasme, toujours sur le point de, un orgasme jamais abouti.

Je regarde les six femmes installées à la même table, et qui doivent toutes être aux prises avec les mêmes trucs. Ce qui ne me procure aucun soulagement, ni aucun sentiment de solidarité, comme ce devrait être le cas. Au contraire, les voix critiques, déjà suffisamment sévères, s'intensifient. De telles ratées, d'abjectes ratées. Je ne peux pas avoir l'air d'aller aussi mal que ces femmes, avec leur couperose et leurs yeux jaunes. Je devrais tout simplement me lever et partir d'ici.

Mâcher l'intérieur de ma joue, arpenter la pièce. La voix de mon père dans ma tête : « Créatures pathétiques et sans volonté ». Oui, môsieur, p'pa ! Je regarde la bouillie dans mon bol, laisse tomber ma cuillère, ferme les yeux et sens la chaleur d'un projecteur braqué sur moi, la foule silencieuse, le bruit du sang dans mes oreilles, des mots, les mots qui galvanisent, le pouvoir de ces mots qui me font croire, à moi et à tous ceux qui me regardent, que je suis quelqu'un d'autre. Je n'aurais jamais dû cesser de pénétrer dans ce monde imaginaire, c'était la seule chose qui donnait un sens à ce que je suis. J'ouvre les yeux : certaines des femmes me regardent fixement. Impossible d'imaginer qu'aucune d'entre elles soit impressionnée par mon passé somptueux. *Descends de ton piédestal et sois réaliste*. Je suis sûre que je peux entendre ces pensées diffusées sur les ondes, et elles appartiennent à la femme qui avait de la viande dans la bouche.

11

Après le dîner, on nous rassemble tous dans un grand hall où il fait froid, et qui pue le gymnase mal aéré, une odeur de vieille sueur et des effluves de cire. Mon odorat est exacerbé et je suis constamment nauséeuse, comme lorsque j'étais enceinte. Des rangées de chaises orange en plastique sont installées face à un podium présidé par une effigie menaçante de la Vierge Marie. Tommy adorerait cette statue géante. Je me sens défaillir par l'envie de le tenir dans mes bras. Je me pince le dos de la main et m'installe dans le coin le plus éloigné. La vieille religieuse qui dirige la ronde des prières (dix Je vous salue Marie, un Notre Père) me rappelle les quatre sœurs décrépites qui enseignaient dans notre école. Sœurs Rachel, Joan, Maria et… Je ne me souviens plus du nom de la dernière, la méchante, celle qui avait une bague qu'elle vous enfonçait dans le dos de la main si elle vous surprenait à rêvasser, ce qui dans mon cas était fréquent. Je n'ai pas entendu le rosaire depuis l'époque où l'on nous le faisait réciter en classe. Je n'ai pas oublié, cependant : une répétition incantatoire, hypnotique, de mots flous, appartenant à une autre ère. Ce serait presque apaisant, si ce n'était pas si troublant. Les gens autour de moi bafouillent, roupillent, ronflent, hochant la tête aux moments opportuns, les corps se balançant, les yeux fermés. Des somnambules. Les mots n'ont aucune résonance et, pourtant, être assise dans un endroit pareil, avec un seul son en écho, est étrangement apaisant. Les gens ont l'air vulnérables, à genoux, scandant des mots qu'ils ne comprennent probablement même pas. Ils sont comme des enfants surdimensionnés. Une tendresse s'installe dans mon corps, et je sors de moi-même pour un moment de bonheur.

Quand c'est fini, j'ai envie de pleurer et de dormir, je me sens seule et très, très jeune. Un homme avance jusqu'au podium, s'assied sur une chaise face au reste de l'assemblée et commence à parler. « Je voudrais partager mon expérience, ma force et mon espérance... » Ce qui suit est tout sauf ça. Il attribue aux « gars » qui sont ici le mérite de lui avoir sauvé la vie – les autres hommes présents et l'Homme Là-Haut. Les femmes ne sont pas évoquées bien que son corps soit encadré par la géante en toile de fond. Des voix s'élèvent à l'arrière des têtes ; je ne vois aucun visage, ce qui ajoute au caractère surréaliste de l'ensemble. Il y a une sorte de fraternité entre copains dans ce qu'il raconte, des histoires partagées de héros de guerre. Qui a les cicatrices les plus profondes et, surtout, qui a la plus grande capacité à pardonner, remercier et accepter ? – des mots à la mode que les hommes échangent, sans ironie ni embarras. Un quinquagénaire raconte qu'il s'est shooté avec sa mère quand il avait onze ans ; un autre, à huit ans, a vu son père se jeter dans le canal le jour de son quarantième anniversaire. Le sien est dans trois jours, dit-il, et il est terrifié. L'homme sur le podium est plein de gratitude pour tout ce qu'il a reçu depuis qu'il est arrivé ici il y a six semaines : la camaraderie, l'amitié, une oreille attentive, un lit chaud, de la bonne nourriture, un endroit doux, rien de ce qu'il avait vécu au cours de ses trois dernières années à dormir dans la rue. Il y a des histoires de peines de prison : « C'est mieux qu'ici », plaisante un gars. Il y a beaucoup de rires, le sentiment joyeux d'une expérience partagée. Les femmes ne parlent pas, elles ne semblent pas trouver leur place. Je suis accueillie comme la nouvelle venue et invitée à prendre la parole. Des lignes ondulées flottent devant mes yeux.

Bonjour, euh… J'avais l'habitude de boire pour pleurnicher vous savez ? Trop de sensibilité. Oh, et j'ai failli étouffer mon fils. Un excès d'amour, vous comprenez ? Trop d'amour. Trop de tout, ce qui était plutôt bien quand je pouvais incarner un personnage au théâtre, vous voyez… ?

« Non merci, je vais juste écouter cette fois. » *Comédienne ratée, mère ratée.* Et ma dépendance à l'alcool semble si ridicule comparée à celle de ces gars qui commencent leur journée avec un estomac vide, un paquet de Rothmans et une bonne dose de vodka.

Immédiatement, une autre voix réclame l'attention et remplit l'espace. La réunion se termine par une autre prière : Sérénité/ Acceptation/ Courage/ Changement/ Sagesse. Des mots qui ont un impact en moi, même si j'essaie de les repousser, des mots qui remuent une partie de moi dont j'ignorais l'existence.

Après ça, le café est servi, et on me propose des biscuits Marietta.

« Non, merci. Le café me fait mal à l'estomac et m'empêche de dormir. »

Miss Non Merci. Tommy se moque de moi, son tout petit doigt s'enfonce dans mon ventre. J'ai tellement envie de le respirer et de faire semblant de le gober.

Après le thé et les biscuits, nous *méditons*. Exercices de respiration. Inspirer, expirer, inspirer, expirer, comme un soufflet. Vider, relâcher, remplir. Je suis paniquée, épuisée, lessivée. Je veux rentrer à la maison auprès de mes bébés. Je ne suis pas à ma place je ne suis pas à ma place je ne suis pas à ma place.

L'heure de dormir. Les ronflements de Linda font trembler les murs, se répercutent contre la tête de lit, traversent le matelas et mon corps. Ma mâchoire est serrée, des grincements de dents d'avant en arrière, me rappelant cette fois où, alors que je venais d'avoir treize ans, j'ai dû porter un protège-dents, sinon, comme l'avait dit le dentiste, « tu vas perdre toutes tes dents » – ce qui, bien sûr, avait suscité de nombreuses inquiétudes dans mon imagination débordante. Je passe ma langue gonflée sur mes dents et commence à compter, en poussant sur celles du fond en haut, celles de devant en haut, celles du fond en bas, celles de devant en bas. Un goût métallique emplit ma bouche. Me brosser les dents a été une sorte de torture ces derniers mois, alors j'ai pris l'habitude de frotter mes gencives avec un doigt et du dentifrice. *Béni soit le fruit de tes entrailles, Jésus...* Hochement de tête. Hochement de tête au mot « Jésus ». Je recommence, j'essaie de me souvenir de toute la prière, mais je me retrouve à réciter le monologue d'Ophélie à la place... *Ravagée de délire. Ô ! malheur à moi, Avoir vu ce que j'ai vu, et voir ce que je vois*[1] *!* Des relents d'acidité, de froid, d'agrumes et de sucré, tout mon corps peut les goûter.

L'obscurité, l'attente du sommeil et l'impossibilité de dormir : les yeux pleins de sable, le cœur qui bat la chamade, le corps qui a besoin de courir, les muscles contractés, tendus contre toutes les menaces possibles, dont la plus grande vient de mon propre esprit. Herbie dans une cage, Tommy dans un lit étroit, une poitrine de moineau se soulevant et s'abaissant dans des demi-respirations successives rapides, sans jamais prendre assez d'air.

J'ouvre la fenêtre au maximum, rien qu'un entrebâillement. La réunion, bien qu'elle ait éveillé en moi quelque chose comme de la compassion, a eu pour effet d'être profondément aliénante. *Le syndrome de l'imposture* – on dirait que je suis née avec, une sensation qui s'est accrue au cours de la période où j'étais

1. Shakespeare, *Hamlet*, acte III, scène 1. *Op. cit.*, p. 815.

encensée à Londres, et maintenant ici, dans ce lieu, où les autres semblent trouver leur « vrai moi ». Est-ce que je saurais même ce que c'est s'il me heurtait de plein fouet ?

Repenser à ce que j'ai fait à Herbie ce soir-là, et à ce que j'étais sur le point de faire à Tommy… Quoi ? Qu'est-ce que j'étais sur le point de faire ? – personne n'a évoqué de pareilles impulsions à la réunion. Un homme a raconté avoir foncé dans un arbre avec sa voiture et avoir presque tué son fils, mais ce n'était pas parce qu'il voulait ramener son fils à l'intérieur de lui-même, le posséder.

Ces hommes, leurs vies semblaient inévitables, leurs destins tracés dès leur naissance par leurs pères camés, leurs mères criminelles, leurs parents toxicos, alcoolos, égoïstes, retardés, pourris. Comme moi. Ces hommes sont nés de mères qui me ressemblent.

12

Travail, prière et artisanat : une sorte de thérapie que j'aurais cru appartenir à une autre ère, mais dans cet endroit tout semble décalé, déphasé. Le fait que je sois végétarienne est accueilli par : « Personne d'autre ici ne mange que ça, ma chérie. » Je m'en tiens donc aux desserts et injecte une quantité excessive de sucre dans mon organisme.

Cent quatre-vingt-douze heures (je tiens le compte, de manière obsessionnelle) s'écoulent dans une brume de rosaires, réunions, travaux manuels sur bois, d'obligations, de rosaires, réunions, travaux manuels sur bois, d'obligations – et d'épouvantables maux de tête qui affectent ma vision et mon équilibre. Le bout de mes doigts et la peau de mes plantes de pieds me picotent. Je n'ai droit à rien pour ces maux, pas même un Panadol, rien qui puisse interférer avec le processus naturel de désintoxication du corps, maintenant que je suis sortie de l'unité de sevrage. Ce qui paraît un peu draconien et ridicule, cette abstinence puritaine, après des années à avoir versé Dieu sait quoi de chimique à l'intérieur de nos corps.

Mon travail journalier consiste à nourrir les poules et à nettoyer le poulailler, ce qui est à la fois génial et horrifiant. Je ramasse aussi les œufs, ce qui ne semble pas consterner les poules outre mesure et signifie qu'elles ne sont pas tuées pour être mangées, n'est-ce pas ? Elles puent vraiment, mais c'est mieux que d'être avec d'autres gens. Le poulailler, avec les poules qui gloussent comme dans les dessins animés, devient mon refuge.

Le travail sur bois est une révélation, une autre sorte de baume. Je découvre que j'aime tailler, ébarber, polir. La prof – une femme d'âge moyen dont le pull-over, ayant rétréci et dont la laine bouloche, comprime son corps dans des plis charnus (son antidote pour susciter une quelconque excitation chez tous ces hommes en manque de sexe, et elle y parvient très bien, je pense) – se tient trop près, me souffle son haleine chargée de relents de thon et d'oignon et me dit que je suis *naturellement douée*. Je le suis, la question n'est pas là. C'est le reste qui est difficile.

La pluie dehors continue. Elle n'a pas cessé depuis que je suis arrivée. L'Homme Là-Haut veut tous nous noyer.

Je ne m'attendais pas à ressentir une telle culpabilité, mais je suppose que je ne m'attendais pas à quoi que ce soit, n'ayant pas fait moi-même le choix d'être ici. On m'a amadouée – non : contrainte ; non, soyons réalistes : menacée. Encore et toujours à l'esprit cette question : comment est-ce possible que ce soit le mieux pour Tommy ? Comment peut-il survivre sans moi ?

Je concocte un plan : soumission, dévouement à la cause, discipline. Dès que je serai autorisée à passer mon premier coup de fil, je convaincrai mon père qu'il est dans notre intérêt à tous que je rentre chez moi plus tôt et que je poursuive ma convalescence là-bas. Avoir la responsabilité d'un bambin et d'un chien est probablement trop lourd pour Mrs O'Malley. C'est tellement mieux pour Tommy d'avoir sa mère près de lui. *Oui, oui, oui*. Deux semaines ici, je ne peux pas faire plus. Mon père ne tiendrait pas une nuit ici : toutes ces émotions, tous ces gens, avec leurs odeurs, leur vulnérabilité, leurs blessures, leur désir de connexion, leurs histoires, leur douleur, leur partage, leur dissimulation, leurs rires, leurs pleurs, leurs abandons, leur besoin, leur besoin, leur besoin.

Ma respiration est peu profonde et saccadée, et me concentrer sur elle lors de la méditation ne fait qu'empirer les choses. Dans les réunions, je ne partage rien. Tous les autres semblent trouver une connexion, mais cet endroit me rend plus seule que je l'ai jamais été. Ou peut-être que j'affronte cette solitude pour la première fois. C'est étrange de penser que j'ai vraiment pu être dépendante. Mon corps me dit que je l'étais ; mon esprit me dit que je ne l'étais pas, que je ne le suis pas, je ne le suis pas comme les gens ici le sont. J'ai juste trop bu parce que mon ancienne vie, excitante, et en couleur, quand j'étais l'objet d'attention, me manquait. Personne ne peut comprendre la défonce que ça procure. Et la violente descente que son absence entraîne.

Mais quand exactement ai-je commencé à « trop » boire ? Quelques verres après chaque passage sur scène, certainement. C'est normal, tout le monde fait ça. Au moment de ma grossesse ? L'ai-je fait ? J'étais tellement en pleine contradiction, je n'étais jamais sûre d'avoir pris la bonne décision, j'étais tellement seule dans cette décision, qui ne me ressemblait pas, comme si je voulais prouver quelque chose à Howard, au monde entier. Je suis capable d'être mère et je serai brillante et belle. Des notions romantiques, toujours.

Votre abus d'alcool est-il lié au fait d'être devenue mère, Sonya ? Réponses, justifications, dénis se précipitent. Bien sûr que non, bien sûr que non, bien sûr que non.

13

Nous y sommes enfin. Quatorze jours et c'est le moment de passer mon premier coup de fil à ma famille. Le manque de mes garçons a pris le dessus sur tout autre manque, les pires effets de la dépendance chimique ont quitté mon corps, la tremblote a cessé, sauf aujourd'hui. Les mains tremblantes – comme jamais depuis mon premier jour ici –, j'essaie d'appeler le portable de mon père juste après le dîner-gelée, et ça sonne dans le vide ; restée sans réponse, la tonalité ressemble à un gémissement. Les créatures ailées commencent à se frayer un chemin dans ma gorge. « Putain, réponds, s'il te plaît, réponds. » Une file de gens derrière moi attendent leur tour. « Personne, chérie », dit l'homme juste derrière moi. Je repose violemment le téléphone sur son socle et me demande si mon père m'évite et ce que je vais faire s'il ne répond pas.

Le lendemain, mon anxiété est telle que je la réveille presque, elle, mon acolyte survoltée. Dégoûtée, je crois, par la fadeur, la routine, la *sobriété* grise du lieu, elle ne s'est pas encore approchée de moi depuis que je suis ici. Paradoxalement, elle me manque.

Les heures de visite sont de deux à cinq, et les membres de la famille et les proches peuvent venir à tout moment pendant ce créneau. S'il est cinq heures passées d'une minute, on ne les laisse pas entrer. C'est peut-être un sale con, cruel, mais il ne nous ferait pas ça ; il nous a imposé cette situation seulement pour notre bien. C'est ce que je me dis, alors que les heures passent, en essayant de ne pas penser qu'il nous a déjà abandonnés une fois, alors que je n'arrivais pas à m'en sortir. Je fais les cent pas entre la réception et la parcelle de gravier devant la porte principale, ne voulant pas m'éloigner. Pour la première fois depuis mon arrivée, la pluie a cessé et quelques rayons de soleil percent l'épaisse couverture nuageuse. *Mr Soleil est sorti pour jouer, Yaya.* Je lève mon visage vers le ciel, je regarde directement le concentré de lumière, jusqu'à ce qu'apparaisse devant mes yeux un tourbillon de taches noires. *Youpi ! La toupie.* Mon corps a mal.

Je vais à la réception toutes les cinq minutes. « Tu m'appelleras par haut-parleur quand ils arriveront ? Je peux l'entendre de dehors. »

La fille hoche la tête : « C'est la cinquième fois. » Elle prend son livre et se cache derrière la couverture. *Le Secret.* Ces foutaises simplistes, « vous pouvez être qui vous voulez, avoir tout ce que vous voulez ». N'est-ce pas en contradiction directe avec le concept de « capitulation » en douze étapes et la confiance dans le plan divin d'une Puissance Supérieure ? J'éprouve un certain mépris familier en regardant la fille au visage impassible avaler tout ça.

Une voix rocailleuse s'élève derrière moi : « Il est cinq heures moins dix. Y a peu de chances maintenant. »

Je me retourne pour voir Big J, ou Jimmy – que je reconnais pour l'avoir rencontré dans les réunions, même si je ne lui ai jamais parlé – avec des bols de lait volé empilés dans les deux mains. C'est l'homme qui a apparemment passé huit ans derrière les barreaux sans que personne ne sache pourquoi. J'ai développé une certaine fascination pour lui, son air dangereux et, par extension, glamour. Il est petit et costaud, peut-être la soixantaine passée, les bras couverts de tatouages, avec une croix celtique et le prénom SAOIRSE, au-dessus d'un poing dans une étoile, encrés sur son avant-bras. Il raconte les meilleures histoires qui soient, mais je ne sais jamais s'il ment ou s'il exagère. Impossible à dire avec les gens d'ici. Un cerveau qui a mariné dans l'alcool est rusé et insaisissable, enclin à des accès de grandiloquence et de délire. Ce à quoi, je suppose, si je suis honnête (si je suis capable d'être honnête), je peux m'identifier. Je pense à toutes les histoires à dormir debout que je racontais à l'école – ma belle-mère est une échangiste, j'ai été adoptée, ma sœur est morte de la mort subite du nourrisson, ma mère est morte à ma naissance, mon petit frère est mort dans un incendie – chacune d'elles contredisant la précédente ; je ne pouvais jamais me rappeler à qui je disais quoi et je m'emmêlais inévitablement les pinceaux.

Étais-je, déjà à l'époque, destinée à ça ?

« Tu veux venir voir les chatons ? »

Je le suis, comme une enfant attirée par un inconnu qui lui promet des friandises. Ils ne viendront pas.

Le cabanon où sont logés les chatons sert aussi de fumoir.

« Ça va ? » Les hommes fument leurs Marlboro ou leurs Rothmans.

Jimmy entre, s'agenouille et roucoule de sa grosse voix devant les créatures qui dorment dans une boîte molletonnée sous un banc. « Allez, les petits gars, venez voir papa. » Il les soulève doucement par la peau du cou et les approche des bols. « Les petits bougres voient encore à peine.

— Où est leur mère ?

— Elle ne joue pas son rôle. Sauvage, comme toutes les femmes ici. »

Il est plutôt drôle.

« Alors, pas de visiteurs ? » demande-t-il.

Je secoue la tête.

« Tu l'as probablement mérité. On le mérite tous. Essaie de

voir ça comme une bénédiction, un moyen de te “mettre à genoux”. »

Encore cette histoire de fausse humilité. Quel Dieu aimant voudrait qu'un petit garçon soit séparé de sa mère ? Il me regarde me débattre avec toutes les émotions contradictoires qui, je le sais, se lisent sur mon visage. Je suis complètement transparente, ce qui a peut-être fait de moi une très bonne actrice, mais pas une si bonne comédienne dans la vraie vie.

« L'Homme Là-Haut a un Super Plan pour toi. Tu ne sais pas encore ce que c'est, mais s'ils ne sont pas venus aujourd'hui, c'est qu'il existe une bonne raison à ça. »

Ma tête fait un mouvement fou de haut en bas et de droite à gauche. Oui, non, oui. Un Super Plan, un Homme Là-Haut. Oui. Je cligne des yeux et déglutis, en regardant vers le plafond. Et j'ai tellement envie de tomber à genoux, mais je ne veux pas de témoin, et ce n'est pas une adoration, c'est un anéantissement.

Son visage et sa voix s'adoucissent. « Ils s'en remettront avec le temps. Les actions sont plus éloquentes que les mots, et l'action prend du temps à faire ses preuves. » Il s'essuie les yeux avec les poignets de ses manches, jaunis et effilochés, puis redresse les épaules, se ressaisit. « Ah, regarde la tête de ce p'tit bout. » Un chat tigré marmelade, minuscule, se blottit dans la paume de sa main. « Je ne devrais pas avoir de préféré, mais nom de Dieu… »

Pour la première fois depuis mon arrivée, j'ai l'impression d'être en présence de quelqu'un qui me ressemble. Je l'ai entendu parler en réunion de ses accès de colère, de ses émotions extrêmes, et de ça : son amour immodéré pour les animaux. C'est réel. Je m'assieds en silence et le regarde caresser de ses doigts épais les petites créatures entre les yeux. Il embrasse les chatons au même endroit, sur le sommet de leur petite tête.

« Tu les traites contre les puces et les vers ?

— En douce, dit-il. C'est la première chose sur ma liste des choses à faire ces jours-ci. Certains gars disent que les vermifuges les font planer. Aucun d'entre eux ne veut essayer le truc contre les puces. Les effets secondaires sont trop graves. Comme la cécité. »

Un rire s'échappe de ma bouche ; rien de caustique, rien de critique, rien d'hypocrite.

« Tu peux me donner quelque chose pour les démangeaisons, pour m'aider à dormir ?

— Ici, je ne touche pas à ces trucs-là. La technique du manque est la meilleure. Ces sœurs savent ce qu'elles font. »

Il n'y a pas la moindre ironie dans sa façon de dire ça. Et pourtant, combien de fois est-il revenu ici ? Les rumeurs disent : des dizaines. Il est le récidiviste le plus régulier.

14

Ce soir-là, lors de la réunion, Linda surprend tout le monde, y compris elle-même, en prenant la parole. « Je sais qu'il est mon héroïne, mais au moins il ne fait pas tomber toutes mes dents. » Elle rit, excitée et exubérante. Personne ne mord à l'hameçon. « Je ne suis pas moi quand il est dans ma vie, mais je ne suis pas moi non plus quand il n'y est pas. Vous voyez ce que je veux dire ? »

Le reste de la salle se tait ; quelques hommes ont l'air honteux, sachant que c'est exactement l'effet qu'ils produisent sur leurs femmes. Quelques-uns ont l'air en colère. Pourquoi irais-tu gaspiller ton amour pour des idiotes pareilles ? Elle mérite ce qui lui arrive. Les femmes regardent ailleurs. Le silence est lourd et chargé, une violence latente s'accroche à ses contours.

Une autre voix réclame la parole, sans faire allusion au commentaire de Linda. La conversation est ramenée de manière experte sur un terrain confortable : « J'étais sous son emprise, une obsession de tous les instants. » C'est l'histoire de Linda, sauf que le « ça » dans son cas est un « il ». Ses joues creuses sont gonflées et violettes, comme de petites prunes.

J'attends que le dernier intervenant termine son récit habituel par « mais Dieu me tient dans ses mains et dans sa ligne de mire maintenant. Dieu sait ce qui est bon pour moi ». Il y a dans cette déclaration une piété moralisatrice qui m'exaspère et aiguillonne mes créatures endormies. Je peux sentir leurs ailes battre contre ma cage thoracique, cherchant désespérément à sortir. *Déranger et perturber.*

« C'est la première fois que je partage mon histoire. » Jusque-là, je reste polie. Un tonnerre d'applaudissements. Je respire profondément. « Je m'interroge souvent sur notre capacité à nous illusionner. » Le ton parfait, la voix basse : j'entre dans mon domaine. Tous mes talents de comédienne se déploient, un élan m'emporte. J'emplis l'espace, mon public est sous le charme. « J'ai entendu beaucoup de témoignages sérieux sur la toxicomanie et sur le passé qui nous conditionne, mais très peu sur les ravages que nous causons dans la vie des autres. » L'essaim s'échappe de ma bouche : « Les choses que nos parents nous ont faites, et que nous répétons. Il ne s'agit pas seulement de ce qu'on nous a fait, mais de ce que nous faisons à ceux qui nous entourent, notamment à nos enfants. » La salle manque d'air. Des pensées bruyantes flottent et s'entrechoquent, encombrant les ondes. Un bourdonnement se répercute dans le silence. Je l'ai fait, j'ai touché leur part d'ombre à tous.

Je n'aime pas me sentir ainsi exposée. Ce n'était pas seulement une question de *performance*.

« Dieu merci, je ne suis pas parent, dit un vieux type en se bénissant. Dieu merci, tout ça va s'arrêter avec moi. »

Un autre type dit : « Parlez pour vous, mademoiselle. Assez de "nous" ! »

À la fin de la réunion, Linda se fraie un chemin parmi les hommes qui s'embrassent et se plante devant moi. « Courageux. » Elle souffle sur ses propres joues brûlantes, balayant l'air vicié devant son visage d'une petite main inefficace.

« Toi aussi, Linda. Toi aussi. Pas sûr que ce soit tout à fait vrai, cependant, quand tu as dit que ton homme, Mark, ne pouvait pas te faire perdre toutes tes dents. »

Elle renifle. « Quelqu'un est venu te voir aujourd'hui ?

— Non.

— C'est probablement mieux comme ça. C'est trop tôt. »

Je mords l'intérieur de ma joue, j'en goûte la saveur métallique.

Je sens une tape sur mon épaule. Je grimace, me retourne pour voir Jimmy qui me sourit. « Bravo. Toutes ces jérémiades d'autosatisfaction, ça suffit. Nous sommes vraiment moches, quand on y pense. J'avais besoin de cette dose d'honnêteté. »

Linda me sourit. « Big J est un fan ! »

Je souris en retour. Ça ne fait pas de mal.

15

Un autre jour de visite passe et aucune nouvelle, pas même un message. Presque un mois maintenant. Comment ai-je tenu le coup ? Peut-être un petit aperçu de la sobriété, le début d'une prise de conscience, une confrontation avec l'honnêteté, une *connexion* délicate et naissante. Et maintenant, c'est l'heure d'un autre appel unilatéral – qui restera sans réponse – chez mon père.

Il y a, bien évidemment, une longue file d'attente devant moi. Je plante fermement mes pieds sur le sol, comme pour les y enraciner, et respire profondément, comme Jimmy m'a dit de le faire lorsque des pulsions de rage me traversent. Apparemment, c'est suffisant pour ramener le calme et interrompre la réactivité qui, chez certaines personnes, est si soudaine, si intense qu'elle peut conduire au meurtre. « Ça s'appelle l'enracinement. Ou pause sacrée. Quelque chose d'aussi simple que ça aurait pu me sauver de la prison. » J'en doute. Depuis qu'il a été conçu, sa vie n'a été qu'une suite de traumatismes, impliquant les services sociaux et « l'assistance » publique. Personne ne l'a jamais pris dans ses bras quand il était enfant. Lorsque je l'ai entendu raconter son histoire lors d'une réunion, ça m'a eu tout l'air d'être *vrai*. Mes voies respiratoires se sont contractées et j'ai eu du mal à rester debout. Étais-je envahie par la tristesse pour lui, le petit garçon qu'il était, ou était-ce pour moi-même ? Je ne me souviens pas non plus que quelqu'un m'ait prise dans ses bras, c'est pourquoi j'ai exagéré pour ce qui est des câlins avec Tommy. Mais était-ce pour lui – ou pour moi ? Je me demande ce que ces câlins signifieront pour lui plus tard dans sa vie. Ces câlins étouffants.

Au moins, Tommy n'a jamais été ignoré – ni négligé. C'est la pire des punitions, être ignoré – négligé. Ça me rappelle la classe de cinquième, quand Dana DC, la nouvelle aux cheveux les plus blonds et aux dents les plus blanches, avait décidé que j'étais la Reine des Intouchables, une fille solitaire, étrange, qui racontait des histoires et qui n'avait pas de mère – hein, quoi de plus triste ? Des protestations silencieuses ont été organisées, de façon militaire : lorsque j'entrais dans la classe et que les filles me tournaient le dos, en faisant semblant de ne pas entendre ce que je disais. Depuis mon discours impopulaire lors de la dernière réunion, je ressens le même refroidissement de la part des gars qui sont ici.

J'arrive en tête de la file d'attente. Je compose le numéro ; de manière inattendue, quelqu'un répond.

Respirer, contrôler, contenir.

« Papa ? » On dirait que j'ai huit ans, ma voix coincée dans le fond de ma gorge à cause de l'effort que je fais pour lever les yeux vers lui.

« Bonjour, Sonya ? » La voix de Lara. « Comment tu vas ?

— Papa est là ? Je n'ai pas beaucoup de temps.

— Ton père est sorti.

— C'est ça. C'est son portable, non, son numéro perso ?

— Ton père m'a donné la permission de répondre. Il m'a dit de te demander si tu voulais qu'on te rende visite ce week-end.

— Et Tommy ?

— Pas Tommy. Ton père et moi.

— Vous l'avez vu ?

— Ton père l'a vu. Il va bien. Des gens charmants, au dire de tous.

— Des gens… quels gens ? Tu veux dire Mrs O'Malley ?

— Il est avec des gens plus aptes à s'occuper de lui.

— Quoi ? Qui ? Qui ? Où ?

— Je crains de ne pas le savoir, Sonya, mais on s'occupe bien de lui.

— Si tu avais laissé papa s'en occuper, ça ne serait pas arrivé.

— Ton père n'a pas la force de s'occuper d'un enfant, tu le sais bien. »

La rage monte en moi, brûlante, je sens les pulsations – avec une telle force que je manque d'être assommée. Les ailes battent, les créatures sont frénétiques. Aucune déglutition ne peut arrêter leur envol.

J'entends un soupir, le soupir du martyr qui souffre depuis longtemps.

« T'es contente ? » Puis un voile blanc. Je crois entendre les mots déborder, des mots comme « salope, jalouse, possessive… . »

La communication est coupée. Une main me tape sur l'épaule. Je ne me retourne pas, ne réagis pas, je pose ma tête contre le métal froid de la cabine téléphonique. Comment puis-je continuer à assister à des réunions, où rien n'est racontable, continuer à prier un Dieu qu'il m'est impossible de concevoir, continuer à respirer la puanteur de mes camarades de chambre, écouter leurs ragots, les bruits, continuer à façonner le bois sous des formes uniquement destinées à Tommy, si je ne peux pas le voir, lui parler, le rassurer ?

« Chérie ? Tu vas bien ? Ça va ma poupée ? » L'essaim s'épaissit derrière mes yeux. Mes genoux se dérobent sous moi, ma tête heurte le lino.

Quand je me réveille, je suis allongée par terre, Jimmy penché sur moi.

« Toujours en manque si tard dans la partie ? Quelque chose ne va pas, ce n'est pas normal. »

C'est ce que je fais ? Me désintoxiquer de mon fils ? Est-ce que c'est ça, la mer agitée sous mes pieds, la voix de Tommy dans ma tête, ses yeux qui me suivent ?

« Tu as pris quelque chose ? »

Je découvre que je ne peux pas parler, ou que je ne veux pas.

« Tu peux t'asseoir ? Allez, tu me fous la trouille maintenant, on dirait que t'es dingue. Je vais chercher de l'aide. Ne bouge pas. »

Au-dessus de ma tête, je vois un spectacle kaléidoscopique : des triangles, des rectangles, des carrés et de minuscules éclats qui tournoient. *Maaanifique, Yaya, des flocons dans une boule de neige secouée.*

Le médecin m'interroge : avez-vous pris quelque chose que vous ne devriez pas ? Pourriez-vous être enceinte ? La dernière fois que vous avez mangé ? Des antécédents de crises d'épilepsie ? Non, non, je ne me souviens pas, et non. C'est un homme âgé, voûté, bedonnant, à la peau tachetée de brun et de jaune. Il me fait une prise de sang, manie l'aiguille brutalement, la plante dans mon bras comme s'il voulait me faire mal. À moins que ce ne soit juste l'effet de mon imagination. Il prend ma température, presse ses doigts boudinés contre mon ventre. « Vous avez mal ? » Complètement à côté de la plaque. Comment pourrais-je dire que mon cerveau vient d'être attaqué par un essaim que j'ai moi-même inventé ? Je pourrais alors vraiment finir à l'asile de fous.

« Ouvrez grand. » Il me colle un thermomètre sous la langue.

Il le retire, le secoue, lit. « Tout est parfaitement normal. Vous mangez ?

— Un peu. Je suis végétarienne. Il n'y a pas beaucoup de choix ici.

— Une femme de votre âge a besoin de viande rouge pour avoir un peu de fer, des protéines et garder son énergie.

— J'ai besoin de voir mon fils. » Ma voix est éraillée, a des ratés.

L'homme recule. « Je peux me débrouiller pour que vous voyiez quelqu'un.

— Vous pouvez savoir où il est. »

— Je reviendrai vous voir dans quelques jours. Mangez et reposez-vous. Je vais mettre votre nom en haut de la liste pour voir un psychologue. » Il tapote le dos de ma main, posée sur le dessus du drap, peut-être pour me rassurer, mais plutôt comme avec une règle, pour me réprimander. *Une fille audacieuse.*

Les voix se font plus fortes, donnent des instructions contradictoires, s'annulent les unes les autres : partir, filer, aller le retrouver, aggraver la situation, ils ne te laisseront jamais le récupérer. Besoin de prouver ta sobriété, ta capacité à rester dans le droit chemin, à penser droit, à te tenir droite. Pensées toutes tordues, tortueuses. Utiliser une règle pour tracer une ligne droite. Je me revois penchée sur mon cahier, déterminée à tracer cette ligne droite. Bien que je me sois appliquée, je n'ai jamais réussi à tracer une ligne droite. Elle montait d'un côté ou descendait de l'autre, la règle comme une pièce sur une planche de Ouija. J'étais possédée, même à l'époque.

Je passe deux jours agités à l'infirmerie où je me bats avec moi-même pour ne pas m'enfuir, mais mes étourdissements sont toujours aussi violents ; et, de toute façon, où irais-je ? « Comme c'est typique, incapable de tenir jusqu'au bout », dirait mon père. Le bruit de la pluie est constant, tantôt un doux picotement, tantôt une averse torrentielle – la bande sonore du déluge. Tommy s'inquiète toujours pour Herbie, il a peur qu'il soit mouillé, et je suis sûre que le chien est dehors sous la pluie maintenant et que Tommy est inconsolable. *Un trou en moi, Yaya.*

16

Le deuxième soir à l'infirmerie, sœur Anne entre avec un plateau – du thé, des scones, du beurre et de la confiture –, qu'elle dépose sur la table de nuit.

« Comment allez-vous, Sonya ?

— Bien maintenant, ma sœur. Merci. Ça ne m'était pas arrivé depuis longtemps.

— Vous auriez dû nous dire que vous étiez malade.

— C'est juste le taux de sucre dans le sang qui est trop bas.

— Le docteur dit que c'est de l'hypoglycémie.

— C'est la même chose.

— Du thé ? » Elle fait un geste vers le plateau avec sa théière et ses fines tasses en porcelaine, un délicat motif de marguerites dansant sur leur surface.

« Non, merci. »

Sœur Anne verse la riche infusion dorée en silence, extrêmement concentrée. Elle ajoute le lait lentement et remue le tout avec une complète attention – un rituel qui semble quelque peu sacré. J'envisage de lui parler des veaux séparés de leur mère à peine âgés de quelques jours, la mère et le bébé pleurant à chaudes larmes. J'étudie le visage détendu de la religieuse, son plaisir à savourer le contenu de la tasse, et je décide de ne pas le faire.

« Un scone ? »

Je secoue la tête.

Sœur Anne cesse de remuer sa cuillère. « Vous trouvez vraiment que c'est si difficile ici, Sonya ? »

Comment puis-je parler à cette femme de ma dernière boucle mentale : mon fils et son meilleur ami arrachés l'un à l'autre ? Ici, on appelle ça la *catastrophisation*.

« Je n'ai pas bu une goutte depuis un mois, ma sœur.

— Mais c'est au-delà de ça, Sonya, cet état de dépendance. Vous semblez toujours vous battre contre tout – le "système", tel que vous le voyez.

— Je suis sobre. N'est-ce pas le but de ma présence ici ?

— Prier vous soulage-t-il ? »

Jusqu'à quel point puis-je être honnête ?

« Je ne sais pas qui je prie.

— Est-ce vraiment important, Sonya ? Pensez à la prière comme à un pont entre désir et appartenance. »

J'aime bien ce concept, aussi abstrait et romantique soit-il.

« Ou une autre façon de voir les choses : pensez-y comme à un courant transformationnel. »

Je me demande pourquoi on ne nous parle pas de ces concepts, et de cette perspective, avant de nous parquer avec un troupeau de gens qui récitent, en les répétant, des mots qui n'ont aucune signification pour eux.

Comme si elle lisait dans mes pensées, elle dit : « Le sens littéral de la prière importe peu, ce qui compte c'est la ligne de communication que vous ouvrez, la connexion avec une Puissance Supérieure.

— Mais ma sœur, comment le rosaire peut-il être pertinent dans le monde moderne ? »

Je me demande si je suis allée trop loin. Elle semble y réfléchir.

« Le Je vous salue Marie peut être une ouverture sur votre Mère Divine. Pensez-y de cette façon. »

Le mot « Mère » provoque en moi une réaction compliquée, un chagrin, peut-être, un jugement, sans aucun doute.

Sœur Anne poursuit : « Avez-vous fait un lien entre votre addiction et un manque d'appartenance, Sonya ? »

Un manque d'appartenance. Je pense immédiatement à Tommy.

« Ma sœur, je suis sérieusement inquiète pour mon propre enfant.

— Vous êtes ici, Sonya. C'est ce qu'il y a de mieux, pour lui, et pour vous.

— Je ne sais pas où il est.

— Vous savez que c'est la prérogative de la famille de s'éloigner de l'alcoolique aussi longtemps que nécessaire ?

— Il n'a que quatre ans, il n'est pas capable de prendre cette décision tout seul.

— Peut-être que votre père pense qu'il a besoin d'une coupure.

— Il n'est pas venu me voir une seule fois au cours de ces trois dernières années. Je pense qu'il a fait une coupure suffisamment longue.

— Oh, je vois. » Elle ferme les yeux, perdue dans l'instant, savourant le thé, me rappelant le petit visage de Tommy dans ses moments de bonheur. *Miameux, slurpeux*. Il a toujours eu en lui quelque chose d'un petit Bouddha.

« Je prierai pour vous, Sonya. »

C'est tout ?

Après quelques instants de recueillement, elle dit : « En fait, je pense que ça vous aiderait de voir votre petit garçon. Tommy, n'est-ce pas ? »

Comment peut-elle le savoir ? Se souvient-elle de tous les détails de l'histoire de chacun de ceux qui viennent ici ?

« Je ne peux rien promettre, mais je vais voir ce que je peux faire.

— Merci, ma sœur. Je vous suis vraiment reconnaissante. » Je murmure : « J'ai peur qu'il n'ait été placé… »

Des gens charmants, au dire de tous.

« Ce genre de chose peut arriver, Sonya. Mais rarement sans la permission de la mère. Parfois, les membres de la famille ne peuvent pas s'en sortir. »

Comment mon père a-t-il pu se passer de ma permission pour placer Tommy chez des inconnus ? Je pense à ce pauvre gosse lunatique que je voyais courir pieds nus sur la route là où j'ai grandi – comme un gamin sorti d'un roman de Dickens. Les adultes disaient des choses comme : « Pauvre petit, Dieu sait ce qui se passe chez lui », et pourtant personne n'a jamais rien fait.

« Je dois aller le chercher.

— Je vous le déconseille, Sonya. Je vais voir ce que je peux faire pour vous. Si vous partez maintenant, on considérera que Tommy est en danger. Vous devez aller jusqu'au bout du programme pour qu'il vous revienne. Vous devez également aller jusqu'au bout de ce programme pour vous, afin d'être la meilleure mère possible, celle qu'il mérite. »

J'ai presque envie de me bénir suite à cette déclaration et je ne sais pas si c'est par dérision ou si ça vient d'un endroit différent, d'un endroit plus profond. Je n'en sais foutre rien.

« Vous ne trouvez pas ça bizarre que son grand-père ne l'ait pas accueilli chez lui ?

— On dirait que leurs relations étaient très tendues, Sonya. Et peut-être qu'il ne s'est pas senti capable de faire face.

— C'est des conneries. Il peut vraiment être cruel, il ne m'a même pas envoyé un message pour me dire si Tommy allait bien. »

Sœur Anne se tourne vers moi et me regarde droit dans les yeux. « Je ne peux que deviner ce que vous ressentez, Sonya. »

Elle se lève, me touche le bras, ramasse les tasses et le plateau et s'en va – avec, dans son sillage, une trace de quelque chose de chaud et de rassurant, comme l'odeur des scones tout frais, que j'aimerais tant manger maintenant qu'ils sont partis.

17

Cher papa,

Profitant de l'un de ces rares moments où je suis seule dans la chambre, je commence à écrire une lettre,

Cher trou du cul, fils de pute, tête de nœud, connard, enfoiré, etc., etc.

Je barre cette phrase. Respirer, reprendre mon stylo, souffler sur sa pointe comme pour la refroidir et recommencer.

Cher papa,

J'espère que tu vas bien. (Mieux que les requins qui nagent sous la surface.) *Je fais de gros progrès ici, et j'ai hâte de vous voir, toi et Tommy, très, très, très, très bientôt.* (Je barre trois « très ».) *Les jours de visite sont maintenant le dimanche tous les quinze jours entre 14 h et 17 h, le deuxième et le quatrième dimanche de chaque mois* (mais je suis sûre que tu es au courant). *J'ai essayé de t'appeler très, très ~~très, très~~ souvent, mais en vain. Je te demande de m'excuser pour la façon dont j'ai parlé à Lara la dernière fois* (sœur Anne a suggéré que ce serait la meilleure chose à faire, même si j'ai la nausée en l'écrivant) *et j'espère que tu comprendras que j'étais très stressée à ce moment-là. J'ai été très, très, très, très déçue* (j'apporterai les corrections plus tard, de peur de perdre le fil) *d'entendre sa voix, et non la tienne. J'avais* ~~(tellement)~~ *envie de te parler et de t'entendre me donner des nouvelles de Tommy*. Mon écriture devient de plus en plus irrégulière, cette écriture arachnéenne et enfantine que mon père avait essayé de redresser. Quelle part de moi se cache dans ma main ? Mon père avait l'habitude de dire que c'était une main impatiente. Rien n'a donc beaucoup changé.

Lara a dit qu'il était avec des «gens charmants». Est-ce que ça signifie qu'il n'est plus avec Mrs O'Malley ? Et Herbie ? Mon pouce commence à se contracter, violemment, et je me demande si ce n'est pas le début d'une maladie neurologique rare. Serait-ce la raison pour laquelle je suis comme je suis ? À fleur de peau, déréglée et dure ? Je serre mon pouce à l'aide de ma main gauche pendant quelques instants, en fermant les yeux, et j'essaie d'accéder à cet endroit où je me plonge parfois pendant le rosaire, lorsque le bavardage s'est calmé et qu'il n'y a plus que le bourdonnement des autres qui chantent. J'essaie de réciter le Je vous salue Marie, ce qui ne fait qu'intensifier l'énervement.

Je jette un coup d'œil rapide dans le couloir pour m'assurer que personne n'arrive, puis retourne dans la chambre, me secoue vigoureusement, me glisse sous la couette, mets mon pouce frétillant dans ma bouche, me recroqueville dans la position du fœtus. «Oh, pour l'amour de Dieu, Sonya – j'entends la voix de mon père –, arrête ce cinéma.» Je me redresse, repousse la couette et réessaie. Trouve ton moi adulte, Sonya. Sois adulte.

Où en étais-je ? Ah, oui. *Tommy... Et Herbie ? Peut-être pourrais-tu avoir la gentillesse de me faire savoir où ils sont, comment ils vont ?* NON, oublie ça. Je ne veux pas apprendre d'une tierce personne comment il va, et ma grammaire est nulle. J'ai besoin de le voir moi. *Peut-être pourrais-tu trouver un moment pour qu'il puisse me rendre visite ? Je suis sûre que ce serait très bien pour lui de me revoir... Tu pourrais au moins me tenir au courant et me dire OÙ ils sont, COMMENT ils vont. POURQUOI tu penses que c'était une bonne idée ? QU'EST-CE qui te fait croire que j'ai besoin de faire ça ?* Des larmes, chaudes et salées, coulent sur mes joues et je les lèche, au cas où elles tomberaient sur la page. Je ne lui enverrai pas ce brouillon de toute façon, autant le couvrir de morve et de larmes, et même de sang si je veux. J'enfonce la pointe du stylo qui déchire le papier.

J'espère que toi et Lara (je couvre son prénom de petites cornes de diable, ce qui me rend étonnamment hilare) *êtes heureux et en bonne santé. Encore une fois, je présente mes excuses à Lara* (ne pas dire que je suis désolée, pas question) *et j'espère avoir t t t t t t t bientôt de tes nouvelles, espèce de trou du cul, fils de pute, tête de nœud, connard, enfoiré, etc., etc. Voilà.*

Ta fille criminelle

Sonya.

Une étape de la thérapie de la colère est franchie. Pourquoi personne ne suggère-t-il d'écrire des ignominies aux gens sans se censurer ? Pourquoi toujours se concentrer sur la maîtrise et la sérénité, alors que ce qui a conduit la plupart des gens ici est une colère refoulée ? La colère est considérée comme un « défaut de caractère » et certains de ces gars qui sont assis sur des décennies de trucs légitimes non exprimés se battent ensuite pour la ressentir. Je sais que cet endroit tout entier est assis sur un cri silencieux – je sais aussi que je ne voudrais pas en être témoin.

Je fais une liste : mon père (c'est bon), Lara (OUI), ma mère décédée qui m'a laissée quand j'étais encore bien trop jeune, toutes ces garces à l'école, surtout Dana DC, Mr O'Grady et sa règle, ce médecin stupide, mon agent à la belle époque, Howard le lâcheur, Roberto le séducteur, le manipulateur… J'ai décidé de me défouler jusqu'à ce qu'il n'y ait plus rien à dire. C'est amusant de jouer la victime, j'étais tellement douée pour ça, le seul problème c'est que, maintenant, au lieu d'être applaudie pour ça, on me dit « arrête de t'apitoyer sur ton sort ». Mon père approuverait cette injonction.

Quoi qu'il en soit, je dois adopter un ton poli, détaché, presque désintéressé dans la lettre que je vais envoyer. Au moindre soupçon d'émotion, il se fermera comme une huître. Je réessaie.

Cher papa,

J'écris les mêmes mots qu'avant, sans les hyperboles et les jurons fleuris, et je signe : *Ta fille qui t'aime, Sonya.*

Avant de pouvoir changer d'avis, je vais à la boutique, achète un timbre et laisse la lettre dans la bannette d'envoi, qui est presque vide, pour le courrier du jour. Un bon nombre de gens ici n'ont jamais appris à lire ou à écrire, ce qui m'a paru inconcevable la première fois que j'ai entendu quelqu'un l'avouer au cours d'une réunion. Puis les témoignages se sont succédé, racontant tous la même chose : les manquements de la famille, du système, de la société en général. Je devrais peut-être leur proposer d'écrire leurs lettres à leur place. Au moment où je me débats avec cet étrange accès d'altruisme, Jimmy me tape dans le dos si fort que je manque de tomber.

« Un café ? Dix minutes avant la réunion. On a encore le temps.

— Un thé, ce serait super. Noir. »

Je m'assieds à une table près d'une fenêtre et je regarde le minable potager avec ses carottes flétries, ses betteraves marron et ses laitues jaunies et ratatinées. Pas étonnant que je sois à moitié morte de faim ici.

Il revient avec deux brioches du carême poisseuses.

« Tu vas mieux ? Tu m'as sacrément foutu les j'tons l'autre jour.

— Un truc d'hypoglycémie.

— Bon, tiens alors. » Il pousse l'assiette devant moi.

Je n'ai pas envie de lui dire que c'est à cause de tous les trucs sucrés que j'ai mangés que mon taux de sucre est monté en flèche, puis a chuté. Il a fallu que j'en arrive par moi-même à cette conclusion. Je grignote un coin de la brioche rassise.

« Je pars d'ici vendredi. »

Ma poitrine se serre. Comment je vais faire pour rester dans cet endroit sans lui ? J'ai peur de ce qui va suivre, alors je parle avant lui : « Félicitations, Jimmy. Tu es un véritable exemple pour nous tous.

— Tu peux t'occuper de mes chatons pour moi ? »

Oh, doux Jésus (un autre de mes nouveaux aphorismes). Comment pourrais-je me faire confiance ?

« Ton fils va adorer leur rendre visite, quand il viendra. »

Ma vision se trouble ; je me frotte les yeux avec mes poings.

« Je ne sais pas si on lui permettra de venir.

— Tu veux que j'aille les voir, ces enfoirés ? »

Je laisse le scénario se dérouler : Lara recroquevillée derrière mon père devant la porte, face à Jimmy, Big J, 1,80 m, biceps saillants, tatouages celtiques bien visibles, une belle calligraphie sur son avant-bras. *Je t'avais dit que ça finirait comme ça, je t'avais dit que ta fille nous attirerait des ennuis*. Lara en train de pleurnicher. Quelle satisfaction.

Jimmy me sourit d'un air ironique, comme s'il partageait mon fantasme.

« Pour en revenir aux chatons. Je ne fais confiance à personne d'autre. Et de toute façon, avec mes antécédents, je serai de retour ici avant même que tu te rendes compte que je suis parti. »

Je me demande si ce n'est pas le salut pour Jimmy. Ici, il est respecté, il prend les choses en main, et tant qu'il est ici, il n'est pas en prison.

« Pourquoi ne pas faire une formation de psychologue, Jimmy ? Tu serais brillant. »

On dirait que ce compliment le blesse. Il prend une énorme bouchée de sa brioche, la garde dans sa bouche sans la mâcher, les yeux rivés sur quelque chose à l'autre bout de la salle.

« Tu viendras me voir, nous voir, le jour des visites ? »

Il essuie ses yeux chassieux d'un revers de manche et se redresse de toute sa hauteur. Il déglutit, avec difficulté.

« Voyons ce qui compte le plus. Moi qui rechute, ou le jour des visites. » Il s'éloigne, les épaules droites, presque alignées au niveau de ses oreilles.

18

La routine, anesthésiante, se poursuit – ils ne croient vraiment pas au temps non structuré ici ; ce qui, je suppose, est le but – AA, rosaire, méditation, desserts en guise de dîner, nettoyage du poulailler, collecte des œufs, thérapie de groupe, ronflements de Linda, insomnie complète, maux de tête violents, atelier menuiserie, encore et encore, et des gens, des gens, des gens. Trente-huitième jour, et c'est l'heure de ma première séance de thérapie individuelle. À quoi ça sert ? Quel est l'intérêt de tout ça si je ne peux pas voir Tommy, lui parler ? Est-ce que quelqu'un est déjà mort en raison d'un trop grand manque de quelqu'un d'autre ? Moi, je pourrais ; je pourrais vraiment me consumer à cause de ce manque.

La pièce est minuscule et la lumière trop vive, avec une fenêtre hermétiquement close. Je ne peux pas respirer. Je grimpe sur la table sous la fenêtre et j'essaie de tirer sur la poignée, qui ne bouge pas, quand soudain la porte s'ouvre.

« Bonjour. Je peux vous aider ? »

Je manque de tomber en arrière mais je retrouve mon équilibre en appuyant mon front contre la vitre froide pendant un moment, avant de descendre de la chaise.

« On étouffe un peu ici. »

Je pourrais décrire l'homme en face de moi avec ses mocassins bien cirés, son pantalon chino, son pull sur les épaules dans un effort pour paraître décontracté, bien que la symétrie soit parfaite : la même longueur de manche qui pend de chaque côté, les deux nouées soigneusement au milieu. Je sens ma gorge me chatouiller. Un sentiment de déjà-vu : les chaussures bien cirées, les pommettes, la voix. Qu'est-ce qu'il y a avec cette voix ? J'ai besoin de sortir de cette pièce.

« Je peux aller chercher de l'eau ?

— Bien sûr. Je vous attends ici. »

Mon imagination doit me jouer des tours. Il ne peut pas être celui auquel je pense – mes souvenirs de ce moment-là ne sont pas vraiment fiables. Mais si c'était lui ? Je ne suis pas d'humeur à me faire sermonner ni à ce qu'on me rappelle mes anciennes défaillances maternelles. La colère s'est installée en moi de façon permanente – j'ai entendu l'un des types en parler comme ça et ça me plaît : c'est poétique et théâtral et ça colle. Et ma colère est justifiée, bien sûr qu'elle l'est – avec ce père qui est le mien... et quand je vois son visage, je sens que les créatures à l'intérieur commencent à s'agiter. Affamez-en une et une autre lève la tête immédiatement : *je l'emmerde lui, je les emmerde* – le moment de calme après le départ de sœur Anne n'a pas duré longtemps. Mais au moins je l'ai senti, au moins je sais quelle forme il peut prendre. Là, c'est tout autre chose : cinglant, froid et mortel, et je sens que je pourrais découper Mr Pommettes avec ma langue.

Dans la cuisine, je fais couler l'eau du robinet, rince le verre, le remplis, le vide, je recommence, avant de m'assurer que le verre est propre et que l'eau est suffisamment fraîche. L'obsession de mon père pour les microbes semble avoir fini par me rattraper. C'est ce qu'on appelle la transmission, de tout, sans cesse.

J'avale le contenu de mon verre d'un trait, puis j'en remplis un autre. Je suppose que je ferais mieux d'y retourner.

Une bouffée d'air vicié, une odeur de renfermé, me prend à la gorge. Il est debout près de la fenêtre, pour essayer de l'ouvrir.

« On dirait qu'elle est coincée. »

Bien sûr qu'elle est coincée ; qu'est-ce qu'il croyait que je faisais sur la table – du lap dance ? Je me retiens de lui jeter mon verre d'eau à la tête, ce qui, je le reconnais, est assez extrême, mais quelque chose dans cette situation me fait paniquer. Avant, je pouvais canaliser ces pulsions en incarnant mes personnages, et, plus tard, je pouvais les amoindrir avec une bouteille ou deux de n'importe quelle substance médicinale qui se trouvait dans le réfrigérateur. Maintenant, je dois « m'écraser », putain. J'entends la voix de Jimmy dans mon oreille qui me dit de demander à l'Homme Là-Haut d'être patient. Je regarde le plafond taché, en quête d'une intervention divine, d'un message caché dans les fissures. Je ne vois rien ; je ne sais même pas jouer à ce jeu-là.

« Voulez-vous vous asseoir ? »

Il me propose une chaise. C'est si absurde, cette démonstration de « courtoisie » – si condescendant.

« Merci. » Je m'assieds poliment, et je rajuste ma jupe, afin de couvrir mes genoux. Une ingénue pudique.

« Comment allez-vous, Sonya ? » Il s'installe sur une chaise en plastique trop petite, l'air d'être tout sauf à l'aise, sa grande carcasse débordant de l'assise.

« Bien. » Je sirote délicatement mon eau.

Il hoche la tête, sans mordre à l'hameçon. Il sait exactement ce que ce mot signifie dans ce contexte. Il tend la main. « David Smythe. »

Fait-il semblant de ne pas me reconnaître ? Je ne suis pas sûre de pouvoir me retenir maintenant. L'essaim est dangereusement proche de s'échapper. J'avale le fond du verre d'un trait, ce qui dilue ces salopes de créatures et les arrête momentanément dans leur fuite. J'observe ses longs doigts effilés, ses mains sculptées et robustes. Il baisse les yeux et consulte ses notes. Je me demande qui lui a dit quoi. Le médecin a-t-il détaillé mes tendances *névrotiques* ? Sœur Anne ? Qu'aurait-elle dit ? Je me rends compte que ça m'importe vraiment.

« Je crois que vous avez traversé une période difficile.

— De toute évidence ! » J'essaie de sourire. « Sinon je ne serais pas là.

— Je veux dire depuis que vous êtes ici.

— Eh bien, la nourriture est plutôt merdique ! »

Il ne sourit pas. « Vous en êtes où maintenant ? Presque à mi-chemin de la cure ? »

Ne sait-il vraiment pas que je suis cette femme à laquelle il a donné sa carte la veille du jour où j'ai été obligée de venir ici ? Il ne me regarde pas directement dans les yeux. Il y a quelque chose de louche là-dedans, ou de bizarre, à moins que ce soit juste de la timidité.

« Félicitations pour votre sobriété à ce jour. C'est une belle réussite.

— Je n'ai pas eu le choix. »

Il continue à regarder ses notes. « Que voulez-vous dire, *exactement* ?

— On m'a menacée de me retirer la garde de mon fils si je ne venais pas ici. Et maintenant que je suis là, ils l'ont quand même emmené.

— Qui "ils", Sonya ? »

Je n'ai vraiment pas envie de répondre aux questions que cet homme me pose sur mon fils. Il a vu ce que j'avais de pire en moi. Je repense à ce moment-là dans la pizzeria : j'étais nerveuse, bourrée et sans retenue, et il a pu voir que Tommy n'était pas entre de bonnes mains.

« Faites-vous semblant de ne pas savoir qui je suis ? » Je ne peux pas m'en empêcher.

Il s'agite sur son siège, une rougeur transparaît sous son col. « Je pensais que ça ne servirait à rien de faire référence à cet épisode-là, Sonya. Je suis tout aussi surpris que vous de vous voir assise en face de moi. Surpris et aussi, je suppose, soulagé pour vous et pour le garçon. » C'est à peine s'il prononce clairement les mots. Il lève les yeux, mais toujours sans croiser mon regard. « La fille qui travaille là-bas est une vraie garce. »

Il arrange son col, le remonte haut sur son cou : « Bien sûr, si ça vous met mal à l'aise, on peut se débrouiller pour que vous voyiez quelqu'un d'autre. »

Je repense à la gentillesse dont il a fait preuve envers Tommy, et au fait qu'il n'a pas ressenti le besoin de me questionner ni de me traiter avec condescendance, comme cette autre connasse. Il a payé nos pizzas, bordel de merde.

« Je ne suis pas sûre, pour être honnête.

— Ce n'est pas grave. Vous pouvez prendre le temps d'y réfléchir avant votre prochaine séance. »

Un silence s'installe entre nous. Mon cœur se met à battre plus vite. Voir cet homme ici, ce fragment de mon passé, signifie qu'il n'est plus question d'être dans le déni. J'ai été une mère merdique et je mérite exactement ce qui m'est arrivé. *Sonya, ce n'est pas le moment de jouer un rôle. C'est réel.* Je ne sais toujours pas comment cette séparation – qui, d'accord, est peut-être une punition méritée – est bénéfique pour Tommy. Les questions familières qui me torturent virevoltent en moi : qui s'occupe de lui ? Sont-ils gentils avec lui ? Peuvent-ils comprendre ses petites habitudes bizarres ? Est-ce qu'il arrive à manger quelque chose ? Est-il capable de dormir sans nos histoires, sans Herbie ? Et Herbie ? Je n'arrive pas à suivre cette ligne de pensée plus loin. Je suis terrifiée par ce que mon père a pu faire de Herbie qui, après tout, n'est qu'un chien.

« Voulez-vous me parler des sentiments que cette séparation forcée fait naître en vous ? »

Quelque chose en lui me dit qu'il n'a pas d'enfant. Il a l'aura de quelqu'un qui passe beaucoup de temps seul, un certain amour-propre, une certaine maîtrise de soi, un air égoïste. Je me demande quel âge il a. Plus vieux que moi, c'est sûr – la quarantaine ? Bien conservé, dynamique. Je me demande combien de temps a duré sa convalescence, et à quel point il allait mal avant. Il a l'air si droit, si coincé, si refoulé, si absolument *sobre* dans tous les sens du terme que j'ai du mal à l'imaginer bourré. Comme j'aimerais le voir perdre le contrôle, voir ses cheveux, si bien coiffés, ébouriffés. Cette pensée même me surprend.

« Voulez-vous que nous arrêtions cette séance maintenant, Sonya ? »

Je le veux ? J'aime la façon dont il prononce mon prénom, la façon dont il met l'accent sur la deuxième syllabe, comme un personnage d'une pièce de Tchekhov, à la manière de Tommy. Ya*ya*. Mon nom, sa musique, son potentiel débordent. Son*ya*.

« Non, désolée, je me sens juste un peu à l'étroit ici. »

Il se frotte la barbe du revers de la main, un bruit de papier de verre qui gratte. Des épaules larges et solides, un front haut et bombé, un cerveau protégé par un casque. Il a l'air intelligent, sauf pour les vêtements BCBG. Je l'imagine en tweed. Beaucoup plus satisfaisant.

« Vous auriez envie d'aller vous promener dans le parc, de prendre l'air ? » demande-t-il.

J'acquiesce d'un signe de tête. Nous traversons le sinistre couloir jusqu'à la porte d'entrée. La réceptionniste lève les yeux un instant, voit que je la regarde, puis se replonge dans son obscur *Secret*, les joues rougissantes. Peut-être que l'un des adeptes des douze étapes lui a dit qu'elle ne devrait pas lire cette ordure blasphématoire. J'ai envie de lui crier d'arrêter de chercher des réponses dans les pages d'un livre stupide écrit par une connasse tout aussi stupide.

« Ça s'est rafraîchi, après toute cette pluie », dit-il.

Je lève les yeux vers le ciel plombé par une épaisse couche de nuages, comme d'habitude. Nous descendons l'allée gravillonnée, passons devant la statue ternie de la Vierge Marie, avec son visage écaillé et vieilli et ses lèvres saignantes brun-rouge, puis devant le poulailler avec son grillage en fil de fer barbelé rouillé, *salut les cocottes*, et devant les grappes de fumeurs, principalement des hommes, rassemblés devant le cabanon des chatons. Je regarde leurs visages burinés, couperosés. Même ceux dont la vie est un désastre ont des visiteurs, une sœur aimable, une petite amie, quelqu'un sur qui ils ont un peu tapé. Même leurs enfants viennent, même ceux qui ont vraiment été en danger.

Je sens le regard de David posé sur moi.

« Vous avez des enfants ? »

Il a l'air surpris, pris au dépourvu. « Non. Non, pas encore. »

Comme d'habitude, ma perspicacité à l'égard des autres est incroyablement précise, ce qui, au lieu de me faire sentir supérieure comme d'habitude, me déprime. La grisaille écrasante de la scène qui nous entoure : le ciel, le sol en béton, les murs en parpaings qui s'écroulent. Récemment, mes nuits ont été remplies par les fantômes des enfants orphelins qui vivaient autrefois dans ces murs et qui, encore maintenant, en sont prisonniers. Ce sont des enfants gris, brisés, au regard vide – le visage de Tommy parfois. Ses mains tapent contre la fenêtre, son visage pressé contre la vitre.

« Cet endroit était autrefois un orphelinat, dis-je.

— Je pense que ça pourrait être une ancienne légende racontée par des femmes. »

Je ne dis rien.

« Sonya, vous vous sentez mieux depuis que vous êtes ici ?

— Je n'ai pas bu une goutte depuis trente-huit jours.

— Et la tête ? »

La tête, ma *tête*, de quoi tu parles ? Essaie donc de vivre avec la torture de ne pas savoir où se trouve ton enfant, et cette putain d'indifférence de la part de quelqu'un qui est censé t'aimer.

Comme s'il pouvait entendre mes pensées (j'espère ne pas les avoir exprimées à voix haute, mais je suis presque sûre que ce n'est pas le cas), il reprend : « Sœur Anne m'a dit qu'elle avait laissé un message à votre père. C'est plutôt rude de sa part de ne pas vous avoir dit où était votre petit garçon.

— Il pleut », dis-je.

Il acquiesce en regardant le ciel. Aucun de nous ne fait un geste pour retourner à l'intérieur.

« Ce serait presque rafraîchissant, si ça pouvait cesser ne serait-ce qu'un putain d'instant », j'ajoute.

Il rit, malgré lui.

« Je peux vous poser une question ? »

Il me jette un regard en coin, méfiant.

« Je suis curieuse : y a-t-il le même taux de rechute dans un établissement privé qu'ici ?

— Il n'existe aucune donnée à ce sujet, pas que je sache.

— Je parie que le coût dissuade les gens de récidiver dans une cure privée. »

J'entends mes mots s'accélérer, devenir confus.

« Récidive ? Un terme intéressant, Sonya. »

Un sentiment de bien-être et de légèreté s'empare de moi. « On dirait qu'une personne sur deux à qui je parle ici est déjà venue, et pas qu'une fois.

— Vous pensez vraiment que l'approche en douze étapes fonctionne ? » demande-t-il.

Essaie-t-il de jouer les complices ou de me prendre au dépourvu ?

« Je ne suis pas certaine de la pertinence de la philosophie "même régime" pour tout le monde.

— Avez-vous rencontré quelqu'un ici à qui vous pouvez vous identifier ?

— D'une certaine manière. » Je pense à Jimmy et aux chatons.

Il s'arrête de marcher, se tourne vers moi pour me regarder. « Si une personne n'est pas honnête, peu importe l'endroit où elle est soignée. »

Son ombre recouvre mon corps. Je regarde par-dessus son épaule, cherchant la lumière.

Il s'éloigne, s'assied sur un muret moussu. Je m'assieds à côté de lui. C'est humide.

« Comment se passe la méditation ? »

Comment puis-je lui dire que me concentrer sur ma respiration me fait paniquer ? Il n'y a rien d'apaisant à être connectée aux mécanismes internes de mon corps, ou de mon esprit. Je semble habiter une vie intérieure cousue dans le tissu de la peur.

« Avez-vous perçu l'existence d'une Puissance Supérieure ? » Il semble gêné de me poser cette question. Ça semble invasif et quelque peu ridicule.

Je hausse les épaules, comme une adolescente.

Il change rapidement de sujet : « Vous faisiez du sport ?

— La natation, c'est mon truc.

— Bon, eh bien, quand vous sortirez d'ici, assurez-vous de pouvoir nager tous les jours. »

Bien sûr… et comment je fais, en étant mère célibataire, vivant des allocations ? Je ne dis rien, je reste assise sur mes mains qui tremblent.

La lumière du soleil filtre à travers les arbres et éclabousse son visage, accentue ses pommettes, sa ressemblance avec un animal. La lumière se déplace à la surface de son visage. L'envie de poursuivre cette lumière avec ma main, de tracer son chemin, d'atterrir sur sa barbe, la peau, si lisse, juste au-dessus. Je l'imagine tendant une main pour prendre la mienne, la sienne grande et robuste enveloppant la mienne.

19

Le haut-parleur crie mon nom. Alors que je marche jusqu'à la réception, des lignes ondulées apparaissent devant mes yeux. Je me dirige vers le téléphone comme vers une grenade non explosée, terrifiée à l'idée que l'interlocuteur ait raccroché, et encore plus terrifiée à l'idée d'entendre sa voix. Je prends le combiné, l'essuie avec ma manche – Dieu sait combien de crachats ce truc a accumulés –, respire profondément et plonge.

« Allô ?

— Sonya, c'est toi ? »

Respecter le scénario : la fille de son père convenablement châtiée, l'alcoolique discrète en rémission.

« Oui. C'est moi. C'est bien d'avoir de tes nouvelles, papa.

— Lara m'a dit que tu avais piqué une crise. »

Respirer. « Tout ce que j'ai dit, c'est que je voulais désespérément voir Tommy. Et toi aussi. Vous me manquez tous les deux.

— J'ai pensé que c'était mieux de te laisser du temps pour t'installer. Et réfléchir. »

Le silence crépite comme de l'électricité statique sur la ligne. Je fais attention à ne pas mettre le feu aux poudres. Je serre mes mains l'une contre l'autre, imaginant que quelqu'un d'autre exerce une pression apaisante.

« C'est bon maintenant, je suis prête. Papa, j'ai besoin de voir

Tommy. Pour son bien. Il a besoin de savoir que sa mère ne l'a pas abandonné. »

Le visage de Tommy, sérieux et perplexe, flotte entre chacun de mes mots. Je sais à quel point ce sentiment d'être tenu à l'écart, de ne recevoir que les miettes de la table parentale, crée une faim insatiable.

« J'ai suivi les conseils d'un professionnel, Sonya.

— Et qu'est-ce qu'on t'a conseillé de lui dire ?

— Que tu étais partie pendant quelque temps. »

Partie. Tommy ne le croira jamais. Je n'irais jamais nulle part sans lui. Je peux imaginer les pensées vrombir dans son cerveau hyperactif, envisageant toutes les possibilités, toutes plus morbides les unes que les autres. Je me souviens qu'on m'a servi le même discours à la mort de ma mère, quand les adultes se sont révélés être tous des menteurs. « Quand est-ce qu'elle revient ? » Je répétais sans cesse ces mêmes mots, jusqu'à ce que l'oncle Dom finisse par dire : « Pour l'amour de Dieu, dites la vérité à cette enfant. Sa mère ne reviendra pas. Dites-le-lui. »

« Est-ce bien raisonnable ? Tommy est un enfant très intuitif. »

N'auraient-ils pas pu lui dire que je n'étais pas bien, que j'étais à l'hôpital ? Au moins, il aurait eu une chance de comprendre. Mais « partie », mon Dieu… Ce n'était pas un euphémisme. Balancer de tels mots à un enfant est d'une cruauté inimaginable.

« Papa ? » C'est difficile, je peux entendre à quel point ma voix est haut perchée. « Où est-il ? Que s'est-il passé avec Mrs O'Malley ? »

Mon père s'éloigne du téléphone, ou place une main sur le récepteur, bloquant toute possibilité de communication.

« Qui s'occupe de lui ?

— C'était trop pour Mrs O'Malley. Il est pris en charge par des gens qui connaissent ce genre de choses.

— Quelles choses, quels gens, papa ?

— Sonya, fais-moi confiance. Il est entre de bonnes mains.»

Je regarde mes mains, et mes ongles déchiquetés, je mordille mon pouce droit. «Sœur Anne a-t-elle appelé ?»

La réceptionniste tapote le cadran de sa montre.

«Il ne me reste pas beaucoup de temps pour parler.»

Je me rends compte qu'en l'absence de réponse je parle un peu trop fort. Je l'entends se racler la gorge, essayant de formuler la bonne réponse.

«Oui, Sonya. J'ai parlé à sœur Anne. J'amènerai Tommy pour te voir dimanche prochain.

— Tu l'as vu ?

— On m'a conseillé de ne pas intervenir.» Sa voix baisse d'un ton, comme s'il ne voulait pas qu'on entende ce qu'il s'apprêtait à me dire, comme s'il avait honte. «Il ne me connaît pas vraiment, Sonya.»

Et c'était pour toi l'occasion de changer tout ça.

«Que vas-tu lui dire quand tu le verras ? C'est quoi cet endroit ?

— Je ne sais pas encore, Sonya.» Sa voix devient cassante. «Pour ça, je vais prendre conseil auprès des experts.»

Des experts. Qui sont ces gens ?

«Dis-lui exactement combien de temps il reste avant que je sois sortie d'ici, papa. Dis-lui que j'ai été malade. Et que je vais mieux…» Rien de ce qu'on lui racontera ne sera une explication convaincante.

La réceptionniste me fait signe. «Vous devez raccrocher.

— On se voit dimanche. Entre quatorze et dix-sept heures, tu t'en souviens ? Tu viendras dès quatorze heures ?»

Il me dit simplement : «À dimanche», d'une voix à peine audible.

«Au revoir, *papa*.» Ce mot manque de m'étouffer. Je lance un dernier «Et merci» hypocrite, qui ricoche dans le vide.

Les jours suivants sont épuisants, mes nuits sont prises d'assaut par des bouffées d'énergie maniaque, mes rêves et mes réveils à quatre heures du matin se mélangent, sans plus se distinguer les uns des autres. Des poussées d'adrénaline me submergent, me donnant envie de courir. Chez moi, et avant l'arrivée de Tommy, pour me libérer je me masturbais. Ici, avec des gens autour de moi, c'est impossible, alors je reste allongée, les yeux ouverts et fixes, essayant de bloquer les images livides qui se forment et se déforment derrière mes paupières chaque fois que je ferme les yeux.

« Ça va ? me demande Linda le lendemain matin. Tu as de sacrés cernes sous les yeux.

— Je n'arrive pas à dormir. » Je m'efforce de m'asseoir, arrangeant l'oreiller mal rembourré dans mon dos.

« C'est mes ronflements ? Tu devrais peut-être demander qu'on te change de chambre, ou moi je pourrais changer. »

C'est drôle comme les ronflements de Linda sont devenus un étrange compagnon nocturne, une heureuse distraction à mes propres pensées qui tournent en rond.

« Putain, non. Je ne pense pas que je pourrais m'en sortir sans toi. »

Linda réagit si bien aux compliments de toute sorte que je peux voir à quel point il doit être facile pour Mark de la manipuler. Ses joues rosissent et un large sourire révèle ses dents jaunes écartées. Un sourire aussi charmant que celui d'un tout-petit dont on ne voit que les gencives. Un désir si puissant de prendre mon petit garçon dans mes bras me submerge et je ferme les yeux pour arrêter les larmes.

« Qu'est-ce qui se passe ? »

Je m'adosse à l'oreiller, épuisée. Il y a cette fissure, juste au-dessus de ma tête. Elle ne semble pas offrir de sortie, d'ouverture vers un autre monde.

Je réussis à bredouiller : « Tommy. Je vais voir mon petit garçon dimanche. Ça fait si longtemps que j'ai peur qu'il ne me reconnaisse pas, que ce soit bizarre. J'ai peur de l'entendre parler de Herbie. Je n'ai aucune idée de ce qui est arrivé à Herbie.

— Tu n'avais jamais parlé de lui avant. » Elle parle d'une toute petite voix chevrotante. « C'est un autre garçon ?

— Notre chien.

— Putain, tu m'as fait peur. »

Je ne vais même pas essayer d'expliquer à quel point il est comme un deuxième fils, ou un grand frère pour Tommy.

Linda roule sur le dos et nous restons toutes les deux allongées là, à regarder les traces de saleté aux coins du plafond mal peint, avant qu'elle ne dise doucement : « J'ai eu une petite fille dont on m'a retiré la garde.

— Mon Dieu… Linda… »

Elle lève la main pour me faire taire.

« Quel âge avait-elle ?

— Trois ans. Je n'en avais jamais parlé à personne », dit-elle, avant de se lever pour aller dans la salle de bains et d'ouvrir les robinets de la douche, le bruit de l'eau qui coule étant presque, mais pas tout à fait, assez fort pour couvrir le bruit de ses sanglots étouffés.

20

Mon estomac est bruyant et grincheux, comme mes pensées, et mes chevilles sont irritées par le frottement dans mes Converse merdiques. Je tourne dans la cour depuis deux heures, j'ai sauté le rosaire et le déjeuner. Il ne viendra pas. Il ne prendra même pas la peine d'appeler. Pourquoi m'attendre à autre chose ? L'un de ces précieux conseils que j'ai retenus au cours des réunions est cette idée de réduire les attentes, les espérances – la vie vous donne rarement ce que vous voulez et, de toute façon, pleurer, c'est un truc de mauviette. Une feuille tombe du ciel et se pose sur moi. *Réveille-toi, imbécile !* Je la prends et la mets dans ma poche. Et puis je les vois.

Un cri m'échappe, toute tentative pour paraître digne disparaît. « Tommy ! » – un cri sauvage et désespéré. Toutes les têtes se tournent dans ma direction alors que je passe en trombe devant mon père, poussant Lara – qu'est-ce qu'elle fait là ? – pour rejoindre mon fils. Je le soulève dans mes bras, m'attendant à entendre des cris d'excitation.

« On fait l'avion ? » dis-je, en l'attrapant sous les bras.

« Fais attention à lui. » La voix de mon père me gifle.

Le visage de Tommy est froissé, ses yeux sont fermés, mais sans cet air extatique dont je me souviens. Je le repose doucement à terre et me baisse pour embrasser son front. Il tressaille. Lara me regarde fixement.

« Viens. C'est un peu trop pour le petit. Pourquoi ne prendrait-on pas un bon Fanta ou des bonbons dans la boutique là-bas ? »

Qu'est-ce qu'elle en sait de ce qui est trop pour mon fils ? Comment mon père peut-il lui permettre d'intervenir ainsi ?

« Papa. » Je le regarde droit dans les yeux. « J'aimerais être un peu seule avec Tommy.

— Fiston ? Lara et moi serons juste là. » Il lui montre du doigt la boutique. « Dis à ta maman quand tu en auras assez, d'accord ? »

Cette attitude fabriquée contrarie toutes mes terminaisons nerveuses, les fils se croisant dangereusement, susceptibles de déclencher le fameux court-circuit. Je pose mon regard sur la silhouette de Tommy – il est si petit et anguleux, à l'étroit dans une peau trop serrée, comme s'il portait en lui quelque chose de trop gros, comme si ses os risquaient de craquer sous le poids qu'il supporte. Je le contemple, sens sa douce odeur de marmelade cachée sous la marque d'une lessive qui n'est pas la mienne. Il est si calme, rien à voir avec le petit bonhomme plein d'énergie dont je me souviens. Les souvenirs que j'ai de lui sont-ils filtrés par la lentille des yeux rouges mélancoliques du poivrot ?

Il fait un signe de tête à son grand-père, petit homme sombre, puis regarde au loin.

« Pas longtemps. Inutile de le fatiguer. »

Ma bouche se remplit de toutes les obscénités que j'ai pu prononcer un jour et de certaines que je n'ai encore jamais exprimées, mais une partie fonctionnelle de mon cerveau intervient avant l'éruption. Je dois ravaler toute cette bile chaude et bouillonnante.

« Viens, Tommy, je vais te faire visiter l'endroit où Yaya dort. »

Je lui tends la main sans qu'il l'attrape. Je lui souris, gentiment, j'espère. *Reviens dans mon orbite, petit bonhomme.* J'ai envie de tirer la langue et d'en enrouler les bords, mais je sais de quoi j'aurais l'air.

« Pas plus d'une demi-heure. On doit le ramener à la maison. »

Est-ce qu'il vient vraiment d'utiliser ce mot ?

« Parle à ta maman de la charmante dame chez qui tu es. Clare, c'est bien ça ? »

Ma langue frotte l'intérieur de ma joue déjà mordue.

« Une demi-heure maximum », dit mon père avant de se retourner, le bras de Lara serpentant autour de sa taille comme si, sans son soutien, il risquait de tomber.

« Tu veux voir une statue géante ? » je demande, en faisant attention de ne pas en exiger trop, trop vite, même si mon corps a envie de le serrer dans mes bras, de sentir son cœur battre contre le mien. Rat-a-tat-tat.

Nous marchons. En file indienne.

« C'est Marie, dis-je quand on arrive à la statue géante dans la grotte. Tu sais… la mère de Jésus ? »

Je penche presque la tête. Il regarde fixement la statue en pierre sculptée. Il ne sait évidemment pas de quoi je parle, je n'ai pas vraiment donné la priorité à son instruction religieuse.

« Regarde ses joues et ses lèvres de rouge-gorge ! » Je ne lui fais pas remarquer la peinture qui s'écaille, qui s'effrite, avec l'impression que sa bouche saigne. Je ne mentionne pas non plus l'histoire de la « mère de Dieu », et encore moins celle de l'Immaculée Conception, qui ne manquerait pas de le déboussoler et de lui remplir la tête de cauchemars, comme ce fut un jour le cas pour moi.

« Hé, tu crois qu'il y avait des géantes comme celle-là au pays de Nod ? »

Il hausse les épaules, donne des coups de pied dans les gravillons. Il suit un grand scarabée noir qui chemine tranquillement sur le sentier.

« Il est costaud, non ? »

Il ramasse une brindille et se penche pour le titiller.

« Ce n'est peut-être pas une bonne idée, Tommy. Comment te sentirais-tu si l'un de tes géants commençait à te piquer avec un bâton ? »

Il continue, et retourne le scarabée avant de s'accroupir pour l'examiner de plus près.

« Épouvantail rampant, de combien de jambes a besoin une minuscule créature ? » J'essaie de le rattraper au moment même où il enfonce la brindille dans le ventre du scarabée, ses entrailles giclant dans toutes les directions, un craquement écœurant.

Je ne peux pas m'en empêcher : « Ça t'a fait du bien ? »

Il ne répond pas, il jette juste la brindille et met ses mains dans ses poches. « Tommy… ? Tommy. Regarde-moi. »

Ses yeux. Creusés comme avec une cuillère.

« Je suis désolée, chéri. Yaya est désolée. Je ne voulais pas que tout ça arrive. »

Je m'agenouille devant lui. Comment quelqu'un de si jeune peut-il avoir le regard aussi éteint ? Ses yeux ont-ils toujours été aussi enfoncés, ou est-ce la fatigue ? Personne d'aussi petit ne devrait avoir des yeux pareils. Une réplique de sa mère, qui mérite les bleus qu'elle arbore.

Je fais attention à ne pas le toucher, déchiffrant les signaux qu'il envoie pour signifier que je suis suffisamment proche.

« J'étais malade, Tommy. Et maintenant je vais mieux. Je serai bientôt à la maison. »

Il baisse les yeux, éraflant le bout de sa basket en la frottant sur le gravier.

« Nous pourrons tous rentrer bientôt chez nous. »

Une absence non formulée entre nous.

« La première chose qu'on fera le jour où je sortirai d'ici, c'est de récupérer Herbie. »

À la mention du nom du chien, son regard s'illumine et il cligne des yeux.

« On y est presque, Tommy. À mi-chemin. Plus que cinq semaines et quelques jours. On va y arriver, non ? »

Il marche devant moi, les épaules voûtées, un vieil homme silencieux et ratatiné.

« Tu veux voir des bébés chats, Tommy ? »

Il bouge imperceptiblement la tête de haut en bas.

« Suis-moi », lui dis-je en passant devant lui telle une femme déterminée.

Lorsque nous arrivons au cabanon, un certain nombre d'autres familles en visite sont là, roucoulant devant les petites « peluches » comme une fille les appelle. « Ils sont si mignons qu'ils me donnent envie de pleurer. » Tommy n'a pas l'air impressionné par de pareilles simagrées et ne semble pas avoir envie de rester. Je me fraie un chemin jusqu'aux chatons et j'attrape la petite femelle tigrée. « Regarde, Tommy. Un chat marmelade. » Ses deux choses préférées réunies en une seule : les animaux et la confiture d'orange. Pendant un instant, il semble oublier sa souffrance et tend la main pour caresser le chaton entre les yeux. L'épisode du scarabée me traverse l'esprit et je le surveille de près. Le Tommy que j'ai laissé derrière moi n'aurait jamais tué volontairement une autre créature vivante, même les mouches bleues bourdonnantes qui, devenues folles, se cognaient contre les vitres. Je me souviens de lui les chassant par les fenêtres et les portes ouvertes, pleurant quand j'en écrasais une avec mon pouce. Je m'extasie sur la petite chatte tigrée, je surcompense, et je sens le regard des autres parents peser sur moi.

« Ça te dirait de l'adopter, Tommy ? »

Il lève la tête vers moi, une petite lueur dans les yeux. « Est-ce que He'bie l'aimerait bien ? »

Ça y est. Sa voix. Elle me fait presque fondre les os.

« Herbie est un gentil géant. Je suis sûr qu'il prendra soin d'elle.

— Cinq semaines, c'est long, Yaya.

— Oui, chéri. C'est trop long. Demande à grand-père de t'amener ici la semaine prochaine et la semaine d'après et encore celle d'après. Encore six visites et on pourra rentrer à la maison, avec notre nouvelle amie Marmie. »

Il répète le nom : « Marmie ». Il hoche la tête, satisfait que ce soit un bon nom. « Où est He'bie, Yaya ? »

Je réfléchis vite. « Il est dans une belle maison avec d'autres chiens et il s'est fait un nouvel ami, un gros dalmatien tacheté, qui s'appelle Hugh. »

Tommy regarde ailleurs, une expression de dégoût assombrissant son visage. Il n'a jamais aimé qu'on lui mente.

« Yaya ?

— Oui, chéri ?

— Je veux partir maintenant. »

Je sens la curiosité de ceux qui m'entourent s'accroître, se demandant comment je vais réagir à cette évidente rebuffade.

Je décide d'adopter une approche magnanime : « Bien sûr, mon chéri. Allons d'abord chercher une glace. »

Je lui prends la petite chatte des mains et la replace délicatement au milieu de ses frères et sœurs.

« Je veux un chaton aussi, maman », dit la même petite fille qui disait qu'elle pouvait pleurer tellement ils étaient mignons.

Tommy la regarde sournoisement du coin de l'œil. « Pas le nôtre. Tu ne peux pas avoir Marmie. »

La fillette commence à brailler : « C'est celui-là que je veux. »

C'est comme si on avait appuyé sur un interrupteur à l'intérieur de son petit corps, il a envie de gifler la fillette, je le vois avant même que ça n'arrive. Je suis obligée de rattraper sa main qui déjà s'envole. Je le tiens fermement et l'entraîne loin du cabanon.

« Ce n'est pas bien, Tommy. Tu ne peux pas frapper les gens comme ça. »

Il me regarde, comme si c'était une blague. La chaleur me monte aux joues.

« Tu veux voir la chambre où je dors ? »

Il hausse les épaules, les mains enfoncées dans les poches d'un jean que je ne reconnais pas. Qui lui a acheté des vêtements ? L'ont-ils emmené faire du shopping ? Il déteste les lumières vives, la musique assourdissante, la foule, tout comme moi, il déteste les « stupides » autres personnes. Ceux qui s'occupent de lui le savent-ils ? Le laissent-ils prendre dans les rayons les marchandises orange qu'il aime tant ? Sous son sweat polaire à capuche préféré (celui que j'ai volé pour lui l'année dernière), il porte un nouveau tee-shirt orange. La jalousie me prend à la gorge et me secoue dans tous les sens.

« Comment est-elle, Tommy, la dame qui s'occupe de toi ? »

Il disparaît presque à l'intérieur de lui-même, la tête basse.

Je regarde le ciel.

« Où est parti Mr Soleil aujourd'hui, Tommy ? »

Il lève les yeux, sa concentration est intense, il cherche la lumière derrière l'épaisse couche de nuages. Ses yeux regardent partout autour de lui, sans jamais se fixer sur un point. Après quelques instants, il abandonne. Il n'a jamais réussi à trouver l'endroit où se cache Mr Soleil.

Je lui montre du doigt, par-dessus son épaule. « Là. Tu vois ? »

Il secoue la tête. « Il est parti.

— Il n'a pas disparu, Tommy, tu te souviens ? Il est là-haut, quelque part. C'est à nous de le trouver. »

Il baisse les yeux sur l'allée en gravillons sous ses pieds. Que voit-il ?

« Ce n'est qu'une question de temps, Tommy, avant que le ciel ne redevienne bleu. Tu le sais, n'est-ce pas ? »

Il ne répond pas, apparemment irrité par tout ce qui vient de moi.

« De quelle couleur est la chambre dans laquelle tu dors, chéri ? »

Il érafle activement le devant de ses baskets, une éraflure longue, délibérée, provocante.

Une part de moi a envie de le gifler, une autre de le serrer contre moi, chanter dans son oreille encore et encore : « Tu es mon rayon de soleil, mon seul rayon de soleil, tu es le soleil de ma vie… » Il n'a aucune envie de voir ma chambre ; de toute façon, à quoi je pensais ? Je ne veux pas lui montrer les quatre lits de fortune dans cette chambre morne et étouffante. Quel genre d'images pourraient alors s'imprimer dans son esprit ? Pourquoi ne m'a-t-il pas posé de questions : quoi, qui, quand, pourquoi ? Son esprit curieux n'a jusqu'alors jamais cessé d'interroger, de trier, d'étiqueter, d'emballer. Lui ont-ils donné une sorte de sédatif ? Est-ce la raison pour laquelle son regard est aussi éteint que celui de n'importe quel toxico séjournant ici ?

Je tape des pieds, en secouant la tête – repousser cette idée-là. Une feuille s'échappe des branches d'un arbre sentinelle : un type maigre et anémique. Mr Droopy – qu'est-ce que t'en dis, papa ? Un nouveau !

« Une plume magique, Tommy ! »

Il tend la main pour l'attraper, l'observe attentivement, examine les nervures, passe son pouce sur les lignes. Je sors la mienne de ma poche.

« Regarde, Tommy, deux feuilles d'automne pour ton album. »

Il triture celle qu'il tient dans sa propre main, la frotte entre son pouce et son index, l'émiette avant de la laisser tomber. Mon offrande est fragile dans ma paume. Il tend la main, comme au ralenti, et prend la feuille, qui est encore plus sèche depuis qu'elle est tombée. Je m'attends à ce qu'il la déchire et la piétine mais il l'embrasse et la met dans sa poche.

« Tu veux que je l'embrasse aussi, Tommy ? »

Il me regarde, son visage exprimant d'abord du dégoût, puis de la considération suivie d'une hésitation : oui, non, non, oui, stupide, oui, avant de ressortir la feuille et de me l'offrir. Je la prends, je l'embrasse et je la remets dans sa poche.

« Fais attention à ne pas l'abîmer, Tommy. Tu te souviens comme elle est fragile ? »

Il hoche la tête et tapote l'extérieur de sa poche.

« Tu pourras m'embrasser tous les soirs maintenant. »

Son visage se ferme, une expression semblable à celle de mon père parfois.

« Tu veux une glace, Tommy ? » Je lève les yeux vers le ciel gris et froid.

Je me demande ce qu'il mange désormais. Lui ont-ils fait avaler de la viande ? Il n'a pas l'air d'avoir beaucoup mangé. A-t-il développé ma fascination pour le tournis dû au manque de nourriture ? J'ai envie de m'approcher et de frotter son ventre, de le couvrir de baisers papillon. *Tu n'auras plus jamais à prendre soin de ta maman*. Il a besoin d'apprendre à être un petit garçon, il a besoin de Herbie à ses côtés. Ce chien a été là depuis le début, et même quand j'étais dans les vapes ou complètement pétée, le gros corps doux de Herbie était une présence constante. Une douleur derrière mes paupières se fait lancinante ; la brume se lève devant mes yeux.

Je marche devant lui, afin qu'il ne voie pas ma panique grandissante. J'ai besoin d'une musique apaisante mais je suis terrifiée par ce que je pourrais invoquer.

« Tu es allé à la plage, Tommy ? Nos sorties à la mer me manquent. »

Je me retourne et le vois secouer violemment la tête comme s'il essayait de la vider de trucs affreux. Mes créatures ont-elles aussi élu domicile en lui ? Je prends doucement sa tête dans mes mains.

« La première chose que nous ferons quand je sortirai d'ici, c'est de passer prendre Herbie, d'aller à la plage, de barboter, de manger des glaces, et ensuite nous mangerons des bâtonnets de poisson pané tous ensemble sur le canapé. »

Est-ce qu'il me croit ?

« Et Marmie ? Elle peut venir à la plage aussi ?

— Pourquoi pas ?

— On pourra lui trouver une laisse ? Elle va pas aimer qu'on la laisse à la maison quand on va se promener.

— Quelle bonne idée ! Je pense que ça va lui plaire. »

J'imagine les yeux rivés sur notre groupe hétéroclite, les jugements. Je m'en fous – laisse-les regarder, ils n'ont rien de mieux à faire.

« Yaya ?

— Oui, chéri ?

— Tu as été très malade ? »

Comment répondre à cette question sans ajouter à son trop-plein d'anxiété ?

« J'ai été malade, chéri, mais je vais presque mieux. »

Il hoche la tête, une sorte de demi-soupir, comme s'il essayait de se convaincre lui-même. Nous sommes à l'extérieur de la boutique maintenant, à quelques secondes d'une autre séparation.

« Tu veux un câlin, Tommy ? »

Je prends le risque, terrifiée par l'éventuel rejet que ma question pourrait provoquer.

Il pèse le pour et le contre, tourne toutes les possibilités dans sa tête, quand j'entends la voix de mon père surgir près de nous : « Ah, vous voilà. On commençait à s'inquiéter. Viens, jeune homme. Il est temps de partir. »

Il saisit la main de Tommy, qui devient molle, tandis que le reste de son corps se raidit. Lara est juste derrière lui.

« Au revoir, mon chéri. »

Il dit au revoir, puis s'en va, sa main toujours prise dans la poigne de mon père. Alors qu'ils sont sur le point d'arriver au parking, il se libère et court vers moi, jetant son corps contre le mien, blottissant sa tête contre mon ventre. Je me penche pour embrasser le sommet de sa tête, qui sent le shampoing antipelliculaire, ou est-ce de l'antipoux ? Ça me fait mal au fond de la gorge. Je l'imagine se faire laver les cheveux par quelqu'un d'autre, les yeux fermés, le savon qui coule. Cette merde pique.

21

Je ne suis pas certaine de pouvoir contenir ces battements d'ailes fous dans ma poitrine. J'ai besoin de courir, de baiser, de m'envoler, besoin d'un exutoire, d'une libération, d'un apaisement. Alors je cours. Dans mes Converse de merde, avec des crampes aux mollets, je fais le tour du terrain en courant, encore et encore, avec les visiteurs du dimanche encore présents – qui est cette chauve-souris folle ? *Cette chauve-souris folle, c'est moi !* J'ai envie de crier à tue-tête ; alors je crois la voir, ma diablesse, dans sa tenue tape-à-l'œil, prête à foncer. Et je suis tentée de la suivre ; je suis vraiment tentée. Tout y est : amour, désir, perte, colère, en boucle, c'est reparti. *Lara*… enfin quoi… mon père… qu'est-ce qu'il croyait ? Mon Dieu, en quoi est-ce dans l'intérêt de Tommy ? En quoi ? Tu l'as vu. Sa souffrance, sa petite personne toute ratatinée, sa confusion, son regard éteint, sa peur, son *abandon*. Et pourtant, l'avoir vu fait exploser le bonheur en moi comme un bonbon qui pétille sous la langue. Et pourtant, je cours.

Je ne m'arrête que lorsque je risque de vomir. Je suis prise d'étourdissement, ce qui est plutôt agréable ; je suis de retour dans mon corps, lourd et épuisé, les mollets douloureux. Aucun signe de lady Hurluberlu maintenant. Je marche, en boitillant, le cœur battant la chamade. Essayer de rassembler les morceaux disparates de mon corps. Je puise dans tout ce que j'ai appris ici.

Sentir le sol sous mes pieds, regarder autour de moi, essayer de voir, de vraiment voir, tout ce qui est ici : les arbres se dénudant, les feuilles sous mes pieds, le ciel sombre au-dessus. Je respire lentement, j'essaie d'accéder à ma Puissance Supérieure : un parent bienveillant, ou cette partie de moi qui veut ce qui est bon pour moi. Une majorette qui m'encourage, pas ce monstre qui ne cherche qu'à semer le chaos. Un pied devant l'autre, une respiration après l'autre, et je me rends compte que je suis un peu plus calme.

Et je meurs de faim.

Dans la cafétéria, je survole la salle du regard, et je vois Jimmy – qui occupe le devant de la scène. Il capte mon regard, sourit comme un écolier, lance ses bras en l'air en un geste grandiloquent. Je ne devrais pas être aussi heureuse de voir qu'il est de retour. Je me fraie un chemin jusqu'à lui et remarque comment les autres hommes assis à sa table se figent quand j'arrive. Je suis probablement encore en train de palpiter, et sans doute mes cheveux sont-ils collés à ma tête par la sueur froide.

« Comment va, Jimmy ?

— Santé. » Il lève son verre d'eau. « Bravo pour les chatons. Ils ont l'air de bien se porter.

— Oh, quand même, tu leur as manqué. Même si tu n'es parti que… quoi ? Dix jours ? Je ne pensais pas qu'ils ramenaient les pochtrons si vite au bercail. »

Son sourire s'épanouit et mange le bas de son visage, si bien qu'il ressemble à une marionnette en chiffon avec laquelle j'aimais jouer quand j'étais petite. « Je ne suis pas n'importe quel vieux pochtron », dit-il en engloutissant avec délectation un morceau de steak rassis.

S'il y avait des veaux dans le cabanon, les traiterait-il avec la même tendresse que les chatons ? Si étrange, cette déconnexion. Ce n'est pas sa faute.

« Tu veux te joindre à nous ? »

Les autres me font une place, mal à l'aise. J'essaie de sourire. Un fermier au visage usé, marqué par le whisky – celui qui mugit la nuit comme un taureau, d'après les rumeurs –, écarte sa chaise de la table, le regard agité. « Eh bien, j'y vais. » C'est probablement à cause de mon sourire, ce sourire qui mettait Lara dans une rage folle. « Comment oses-tu… comme ça ? » Comme quoi ? « Efface ce sourire narquois de ton visage, ou sinon. » Ou sinon… ?

Maintenant, les autres partent tous, une scène qui rappelle la salle de classe, avec les garces qui toutes me tenaient à l'écart.

« J'ai dit quelque chose ? »

Jimmy rit, agite sa fourchette et la pointe vers moi.

« Tu vas avaler un peu de tambouille pour te nourrir ? Je ne veux pas que tu t'écroules comme la dernière fois. »

Il a raison, je pourrais m'écrouler, alors je vais au comptoir et demande un plat végétarien.

« Vous suivez toujours ce régime de dingue ? » me dit la petite femme avec son filet à cheveux. Elle dépose trois cuillerées de purée de pommes de terre et une bouillie de navets et de panais dans mon assiette. « Bon appétit. »

« Putain, tu vas vraiment manger ça ? » demande Jimmy.

Je hoche la tête, me bouche le nez, en enfourne une bouchée, qui descend dans la trappe.

Vroum, Yaya !

« Bravo. Plus que deux bouchées, et après c'est l'heure des friandises. » Il pousse un roulé à la confiture de fraises devant moi.

« Alors, j'ai entendu dire que tu avais eu une visite. Comment ça s'est passé ?

— Compliqué.

— Il a de la chance de t'avoir. »

Je repousse mon assiette, j'ai la nausée.

« Écoute, tu es là, tu as pris le taureau par les cornes. Il est assez jeune pour s'en remettre. »

Je lève les yeux vers la fenêtre. Si je me concentre suffisamment, par-delà le vacarme autour de moi, je peux bloquer sa voix et entendre le bruissement du vent dans les arbres.

« Même quand j'étais bébé, je débordais d'adrénaline, ivre de peur. Je n'ai jamais connu un moment de calme avant de venir ici », dit-il.

Les feuilles chuchotent, murmurent, accusent.

« Je me souviens à peine d'être né. Ne passe pas ta vie dans le brouillard. Pour ton fils. »

Une bouffée de chaleur monte en moi, suivie d'un épisode de froid intense. Mon thermostat interne est détraqué. Je ne veux pas de ces conseils non sollicités, pas maintenant, des conseils qui me rappellent mes défauts en tant que parent ; je veux me délecter de ce câlin. Je frotte l'endroit sur mon ventre où il a appuyé sa tête.

Jimmy repousse sa chaise, va à la cantine et demande trois portions de dessert.

« Appelle-moi Bec Sucré », dit-il avec un clin d'œil en sortant.

La bouche a vraiment le goût du sucre, Yaya ?

C'est une expression, Tommy, comme quand je t'appelle Munchkin !

Est-ce que les bonbons font vraiment tomber les dents ?

Eh bien, trop de sucre fait pourrir tes dents, Mr T.

La fée qui ramasse les dents qui tombent, c'est une bonne ou une mauvaise fée ?

Il n'y a pas de mauvaise fée, Tommy.

Si, Yaya, il y en a, tu le sais.

22

Une semaine plus tard, je le revois : Mr Smythe, dit Le Sobre, assis près de la fenêtre au fond de la cafétéria. Je viens de terminer ma corvée de poulailler et j'ai dix minutes avant ma prochaine session de groupe. Je l'observe un moment ; une tasse entre les mains, il souffle dessus, mais n'en boit pas le contenu. Des mains pareilles… J'hésite pendant quelques secondes puis je m'approche et lui demande si je peux me joindre à lui. Il acquiesce, froidement, je crois. Je me demande de qui il est le psychologue et je suis surprise de constater que je n'aime pas y penser.

« Comment ça va, Sonya ? » Il reste assis.

« Je suis désolée de ne pas avoir programmé une autre séance. Tant que je n'ai pas récupéré mon fils, tout ça m'est impossible.

— Vous connaissez celle qui raconte qu'il faut mettre son propre masque à oxygène d'abord ? »

Tiens, je n'aurais pas cru ça de lui.

« Pourquoi êtes-vous ici Sonya ?

— Parce qu'il le faut. Pour Tommy.

— Vous voyez.

— Il a quatre ans, David, quatre ans. Il n'a pas de père. Je suis tout pour lui, et, sans moi, il ne peut pas fonctionner.

— Comment pouvez-vous en être si sûre ? Peut-être qu'il fonctionne mieux sans vous. »

Putain, c'est vraiment très dur, c'est irrecevable et déplacé ; il dépasse les bornes. Il semble s'en rendre compte et dit sur un ton plus gentil : « J'essaie juste de vous faire comprendre à quel point il ira mieux quand votre comportement avec lui sera plus stable. »

Je m'assieds sur mes mains. Cet homme me fait m'asseoir sur mes mains. Au nom de quoi ose-t-il prétendre me dire comment penser, comment vivre et comment mon fils fonctionne ? Toute cette opération de « guérison » pue le renfermement sur soi, l'oubli de l'instinct, une manière d'être mesquine, rabougrie, contrainte. Commencer sa journée à genoux, prier pour être guidé. « Que Ta volonté soit faite », car la mienne est tordue, maniaque. Et pourtant.

Je m'épuise parfois. Je voudrais juste pouvoir vivre, au sens commun du verbe. J'aimerais être en rendez-vous galant avec cet homme séduisant, être *normale*, au lieu de discuter de mon besoin de guérison. Il me semble injuste qu'il m'ait vue en colère, avec mon enfant, alors que tout ce que je connais de lui est cette version sérieuse. J'aurais aimé connaître l'envers, pour être à égalité sur le terrain de jeux.

Un jeune homme d'environ dix-huit ans, pour qui le travail thérapeutique quotidien est d'être serveur à la cafétéria, s'approche de notre table.

« Qu'est-ce que je vous sers ? me demande-t-il.

— Un thé à la menthe. Merci. »

Le garçon émet un sifflement dubitatif. « Je doute qu'ils aient ça ici.

— En fait, si.

— D'accord », dit-il en s'éloignant, avec l'air d'avoir envie d'égorger quelqu'un.

David me sourit, un sourire complice, je crois.

Le garçon revient avec mon thé, qu'il pose brutalement sur la table, et le liquide déborde de la tasse. David sursaute, les cuisses ébouillantées sous le coton souple de son pantalon.

Immédiatement, les mains du garçon se transforment en poings serrés et tous les muscles de son corps se tendent.

« Ne vous en faites pas, dis-je en essayant de croiser son regard. Ça peut arriver à n'importe qui. »

David a l'air furieux. Il se dirige vers les lavabos.

« Vous êtes nouveau ici ? »

Le garçon a les lèvres pincées.

« Cet endroit est une blague. »

Je ne le contredis pas.

« Vous voulez que je vous fasse visiter plus tard ? Vous avez vu les chatons ?

— Personne ne les a encore noyés ? »

Ce n'est qu'une bravade ; c'est encore un tout jeune garçon. Pourtant, je sens une profonde souffrance courir en lui, et le besoin de faire souffrir en retour. Je le regarde s'éloigner, un dos de prédateur.

David revient.

« Ça va ?

— Légèrement ébouillanté, en fait ; mais je ne vais pas en mourir !

— Je ne pense pas qu'il l'ait fait exprès. »

David regarde le garçon, l'observant comme s'il était une pièce rare dans un zoo.

J'ai soudain envie que ce regard se pose sur moi.

« Tommy est venu me voir dimanche dernier, dis-je, dans un souffle.

— Il est venu ? C'est super. Comment ça s'est passé ?

— C'était à la fois difficile et adorable. » Je m'autorise à revivre les moments *adorables*. La feuille, le baiser, le câlin final.

David s'est redressé sur sa chaise. Aucun de nous n'a touché à sa tasse.

« Votre père l'a placé dans un foyer d'accueil ? »

Je sens ma joie, tel un ballon rose avec « ADORABLE » griffonné dessus, qui m'échappe. Je dois m'empêcher de grimper sur la table pour la rattraper.

« Il peut être difficile de récupérer un enfant une fois qu'il a été happé par ce système. »

Il remplit une cuillère à café à ras bord de sucre, puis la vide dans la tasse. Il porte la tasse à ses lèvres, puis s'arrête avant de boire et remet soigneusement la tasse sur sa soucoupe.

« Vous êtes payé pour dire des trucs comme ça ? »

Au-dessus de ma tête flotte une autre sorte de ballon. Je me rassieds lourdement sur ma chaise, je m'avachis. Ça ne sert à rien de parler de tout ça.

Il prend une serviette, la plie, la déplie et la replie.

« Sonya, je ne vous souhaite que le meilleur pour la suite, j'espère que vous le savez. » Il se lève, repousse sa chaise.

Et avant que j'aie le temps de penser à répondre, il est parti.

La vue d'un dos, à nouveau. Je pense à toutes les fois où mon père m'a tourné le dos. Il m'a tourné le dos à la mort de ma mère, alors que je n'avais que huit ans ; et lorsque j'étais une adolescente, en deuil, débordante d'hormones, pleurant à chaudes larmes mon premier amour perdu ; il m'a tourné le dos lorsque je suis partie à Londres à la poursuite de mes rêves ; et quand j'ai été de retour à Dublin, probablement embourbée dans une dépression post-natale. Est-ce que la vue du dos de mon père a créé une sorte d'empreinte psychique ? Tous les hommes que j'ai essayé d'aimer depuis m'ont tourné le dos.

Le garçon est debout au comptoir, il me regarde droit dans les yeux en souriant, avant de me tourner le dos à son tour. Je ferme les yeux. Derrière mes paupières, un kaléidoscope réfléchit à l'infini divers motifs et nuances de noir. Les créatures s'agitent et se réveillent, une force cinétique de la nature, un essaim programmé pour voler sur des milliers de kilomètres, même par mauvais temps, même si elles risquent de voler vers leur propre mort. Mes yeux s'ouvrent en même temps que ma bouche. Ça ne devrait pas se produire, pas tant que je suis sobre, et pas devant ce garçon en colère et malheureux. C'est tout ce que je peux faire pour assister au flot d'injures que je lance au monde, au garçon, qui se retourne et m'observe avec indifférence comme s'il regardait une pièce de théâtre, et c'est peut-être le cas ; peut-être que je suis entièrement dévorée par le personnage que je joue.

23

Après la dissipation du voile blanc (je n'ai aucune idée du temps qui s'est écoulé), je me retrouve assise en face de sœur Anne dans son bureau, à siroter un thé plein de sucre. La religieuse joue avec ses mains, apparemment fascinée par elles. « Comment vous sentez-vous maintenant, Sonya ? »

Je regarde par la fenêtre le gribouillis de la pluie qui frappe la vitre, de petits vers translucides, et je pense à Simon le tortionnaire, mon voisin d'enfance qui avait l'habitude d'agiter des vers de terre devant mon visage jusqu'à ce que je pleure – pour le pauvre ver. Je reporte mon attention sur le présent. Sœur Anne a-t-elle peur de moi ? La façon dont elle est assise, tendue, au bord de son siège, comme prête à s'enfuir, suggère que oui.

« Nous avons déjà eu affaire à ce genre de comportement. Habituellement chez des hommes aux tendances violentes. Quand ils ne peuvent pas utiliser leurs poings, ils utilisent leur langue.

— Je n'ai jamais frappé personne. » Je sens la couleur monter, ma main commence à me démanger.

« Avez-vous déjà perdu le contrôle comme ça avec Tommy ?

— Non, non, jamais avec Tommy.

— Comment pouvez-vous en être aussi sûre ? Vous ne vous contrôlez pas quand vous êtes en colère, ou quand vous êtes sous l'emprise de l'alcool, n'est-ce pas ?

— Ma sœur, c'est parce que je suis loin de mon fils que je suis tellement en colère. C'est comme si une partie de moi avait été retranchée.

— Et vos évanouissements ?

— Une baisse du taux de sucre dans le sang.

— À moins que ce ne soit pour l'esprit une façon de se fermer quand les choses deviennent trop difficiles ? »

Peut-être, mais je dois apprendre à me contrôler. Je pensais que j'y arriverais mieux maintenant que je ne bois plus ; mais si l'alcool est certes un facteur aggravant, c'est aussi un anesthésiant. Et voilà, mon esprit se met à inventer des raisons plausibles, à intellectualiser, à interpréter, à excuser, à justifier.

« Sonya, c'est un incident très grave. »

Comme c'est bizarre que le directeur de mon école ait prononcé exactement ces mêmes mots juste avant que je sois expulsée, lorsque j'ai fini par réagir face aux garces qui m'ignoraient, quand j'ai frappé la plus chétive d'entre elles – à coups de poing et de pied. Mon père a été convoqué. *Comportement inacceptable*. Il était d'accord, bien sûr, il n'a même pas demandé à entendre ma version. Un metteur en scène m'a permis de revivre cette histoire alors que j'essayais d'accéder à un état d'intense émotion pendant les répétitions de ma Nora moderne, à bout de nerfs, dans *Une maison de poupée*. Il était tellement content, il se frottait les mains, une parodie de joie. « Une vraie rebelle ! » D'une certaine manière, dans cette vie, dans cette réalité, on m'a attribué le rôle d'une mère, et je suis très mauvaise. Cette directrice de casting avait raison – qu'a-t-elle dit exactement ? « Trop anguleuse et fébrile. » *Trop quelque chose, d'accord.*

« Ma sœur, je suis désolée, je ne recommencerai plus. »

Sœur Anne grignote le coin de son biscuit. « Nous avons des règles strictes que nous devons respecter, Sonya. Vous le savez. »

Il semble peu probable que personne d'autre ici n'ait perdu la tête à un moment ou un autre. Sœur Anne se lève et va à la fenêtre. Elle regarde dehors, cherchant quelque chose dans les motifs de la pluie, un conseil venu de l'Homme Là-Haut. Ses lèvres bougent, marmonnant une prière silencieuse.

« Sonya, une part de moi croit en vous, en votre capacité à changer. »

Je me sens grandement soulagée et j'ai envie de serrer dans mes bras le petit corps trapu de la religieuse. Ces pulsions… elles ne sont pas normales, n'est-ce pas ? Je décide de remettre en question chacune de mes pulsions avant d'agir, de ne jamais prêter attention à ces fortes injonctions intérieures.

« Merci, ma sœur. Je ne vous décevrai pas.

— Pouvez-vous me promettre quelque chose, Sonya ?

— Oui, ma sœur ?

— Essayez d'être plus douce, plus détendue. Mangez plus, respirez plus, adoucissez-vous. Détendue et adoucie. C'est la seule façon pour que l'esprit puisse entrer. »

Détendue et adoucie : des mots si étranges pour une nonne.

« Sonya ?

— Oui, ma sœur ?

— Essayez une prière toute simple. Commencez par un “S'il vous plaît, aidez-moi”. »

Je la regarde, espérant qu'elle me donne plus de conseils.

« C'est un avertissement officiel.

— Oui, ma sœur. Merci, ma sœur. »

Ça ressemble à une prière : Merci.

« Vous pouvez y aller, Sonya… »

S'il vous plaît, aidez-moi, s'il vous plaît, aidez-moi, je répète cette incantation alors que je marche dans le couloir faiblement éclairé et tacheté de jaune, où l'odeur persistante de relents de fumée me transporte : une femme haute en couleur, aux cheveux blonds et fins comme les miens, cigarette pendante entre ses lèvres, « Danse, chérie, danse », ses yeux étrécis en deux fentes, son rouge à lèvres qui saigne, son maquillage qui s'effrite et se délite. Marie Mère de Dieu… Marie, Marie, tout le contraire. La voix de mon père : « Bon sang. Laisse cette petite tranquille, d'accord ? Laisse-la dormir. » L'impression de tournoyer, soulevée dans les airs et secouée, des poussières d'étoiles tombent, on chante faux dans mon oreille.

24

Je sirote mon thé à la cafétéria, soulagée de voir que le jeune serveur n'est pas là aujourd'hui. « Il est déjà parti ? » je demande à la fille qui me sert. « Ce type-là ? Il s'est cassé. Putain, merci bien. » Je fixe les fenêtres tachées de moisissure, essayant de deviner une logique et un sens qui n'existent pas à l'enchaînement des événements. Que se passera-t-il quand j'en aurai fini ici ? Est-ce que j'obtiendrai un certificat de réussite, un diplôme de mère sobre et pleinement fonctionnelle ? Les marques sur la fenêtre commencent à tourbillonner.

Le thé est brûlant et j'avale, à peine consciente de me brûler la langue. Je serre mes mains autour de la fine tasse en émail, je ressens un léger plaisir. Je me demande si je vais avoir des cloques.

« Bonjour, Sonya. » La voix de David Smythe résonne dans mon oreille gauche. « Vous avez l'air très sereine, assise là, contemplative. »

Est-ce qu'il vient de dire « sereine » ? C'est incroyable ce décalage entre l'apparence d'une personne et ce qui se passe réellement en elle – une chose que j'ai apprise depuis que je suis ici.

« La cure est bientôt terminée pour vous, dit-il.

— Dix jours.

— Félicitations. C'est un bel exploit.

— Merci d'avoir accepté de me revoir.

— Pas de problème, mais je n'ai pas beaucoup de temps. »

J'aurais préféré qu'il ne dise pas ça.

« Comment allez-vous ?

— Tommy n'est pas revenu ce dimanche.

— Je demandais de *vos* nouvelles. »

Je le regarde comme s'il était stupide. Et il comprend.

« Votre père doit suivre les instructions.

— C'est son grand-père. Il m'a promis de s'occuper de lui.

— C'était beaucoup demander que de vouloir qu'il s'occupe d'un enfant de quatre ans.

— Je n'ai rien demandé. Il a insisté pour que je vienne ici. »

Mon complexe d'Électre est une facette de moi très peu attrayante, comme l'a souligné Howard suffisamment de fois : « Grandis, Sonya. Ce n'est pas toujours la faute de papa », ou une variante de ce genre.

« Je sais combien c'est décevant de se sentir abandonné par les gens qu'on aime. »

C'est tellement moins violent qu'un méchant coup de Howard et, pourtant, ça fait mouche, ça tape là où ça fait mal. Un coup de poing dans ma trachée.

« Ça vous dirait d'aller faire un tour ? »

Je hoche la tête.

Au bout du couloir, je m'arrête au distributeur de boissons. « Je crois que je vais prendre un Coca. J'ai envie de quelque chose de pétillant aujourd'hui.

— Cette merde affecte les enzymes du corps, c'est un excitant. » Des propos tellement condescendants.

J'introduis les pièces dans la fente, bruyamment. C'est la première fois que je fais ça : un nouveau départ ! David pousse la porte d'entrée et me laisse passer. Dehors, la lumière est grise, plate. Je secoue la canette de haut en bas plusieurs fois avant de retirer l'anneau, la pression à l'intérieur explose, la mousse tombe en cascade, les éclaboussures volent dans toutes les directions. Je sais que je devrais me recentrer, reprendre contact avec le sol sous mes pieds mais, parfois, une fille a juste envie de s'envoler. Ça doit être les bulles : elles me font toujours cet effet. Une pulsion d'enfant. La vitesse monte en moi, me donnant envie de courir, de sauter, de lancer mon pied très haut, de faire la roue : « Youpi ! Regardez-moi. » J'entends la voix de mon père qui me dit de faire attention, de rester sur la terre ferme, d'arrêter de me donner en spectacle.

« Je ne pense pas que vous ayez besoin de ce truc, dit David en montrant la canette.

— Non, j'imagine que non. »

Je passe ma langue sur mes dents, qui chantent.

« Vous pouvez me dire ce qui va se passer quand je partirai d'ici ? En ce qui concerne Tommy ?

— Vous devrez vous soumettre à une évaluation, évidemment.

— Vous avez une idée du délai ?

— Chaque cas est différent. Ils doivent s'assurer que vous pouvez rester sobre, que vous ne représentez plus aucun risque.

— Alors, des alcootests, ce genre de choses ? » J'avale une autre gorgée du liquide poisseux et gazeux.

« J'imagine, oui. Ils font toujours tout ce qu'ils peuvent pour qu'un enfant puisse retrouver sa mère. Sauf si l'enfant est considéré comme étant en danger, bien sûr. »

Comment mon père a-t-il fait pour le placer sans avoir besoin de ma permission ?

Nous nous arrêtons devant la grotte. Aucun de nous ne fait de génuflexion ni de signe de croix. Il me jette un regard en coin.

J'essaie, en silence. *Je vous salue Marie, Mère de Dieu, priez pour nous, pauvres pécheurs, maintenant et à l'heure de notre mort*... Ça ne marche pas.

« Tout ce qui peut aider, je suppose, dit-il.

— Elle a l'air d'une vieille Mona Lisa bourrée », dis-je

Il rit, sur le même ton que celui qui rit à un enterrement. Trop fort, ça sonne faux.

« Vous avez bonne mine, Sonya. »

D'où ça sort ? C'est la première fois qu'il fait allusion à mon apparence. Je regarde mes vêtements : les coudes de mon pull synthétique usés, lustrés, mon jean ample délavé. Peut-être qu'il fait référence à un « éclat intérieur » dont je ne suis pas consciente. C'est probablement le Coca.

« Merci. Vous aussi.

— Ça va aller, dit-il en baissant les yeux.

— Je l'espère, pour le bien de Tommy.

— Et le vôtre. Vous savez, votre vie aussi est importante, Sonya. »

Il me regarde droit dans les yeux pour la première fois. Les siens sont mouchetés d'éclats de noisette. Je pensais qu'ils étaient verts. Je lève la tête : les nuages se transforment en formes solides, la silhouette d'un mouton. Bêê bêêê, il pleure... Mouton, Tommy ! *Oui monsieur, oui monsieur*... Le soleil est obscurci, encore une fois obscurci.

J'essaie de paraître désinvolte en demandant : « On peut continuer à se voir de l'autre côté ?

— Pas à titre officiel, mais n'hésitez pas à me consulter. »

Ce qui est étrangement transgressif. Je me demande comment sœur Anne réagirait à ça. *Pas à titre officiel*.

Je ne lui dis pas que j'ai toujours sa carte dans mon portefeuille.

« Sonya, avez-vous compris ce qui déclenchait vos crises ?

— Ouais, oui, je crois. »

Je ne mentionne pas la perspicacité de sœur Anne qui a compris que mon alcoolisme pourrait être lié au fait d'être devenue mère. Qu'est-ce que je suis censée faire avec ça, de toute façon ? Je ne peux pas l'éviter. Mon esprit se tourne vers ma propre mère, un fantôme, vers les souvenirs flous que j'ai d'elle et l'absence de tout sentiment de sécurité.

« Ne vous isolez pas. Allez aux réunions.

— J'imagine que ce sera l'une des conditions pour que Tommy revienne à la maison.

— Oui, et c'est une bonne chose. »

Mon manque de soutien à l'extérieur est vertigineusement inquiétant. Être ici m'a fait prendre conscience de l'ampleur de la tâche pour essayer d'être mère en solo, sobre. Toute idée d'une idylle possible a disparu. Qui fera du baby-sitting ? Je regarde cet homme debout en face de moi. Comme c'est mystérieux que nos chemins se soient croisés de cette façon. Je me dis qu'il faut faire attention à ne pas construire des châteaux en Espagne.

« Eh bien, Sonya, je dois partir sous peu, alors il ne me reste plus qu'à vous souhaiter le meilleur. »

Ça semble terriblement définitif.

« Merci à vous. Pour tout. »

Il a l'air de vouloir dire quelque chose en retour, mais il me tend la main. On se serre donc la main, sèchement, formellement, sans contact visuel. Je lâche la sienne en premier, je me tourne, pour ne pas avoir à regarder son dos qui s'éloigne, et je fais un petit signe ; un petit geste gai, espiègle, un dernier geste provocant et optimiste d'au revoir.

25

J'ai toujours détesté que les choses se terminent. J'ai vécu chaque fin des pièces que j'ai jouées comme une sorte de deuil violent. Plus que sept nuits à passer, six, cinq, quatre, trois, deux, une. *Vas-y, Yaya !* Et puis je me retrouvais seule, sans les lumières vives qui m'aveuglaient et sans les applaudissements qui me permettaient d'être de nouveau moi-même, ne serait-ce qu'un bref instant.

Alors que j'ai passé la majeure partie de ces trois mois à résister à mon séjour ici, à vouloir qu'il prenne fin, je me retrouve maintenant à m'accrocher à cet environnement familier, éprouvant une vague d'émotion larmoyante envers mes « codétenus », en particulier Jimmy. Même si j'aimerais me convaincre que nos vies s'entrecroiseront par la suite, je sais que ce ne sera probablement pas le cas. Nous ne nous accordons que dans un contexte circonstancié, comme une histoire d'amour de vacances, quand elle surgit dans la vraie vie sur le pas de votre porte, toute en fausse intimité et *amore* dans la lumière crue du jour.

Plus le dimanche approche, plus la perspective de partir devient terrifiante. Tout ce qui concerne cet endroit prend une teinte sépia, imprégné de manque, vu à travers un filtre de nostalgie. Je veux m'accrocher à chaque personne que je rencontre. L'intérieur de ma joue, qui a été mordu, est devenu un trou béant, et ma langue ne cesse d'en repousser les limites. Toutes les relations qui ont pris fin, même celles qui ne signifiaient rien pour moi à l'époque, me reviennent en mémoire. Et même quand c'était moi qui prenais mes distances, c'était rarement ce que je voulais vraiment.

Je me laisse aller à des rêveries délirantes sur mes retrouvailles avec Tommy et Herbie, puis je me heurte à la réalité : qui peut me dire où se trouve notre Herbie chéri ? Je me retrouve à suivre sœur Anne, tout en me cachant. La religieuse me regarde avec méfiance, mal à l'aise, ou du moins je le pense. Je pense que je ressens des choses, puis je ressens certaines des choses que je ne peux pas concevoir – j'essaie de les cacher dans une boîte soigneusement attachée avec un ruban, mais le ruban est satiné et glissant, il se défait et la boîte s'ouvre. Bien que je ne veuille pas me l'avouer, les envies ont recommencé, les chuchotements. Plus le départ approche, plus l'image de ma vieille copine, ma tétine – apaisante –, mon vrai remède, me vient à l'esprit. J'ai vraiment envie de m'abrutir.

Le jour du jugement est enfin arrivé. Nous sommes trois à partir aujourd'hui, dont Roddy, le type en pyjama rose du premier jour. Je suis heureuse de voir qu'il a maintenant obtenu le droit de pouvoir porter son survêtement. Il est très loquace sur tout ce qu'il a appris cette fois-ci. La cinquième fois, et il le dit à l'assemblée, qui l'applaudit à tout rompre. Seigneur, comme le bruit des applaudissements me manque.

Le froid, le froid, le froid. Le vide, le vide, le vide. La peur, la peur, la peur… Tel un captif jeté dans un profond puits vide, je ne sais où je suis ni ce qui m'attend[1]… Je suis la Nina de Tchekhov, baignant dans la lumière des projecteurs, non seulement transportée, mais

1. Extrait de *La Mouette* de Tchekhov, traduction d'Antoine Vitez, Actes Sud, 1984.

celle qui transporte – ma performance dans *La Mouette* considérée par les critiques comme « un triomphe absolu ».

Cette dernière réunion est censée être un témoignage de notre rétablissement commun, de notre engagement à poursuivre le voyage ensemble à l'extérieur d'ici. Cet encouragement à la codépendance est un radeau de fortune, qui prend l'eau et risque de couler. Les deux gars semblent pleins d'espoir, excités même ; ils disent qu'ils attendent avec impatience le prochain chapitre de leur vie, alors que tout ce que je ressens c'est un battement d'ailes. Malgré ça, ou peut-être à cause de ça, je déclame à voix haute devant mon public captif, en prononçant les mots attendus : gratitude, humilité, expérience, force et espoir. Mes mots sonnent creux et faux. *Je suis une mouette – non, ce n'est pas ce que je veux dire, je suis une actrice… Je ne savais pas quoi faire de mes bras, je ne savais pas être debout sur la scène, je ne contrôlais pas ma voix*[1]*…*

Sœur Anne me regarde attentivement. Je pense qu'elle devine.

« Ça va, jeune fille ? »

Jimmy est debout devant moi, les bras tendus dans lesquels je me glisse, la tête appuyée contre sa poitrine.

« Maintenant, c'est notre dernier au revoir.

— Je ne suis pas sûre d'en être capable.

— Et la promesse que tu as faite à ton petit garçon ? La petite chatte tigrée ?

— Je ne crois pas, pas maintenant.

— Plus de promesses non tenues, Sonya.

— Nous viendrons la chercher une autre fois.

— D'ici là, il sera peut-être trop tard. Elle sera sauvage. Tu dois le faire, pour ton fils. Ce sera bien d'avoir une petite bête avec soi en sortant d'ici. Les premières semaines seront difficiles… »

1. *Idem*.

Il me prend par la main, la serre fermement. Je sens que sœur Anne nous suit des yeux. Nous sortons par la porte d'entrée et c'est une nouvelle réceptionniste, quelqu'un que je n'ai jamais vu auparavant. Je me demande où est Miss Rat de Bibliothèque. J'espère qu'elle vit sa vie.

« Belle journée, tout de même », dit Jimmy, cherchant quelque chose à dire.

Et c'est le cas. Un festival de rouges, d'ambres, d'orangés en novembre. Dans cette lumière, les feuilles sont dorées.

Les gars sont debout devant le cabanon, fumant, leurs visages gris levés vers le soleil comme des plantes fanées. Jimmy entre et je le suis, mes yeux ayant du mal à s'adapter à la pénombre.

« Elle est là, cachée sous le banc.

— Oh non, Jimmy. C'est beaucoup trop traumatisant pour elle. Laissons-la avec sa tribu.

— Tu lui offriras la belle vie. Elle aura une nouvelle famille, elle s'adaptera très vite. »

Il la soulève par la peau du cou, elle couine et donne des coups de griffes dans le vide.

« Tiens… » Il me tend la petite chatte, je la serre contre mon cœur. « Là, mon tout-petit. On va bien s'occuper de toi. » La chatte semble se détendre dans mes bras, elle ronronne doucement.

« Tu vois, c'est inné ! » dit Jimmy.

Quelque chose semble avoir changé dans le comportement du chaton, tout comme dans le mien.

« Rappelle-toi, Sonya, respirer, pause, apprendre la patience. C'est la patience qui compte. »

« Sonya Moriarty est demandée à la réception, Sonya Moriarty. » La nouvelle réceptionniste m'appelle via le haut-parleur, en articulant mon nom parfaitement ; on dirait qu'elle a pris des cours d'élocution et de théâtre. Je devrais la remettre à sa place.

« Quelqu'un est donc venu te chercher. C'est bien, dit Jimmy.

Je vais te faire mes adieux ici… Vas-y, maintenant, va. Et n'oublie pas de manger, et de nourrir cette petite, d'accord ? » Je m'apprête à l'embrasser sur la joue, mais il s'éloigne. « À bientôt. » Il est par terre, la tête coincée sous un banc, en train d'inspecter les chatons qui restent.

« Au revoir, Jimmy, et merci. »

Il marmonne.

« À bientôt. »

Je traverse le parc lentement, comme si je repoussais une force invisible. Je traîne des pieds, éraflant mes baskets, comme Tommy.

Mon père est assis sur le banc près de la porte d'entrée, le visage caché derrière un exemplaire du *Irish Times*. Je le regarde, la réceptionniste me regarde, avant que le journal ne s'agite et ne s'abaisse. « Bonjour, Sonya » – comme s'il s'agissait d'une circonstance normale et quotidienne, comme s'il voyait sa fille tous les dimanches pour un brunch et une discussion. « Tu as l'air en forme. » Il se lève. « Où sont tes bagages ? »

Je fais un geste vers ma valise à moitié vide, les souvenirs de ce matin-là remontant à la surface alors que je n'avais pas eu le temps de faire mes bagages.

« Qu'est-ce que c'est ? dit-il en attrapant la boule de poils.

— C'est Marmie.

— Tu ne vas pas la rendre à sa mère ?

— Elle vient avec moi. Un nouveau membre de la famille ! »

Je reconnais ce regard – il se retient de lever les yeux au ciel –, ce soupir ravalé. Il soulève ma valise, se retourne et marche, tout raide, en direction de la voiture.

« Vous rentrez chez vous, Sonya ? » La voix de sœur Anne derrière moi.

« Oui. Merci, ma sœur, pour tout. »

Tant de remerciements. Depuis quand suis-je devenue si *reconnaissante* ?

La religieuse nous regarde, moi et le chaton. « Prenez bien soin de vous. Je prierai pour vous, la petite bête et Tommy. »

Je regarde vers le plafond. Les meilleures actrices sont celles qui ne pleurent pas, celles qui luttent contre les larmes.

« Bon, au revoir alors. » Sœur Anne tend sa main pour prendre la mienne.

« Bon. » Je me mords la joue. Je veux récupérer ma main.

« Je ne veux pas faire attendre votre père, Sonya. Allez-y doucement avec lui, maintenant. »

Je hoche la tête, puis tourne les talons.

« Et avec vous, dit-elle dans mon dos. Allez-y doucement avec vous, Sonya. »

Ne te retourne pas, ne te retourne pas, un débordement d'émotion pourrait s'ensuivre, et je ne veux pas que mon père voie ça. Je baisse les yeux sur le visage doux et ahuri de Marmie et l'embrasse sur son nez en forme de bouton. « Ne t'inquiète pas, mon bébé. Je vais m'occuper de toi », dis-je à voix basse, en m'adressant tout aussi bien à moi-même qu'à la petite chatte.

Alors que je suis le dos voûté de mon père qui se faufile entre les voitures, je vois une silhouette s'approcher de nous et nous faire des signes. J'observe mon père tenter de juger l'homme qui vient vers nous, en jetant un coup d'œil à ses vêtements, à son allure, avant de le dévisager.

« Désolé d'avoir manqué votre cérémonie de départ, Sonya. J'avais l'intention de venir. Mais il y avait beaucoup de circulation sur la N9. Un accident ou quelque chose comme ça.

— Je ne m'attendais pas à vous voir.

— Je ne voulais pas que vous soyez seule au moment de partir. Je sais combien cette étape peut être difficile. »

J'éprouve soudain comme de la gratitude ; une vague de chaleur se propage dans ma poitrine.

Il se tourne vers mon père, lui tend la main. « David Smythe. »

« Mon psychologue », dis-je.

David regarde dans ma direction.

« Enfin, en quelque sorte », j'ajoute.

« Duncan Moriarty », dit mon père, ignorant cette nuance, l'air grandement soulagé. Cet homme a les apparences pour lui.

« Qu'est-ce que c'est ? demande David en regardant la petite créature dans mes bras.

— C'est Marmie, mon nouveau chaton.

— Et le gros chien ? Il ne va pas l'attaquer ? » Il essaie de prendre un ton enjoué, mais, à la mention de Herbie, mon père se raidit.

« Herbie est le chien le plus doux qui ait jamais peuplé cette planète ! dis-je. On peut passer le chercher dès maintenant, papa ? » J'essaie de garder un ton désinvolte. S'il a traité mon fils avec autant de négligence, ou, selon lui, de *prudence*, alors qu'a-t-il fait d'un gros chien plein de poils ?

Il s'ensuit un silence tendu, que David rompt en disant : « Il est probablement préférable de commencer par installer le petit chaton tout seul. C'est mieux pour elle de ne pas être confrontée à trop de nouveautés trop tôt. »

Je me sens flotter au-dessus de moi, et j'observe la scène en gardant une distance de sécurité qui me permet de prendre du recul. Enfile ta cape et envole-toi, putain. Est-ce le résultat de la guérison ? Mon ancien moi serait fou de rage à ce stade et aurait perdu toute capacité à se concentrer sur l'objectif principal de la scène : récupérer mes garçons.

« Bonne idée. Marmie et moi allons d'abord rentrer à la maison et nous installer ensemble. » Permettant à mon père de se tirer d'affaire.

David lui tend la main. « Ravi de vous avoir rencontré, Mr Smythe », dit mon père.

Est-ce sa carte de visite qu'il lui glisse discrètement ? Ils se serrent la main. Jésus. A. Pleuré.

« Sonya. Vous savez où me trouver. » David me fait un signe

de tête, en gardant une distance toute professionnelle. Je ne le regarde pas partir.

Mon père souffle, comme si son corps était l'otage d'une hantise retenue. Il me tient la portière ouverte et je monte à l'intérieur de la voiture, installant Marmie, chaleur irradiante, sur mes genoux. J'appuie ma joue contre la vitre froide et ferme les yeux. J'attends de deviner que mon père est assis et d'entendre le clic de la boucle de ceinture, avant de parler : « Je te remercie d'être venu, papa. Ça représente beaucoup pour moi. »

Ces mots sont à la fois hypocrites et la chose la plus vraie que j'aie jamais dite.

26

Mon père conduit avec une lenteur exagérée. Les automobilistes qui nous suivent klaxonnent et je me demande si la situation était aussi mauvaise à l'aller ou si j'étais tellement à l'ouest que je n'ai rien remarqué. Ses mains agrippent le volant, son corps penché dessus, ce qui lui permet de regarder d'un œil myope à travers le pare-brise, son front luisant de sueur.

« Tu as oublié tes lunettes, papa ? »

Il ne répond pas. Je tourne la tête selon un angle qui me permet de l'observer sans qu'il s'en rende compte. Sa peau est mouchetée de gris et de rouge, des ronds de couleur vive sur chaque joue, une épaisse tache sombre de pigmentation qui s'étend sur son front dégarni jusqu'à la ligne d'implantation de ses cheveux. Je m'étonne de la taille de cette chose. L'a-t-il fait examiner ? Sa posture voûtée lui donne l'air d'avoir rapetissé, ses mains sont soudainement celles d'un vieil homme : taches brunes, veines et jointures saillantes. L'une des symphonies de Mahler dans une tonalité mineure explose dans l'habitacle. Mes pensées s'adaptent à la musique : qu'ai-je manqué dans la croissance de Tommy ? A-t-il perdu toutes ses miraculeuses rondeurs de bébé ?

Le retour à la maison n'en finit pas et la tension est palpable, sans compter que le paysage est affreux : de longues étendues d'autoroutes à trois voies, dans les deux sens, flanquées d'entrepôts industriels vendant des appareils électroménagers et des voitures d'occasion ; des feux de signalisation géants au-dessus de ma tête, pointant dans des tas de directions différentes. Je n'ai qu'une envie, c'est de courir aller retrouver sœur Anne et de la supplier de me réintégrer dans ma chambre aseptisée.

Voir que mon père paraît aussi désemparé que moi n'aide pas. Pour une fois, nous partageons la même vision, embrouillée, de la situation. Le ciel gris commence à cracher. La petite chatte miaule, son corps est tendu, comme si elle s'apprêtait à bondir.

« Fais-la taire, dit mon père. J'ai déjà assez de mal à me concentrer comme ça.

— Je fais de mon mieux », dis-je d'un ton pathétique même pour mes oreilles. J'essaie de calmer le chaton en détresse en le serrant contre mon cœur qui bat fort. *Boom boom boom, Yaya.*

Mon père met Lyric FM encore plus fort et un air moderne et discordant remplit l'habitacle, s'insinue en moi, exacerbant l'agitation de mes créatures endormies.

« Papa, c'est épouvantable », dis-je en me penchant pour baisser le son.

Il ne me contredit pas, il laisse juste le silence s'installer, jusqu'à ce que le bêlement de la petite chatte y mette fin.

« J'espère qu'elle va s'en sortir, dit-il. J'espère que tu sais ce que tu fais, Sonya. »

Bientôt, la voiture roule, ou dodeline, le long de la berge du canal qui mène directement à la partie de Sandymount Strand la plus proche de la maison. La vue s'ouvre sur une nuée de cygnes qui glissent avec des allures de propriétaires sur la nappe noire et huileuse du canal. Pendant un moment, tout devient blanc. *Arrête-les, Yaya, ils sont méchants avec elle*. L'incident de la mare aux canards me revient en mémoire. La petite chatte m'échappe d'un bond et se jette sur la vitre de la portière en crachant.

« Bordel de merde, Sonya. »

Est-ce que mon père vient de jurer ? Une première. Et il a suffi d'un chaton et d'une bande de cygnes.

« Désolée, papa. » Une autre première. « Je la tiens. »

En haut de la rue, on tourne à droite, et l'étendue d'eau gris ardoise apparaît sous nos yeux. Le canal devient le bord de la mer. J'ai envie de baisser la vitre et de respirer l'air salé, mais je me ravise en pensant à la boule de poils que j'ai entre les mains. La mer est plate et calme, le ciel aussi, ils fusionnent et se confondent. Dix minutes de route le long du front de mer, puis un virage à droite, à gauche, encore à gauche.

« Nous y voilà, Sonya, dit mon père lorsque nous nous arrêtons devant la porte rose vif. Tu dois être contente d'être de retour à la maison. »

La maison. Il soulève ma valise du coffre et ouvre la porte d'entrée avec sa propre clé. L'intérieur étincelle, propre et ordonné, ça sent la cire, la javel et le camphre. « On a dû tout nettoyer de fond en comble. Il y a eu une invasion de mites en ton absence. » Quelle image écœurante : de sombres particules de poussière volantes débarquant dans ma vie. Je pose le chaton qui se tortille sur le tapis, où il se met immédiatement à faire pipi. Je l'attrape, laissant des traces de pipi dans son sillage à travers le salon et la cuisine pendant que je me démène pour ouvrir la porte de derrière.

« Tu aurais peut-être dû la laisser dehors. Elle a l'air à moitié sauvage, on dirait. »

J'évalue le périmètre de sécurité de la cour. Est-ce un espace clos et sans danger ? Je n'ai pas eu à m'en inquiéter pour Herbie car il ne s'est jamais aventuré à plus d'un pas derrière Tommy.

Mon père a allumé la bouilloire, pris deux sachets de thé, deux mugs, et s'apprête à verser du lait dans le mien. Je lève la main. Pas de lait dans cette maison. Merde… je ne peux pas pour autant mettre la santé du chaton en péril à cause de mes convictions personnelles. Et pour Tommy ? Peut-être que Mrs O'Malley avait raison, peut-être que je lui ai fait courir un risque de rachitisme à cause de ma relation biaisée à la nourriture. L'anxiété monte, les chuchotements commencent. Ce putain de frigo. Je pense à l'un des précieux conseils de sœur Anne : « Manger et boire de manière contemplative. Une façon d'interrompre le mode de pensée dévorant et irréfléchi du toxicomane. » En tenant la tasse de thé à deux mains, je considère le liquide mouvant, la façon dont il glisse sur les parois de l'émail et dans ma gorge, l'arôme, la texture, tout est unique.

« Tu as l'air en forme, Sonya.

— Merci. »

Je regarde le chaton qui tourne en rond, renifle, tapote le sol. C'est bien, d'être assise là avec mon père, de siroter du thé, avec un chaton qui gambade dans la cuisine. Peut-être que « bien » est tout ce dont j'ai besoin.

« Bon, Sonya, il faut que j'y aille. »

Évidemment, ce moment devait arriver. Je rassemble mes forces et ce qui me reste de dignité et je dis : « Bien sûr. »

« Nous avons pourvu à tout le nécessaire, sauf la nourriture pour chat, je n'avais pas prévu ça. »

Qui est ce « nous » ? Mrs O'Malley, ou Lara ? Aucune de ces deux options ne me réjouit.

« Merci, papa. On se voit demain ? »

Il soulève son lourd pardessus gris du dossier de la chaise, se dirige vers la porte, une main dans une manche, l'autre se balançant bizarrement.

« Ça va aller ? » demande-t-il.

Je hoche la tête ; tel un bon petit soldat. Au moment où il se retourne pour partir, il me tend une carte. « Le numéro de l'assistante sociale qui s'occupe de Tommy. Maureen Brennan. Elle attend ton appel demain dans la matinée.

— Merci. » Puis je demande sur un ton aussi désinvolte que possible : « Tu as les coordonnées de la femme qui s'occupe au quotidien de Tommy ? Clare, quelque chose comme ça ? Elle pourrait être très contente d'avoir de mes nouvelles. Il peut parfois être difficile.

— Sonya, ce n'est pas comme ça que ça marche. Cette Maureen Brennan est ton contact. »

La torture de devoir passer une nuit ici sans Tommy ni Herbie.

Mon père m'embrasse légèrement sur la joue. « Tu as réussi, ma fille. »

Nous sommes tous les deux surpris par ce qu'il vient de dire et par l'apparition de larmes dans ses yeux. L'émotion l'a finalement rattrapé – je me demande si c'est l'un des signes de son vieillissement.

« On se parle demain. »

Et il est parti, la porte se refermant derrière lui.

27

Je jette un coup d'œil à l'intérieur de la maison récemment récurée, je remarque les traces de stylo à bille sur les murs, les taches sur la moquette autrefois couleur crème. J'entre dans la chambre, et le chaton me suit. Je l'installe sur le lit à côté de moi et sors mon téléphone, encore plein des données disponibles depuis ma dernière mise à jour, vu qu'il n'a pas été utilisé depuis trois mois. Je tape les mots « fourrières et refuges de Dublin » et je passe l'heure suivante à appeler chacun d'entre eux.

« Un grand chien noir à poil long, un bâtard, une queue énorme, de longues oreilles décollées, de beaux yeux, vous le reconnaîtriez si vous l'aviez rencontré, dis-je à une jeune femme qui semble fumer, mâcher un chewing-gum et se vernir les ongles en même temps.

— Non. Je suis désolée. Rien qui corresponde à cette description.

— Et au cours de ces trois derniers mois ?

— Eh bien, si c'était il y a si longtemps, il est déjà parti, mademoiselle. Soit replacé dans une famille, soit envoyé dans un refuge ou euthanasié. »

Je raccroche en tapant violemment sur mon téléphone. Je vais devoir demander à mon père directement, même si je veux éviter autant que lui d'avoir cette conversation. Je m'allonge sur le côté, me recroqueville, mon nez touche le bout de celui du chaton. Poser ma main sur sa fourrure, fermer les yeux, imaginer Herbie et Tommy blottis contre moi. *Inspire, expire, inspire, expire, Yaya, aller à Nod avec moi et Herbie ici n'est pas dangereux.*

Je me réveille un peu plus tard, avec la sensation d'une langue de papier de verre qui me lèche la joue. J'ouvre les yeux et vois deux flaques sombres qui me fixent. « D'accord, minette. » Je fais l'effort de m'asseoir, vérifie l'heure sur mon portable : dix-sept heures dix et il fait déjà nuit noire dehors. Mon estomac gargouille, et je me dirige vers la cuisine, verse une soucoupe de lait pour Marmie, en chassant les images qui affluent, et ouvre une boîte de haricots. Des œufs ? Sur le carton, il est écrit « plein air » mais est-ce vraiment le cas, ou bien les volailles sont-elles enfermées toute leur vie dans des cages, à l'étroit, et dans la souffrance ? Au moins, mes poulets à moi peuvent courir et voir le ciel. Le cœur mou et gluant d'un œuf à la coque, poché ou au plat – lequel ? Trop de choix. Je deviens la proie d'un tourbillon d'angoisses ; j'ai perdu la capacité de prendre des décisions, ayant été assistée pendant trop longtemps. Je finis par choisir les œufs au plat mais, au moment de les servir, je ne peux m'empêcher de faire une fixation sur l'enveloppe blanche gluante. Je fais glisser les œufs dans un bol pour Marmie. Ayant perdu tout appétit, je regarde dans le frigo les yaourts et le fromage, et l'étagère vide qui me fait de l'œil. *S'il vous plaît, aidez-moi*. Je lève les yeux. Je n'entends que l'écho des chuchotements. J'imagine la sensation d'être caressée, apaisée, vidée, béate.

Tu pourras boire du jus d'orange comme moi, Yaya. Ça te rend pas toute molle avec la voix visqueuse.

J'allume la télé : ses images vacillantes, ses voix déconnectées, ses corps aux postures ridicules, ses couleurs trop vives, ses sons ternes s'insinuent en moi, installent un cliquetis discordant.

Éteindre et faire cesser ce vacarme, poser une main sur mon cœur, sentir le fol envol, prier.

Aidez-moi, s'il vous plaît, Marie Mère de Dieu, aidez-moi. Rien. Attraper mes clés, mon sac et Marmie enveloppée dans la couverture de Herbie, et ouvrir la porte d'entrée, assaillie par la colère à la vue du porche de ma traîtresse de voisine – je vais devoir apprendre à regarder ailleurs.

Je m'assieds dans ma voiture pour la première fois depuis plus de trois mois. Le moteur démarre, le chaton miaule, j'appuie sur l'accélérateur.

Il y a une heure à tuer avant la réunion dans la salle paroissiale la plus proche de chez moi. Sœur Anne a imprimé une liste des réunions locales et l'a glissée dans ma poche avant mon départ. « Ce n'est pas facultatif Sonya », a-t-elle dit. Je conduis vite, de façon agressive, j'invoque Roberto, pied au plancher, et les rugissements du moteur couvrent les miaulements de Marmie. Arrivée au bord de l'eau, je m'arrête en catastrophe – je sors, prends le chaton sur la banquette arrière et noue la couverture en écharpe autour de mon cou pour le porter. J'enlève mes chaussures et je cours sur le sable froid et humide, mes pieds se perdant dans la douce succion de l'écume de mer. L'exaltation, le vent dans mon visage, le crachat de la mer, les griffes du chaton. Le visage rougi. « Tout va bien, minette, tout va bien. »

Je cours jusqu'à être sur le point de rendre tripes et boyaux, j'ai le nez qui coule, le souffle bloqué dans ma cage thoracique. M'arrêter brusquement, m'asseoir, et Marmie s'échappe d'un bond pour courir en rond. Je m'allonge sur le dos, dessine des anges dans le sable. Le chaton vient s'asseoir sur ma poitrine et ne bouge plus. Regarder les nuages se déplacer au-dessus de ma tête et lever les bras pour orchestrer leur mouvement. *Balayons les nuages, Yaya, et trouvons Mr Soleil !* J'incline mon visage en direction du concentré de lumière, des points noirs tourbillonnent derrière mes paupières fermées. Je m'assieds, soulève doucement le chaton. « Viens, ma puce. C'est l'heure de ma potion. » Je me traîne à contrecœur jusqu'à la voiture et, cette fois-ci, je roule à une vitesse raisonnable vers la salle paroissiale du coin.

J'entre, avec dix minutes de retard, et m'installe au fond, Marmie se tortillant dans sa besace de fortune. La femme à ma droite se penche vers nous et sourit. « Adorable. » L'homme à ma gauche fait une grimace de dégoût, se lève et racle bruyamment sa chaise en marmonnant. Les cous se tordent, les visages se tournent, affichant le spectre entier des émotions, de l'indignation au ravissement. Je recommence ; *tu te donnes sacrément en spectacle* – l'une des expressions préférées de Lara et qui suscitait en moi l'une des deux réactions suivantes : le désir de courir et de me cacher, ou celui de me donner encore plus en spectacle. Les chuchotements s'intensifient. Ils ne disent rien de distinct, juste une douce susurration, comme un charmeur de serpent, hypnotique et puissant.

« Les pires moments pour moi sont les soirées, quand la douleur se fait sentir. Typique du syndrome du nid vide. Depuis que James est parti, c'est l'angoisse, tout simplement. Honnêtement, je ne sais pas si je serais encore là s'il n'y avait pas ces salles où je peux venir. »

La femme a la soixantaine, les cheveux blancs coiffés en un chignon impeccable, un col roulé noir, un pantalon de tailleur, de petits diamants cloutés aux lobes des oreilles.

Je croise son regard et je suis accueillie par un grand sourire.

« C'est quoi le poison préféré de ce chaton ? »

La salle rit, l'atmosphère est chaleureuse. Permission accordée.

« Elle a un faible pour le pinot gris. »

Brouhaha, hilarité, hommes et femmes, des adultes, pleurant de rire. Rien de modéré dans cette pièce.

« Bienvenue, poursuit la femme élégante qui a pris la parole. Cette sorcière blanche dans une bouteille nous jette un sort très puissant. Il est difficile d'échapper à cette salope, vêtue comme elle l'est de ses plus beaux atours. »

Je nous imagine soudain toutes les deux, sirotant une beauté fraîche et sèche, avec des notes de fleurs de sureau et de citronnelle, dans la cuisine de cette femme, d'un blanc immaculé, au comptoir en marbre, avec vue sur le jardin d'hiver et la pelouse.

La réunion se termine, une tasse de thé apparaît, des biscuits Marietta, et les plaisanteries habituelles sont échangées. Cette femme remue en moi de vieux souvenirs. Quelque chose dans son parfum, des notes de bain de bouche et d'eau de rose, et le timbre de sa voix, sucré comme de la saccharine, mais contenant en lui tout son contraire. Elle me tend sa carte : « JEAN CULLIVAN, PROFESSEUR DE PIANO ET MASSEUSE ».

« Appelez-moi quand vous voudrez, me dit-elle après avoir appris que je venais de sortir d'une cure de désintoxication. Mais je suis sûre qu'on vous a donné une liste de numéros longue comme le bras. »

Le seul numéro que j'ai est celui de David et je ne veux pas l'appeler trop vite. Je pourrais appeler le numéro du centre, dans le hall, mais je pense aux interminables files d'attente là-bas.

« Pas vraiment, non.

— Je n'ai jamais compris comment ils peuvent laisser sortir les gens de ces endroits-là sans soutien approprié.

— Ils n'ont pas les moyens nécessaires, je suppose, dis-je.

— Ce putain de gouvernement, dit poliment Jean. Une putain de bande d'escrocs.

— Rien à voir avec le gouvernement, en fait. L'endroit où je me trouvais était géré par une organisation caritative religieuse.

— Eh bien, c'est ça. C'est exactement ce que je veux dire. Au fait, je compatis. »

Je souris, sans penser à l'effet désiré. « En réalité, ces vieilles chouettes n'étaient pas si mal.

— Mon Dieu, je freinerais des quatre fers en hurlant si on essayait de me traîner dans un endroit pareil. »

Je sens le rouge me monter aux joues, honteuse. « Je n'avais pas vraiment le choix.

— On a toujours le choix, ma chère. Penser le contraire induit un comportement victimaire. »

Pas la peine de m'expliquer. Je suis de retour dans le monde réel et voilà comment il se frotte à moi. Juste une autre femme, plus âgée, autoritaire et intrusive, qui porte des jugements. Aurais-je déçu aussi ma propre mère ? « Je ferais mieux de ramener cette petite créature à la maison. Merci pour le numéro.

— Je vous en prie. Appelez quand vous voulez, vraiment. »

Il s'agit plus d'un ordre que d'une véritable invitation et je sens mon corps se raidir et se fermer. « C'est gentil, merci. » Je réussis à éviter l'étreinte obligatoire, le chaton me servant de bouclier.

« Occupe-toi de cette petite chose-là comme tu le ferais de l'enfant en toi », me crie une voix toute chamboulée.

Cette réunion était censée me faire sentir connectée, me libérer des chaînes du moi, interrompre le schéma qui me poussait à commettre des vols et à glouglouter, m'aider à calmer les voix, à contrer les pulsions frénétiques.

28

Je m'installe sur le siège conducteur, Marmie sur mes genoux, et je tourne la clé de contact, laissant les vibrations du moteur me traverser. J'imagine Roberto remontant sa main sur ma cuisse, ses doigts qui m'ouvrent pendant qu'il roule à fond. Ma conduite est chaotique et sans but, le vide dans mon estomac créant une sensation de vertige et de nervosité. Donner quelque chose à manger au chaton. Arrêter la voiture devant la porte coulissante du Tesco, me garer sur une place pour handicapés, entendre les cris de Marmie pendant que je fonce à l'intérieur. Les lumières sont trop vives, les chariots trop étincelants et aiguisés, les clients trop pâles et pâteux, trop gros, leur odeur trop chimique, la musique trop moche, trop artificielle, les rayons trop remplis, le monde est Trop.

Je me retrouve dans le rayon des alcools, mais pas avant d'avoir réussi à trouver la nourriture pour chat, les bâtonnets de poisson. Progrès. Un tiraillement au niveau de mon cuir chevelu ; je n'avais pas senti ça depuis longtemps. Je sens, plutôt que je ne vois, ma diablesse. Elle est bien là, elle essaie de se montrer. Les gars en cure de désintoxication qui ont rechuté disaient que c'était généralement le cas au cours de la deuxième ou de la troisième semaine, lorsqu'une certaine assurance s'installe, quand on baisse la garde, ce qui amène à croire les voix qui marmonnent : « Rien qu'une fois, ça ne peut pas faire de mal, je ne retournerai jamais là-bas, je peux m'en sortir cette fois-ci... » Je n'ai jamais entendu dire que quelqu'un s'était bourré la gueule dès sa sortie. Mais peut-être que personne n'ose l'avouer. La honte. Les doigts ratissent mon cuir chevelu, une contraction, un rétrécissement, la vue se focalise, la perception se réduit à une seule finalité.

Mon cœur bat si fort que je suis certaine que les autres peuvent l'entendre. Courir jusqu'à la voiture, me garer à l'abri des regards, ouvrir mon sac : un assortiment hétéroclite. Je ne sais plus si j'ai payé ou pas, un épisode flou dans mon esprit. Dévisser le bouchon de la bouteille numéro un – un petit numéro féminin et désinvolte –, renifler, avaler prudemment une gorgée, inhaler : vif et sucré, agrumes et barbe à papa. Bizarre le peu de résistance, bizarre à quel point mon cerveau capitule. Toutes mes forces sont mobilisées sur le moment présent, toute la troupe mobilisée. Une seule directive – solide, claire. Pas de débats sur les décisions à prendre, juste une clarté pure, une vision pure. Je sirote, je sirote délicatement, je bois mon nectar, je suis mon envol à la trace depuis mon cœur jusqu'à un cœur mielleux, de Tommy à Herbie à Marmie. Je prends la minette et l'embrasse sur son précieux nez en bouton.

La voiture rentre toute seule à la maison. Elle suit les contours de l'endroit que j'ai quitté : brumeux et doux. Je remonte l'allée en flottant. La clé glisse dans la serrure, bien huilée, la porte rose, j'avais oublié à quel point elle était rose – un rose vif, fuchsia, qui fait des claquettes. Et elle est là ; dans toute sa splendeur, en technicolor. Impossible de l'ignorer maintenant. Une musique, un vrombissement. Je réussis à porter tous les sacs, trois autres bouteilles pleines, dans la cuisine ; le chaton se frotte à mes chevilles, son ronronnement se mêlant aux doux accords du piano. Mes membres comme du sirop, mon esprit sous sédatif, mes créatures sont assoupies, incapables de remuer.

Les miaulements du chaton s'intensifient. *Boyaux gourmands, Yaya, donne à manger à Marmie !* À l'aide d'une fourchette, je lui sers du Whiskas dans sa gamelle, qui est vidée, remplie, vidée, remplie, le même nombre de fois que mon verre. Combien le ventre de la petite bête peut-il contenir – et le mien ? Ça gonfle, avec la musique. Crescendos. Suis-je déjà désaltérée ? Engourdie, oui, vidée. Je comprends maintenant cette expression que les gars ont utilisée : effacée, je suis effacée, j'ai effacé tout semblant de moi sur la planète.

La vague s'écrase sur moi et je me laisse tomber, avalant des gorgées d'eau de mer. Qu'est-ce que c'est, Tommy, tu vois quoi ? La mouette ? *La couleur de la glace*, dit-il en se léchant les lèvres, mes lèvres, mes joues. Viens ici, Tommy, viens. Je tends la main et presse son corps tout contre moi, trop fort. Il m'échappe, comme un petit lutin – comme tous les gens dans ma vie, il réussit à échapper à mon exigeante et violente emprise.

Je me réveille au son d'un faible bêlement. « Ok, minette, ok. » Elle est coincée derrière le frigo. Je peux voir le visage horrifié de Jimmy qui me regarde fixement. Jésus a pleuré.

« Je sais, je sais, mais je t'avais dit que je n'étais pas prête pour ça. »

Je me lève avec précaution et tends la main pour libérer la petite chatte, des lignes ondulées dansent devant mes yeux. *Égoïste, égoïste, égoïste, égoïste, égoïste, égoïste, monstre, égoïste*. Les yeux anxieux de Tommy me suivent. Qu'est-ce que c'était ? De la faiblesse, de l'avidité, une mise à l'épreuve, l'anéantissement, le renoncement, l'abandon, la folie, l'indulgence ? Je repense au moment du « choix », le moment où j'ai choisi d'acheter de l'alcool, et tout ce dont je me souviens, c'est d'être sortie de mon corps : étourdissement et défonce. Le black-out avant l'alcool, voilà une expression que je n'avais jamais entendue auparavant. Conneries, Sonya, des excuses, des excuses. C'est terrible comme les pensées qui me viennent sont soudaines, sobres et aiguisées. Combien de temps avant de retrouver Tommy ? Combien de temps avant que l'on me fasse un test d'alcoolémie, que je donne un échantillon d'urine ou quoi que ce soit que l'on attend de moi ?

Elles sont là : trois bouteilles vides qui me font un clin d'œil. La quatrième se dresse fièrement, provocante, le torse bombé – un défi. Je la lance contre la paroi de l'évier ; elle se brise en mille morceaux et l'un des éclats entaille ma paume. J'ouvre le robinet et passe ma main dessous, je regarde l'eau couler en rose. J'essaie d'avaler doucement un verre d'eau, espérant réhydrater mes yeux qui piquent et éteindre le feu dans mes tripes. La plupart de l'eau remonte. C'est tout simplement parfait. Un magnifique retour à la maison.

Je passe le reste de la journée en mode « convalescence », à me reposer et à essayer d'avaler des bouchées de nourriture. Je parviens à court-circuiter le lait de vache et à manger deux des yaourts que mon père m'a laissés. Ma tête et ma main coupée me font mal. J'ouvre la porte à l'arrière de la maison plusieurs fois pour Marmie, terrifiée pour elle. Je ne me souviens pas d'avoir ressenti ce niveau de panique avec Herbie, ni même Tommy quand il était bébé. J'ai toujours eu l'impression que les deux pouvaient se débrouiller seuls et, dans une certaine mesure, s'occuper de moi.

Le surlendemain de mon « dérapage » – un mot sournois, un mot menteur – je suis suffisamment lucide pour tenter de passer quelques appels. Je trouve le numéro que mon père m'a donné.

« On s'attendait à ce que vous appeliez avant-hier. On était inquiets.

— Désolée. Je ne me sentais pas très bien.

— Vous allez mieux maintenant ? »

Je peux entendre les notes tranchantes dans la voix de cette femme. Elle aura probablement entendu toutes les excuses, et même plus. Je décide de ne pas donner d'explications ; ça ne ferait que m'enfoncer davantage.

« Oui. Merci. Quand pourrai-je voir Tommy ?

— Mon agenda est plein jusqu'à vendredi. N'ayant pas eu de nouvelles… »

Je n'ai rien à redire à ça. C'est sans doute mieux ainsi. Si je continue à purger mon système, il ne devrait plus rester une seule goutte d'alcool en moi d'ici vendredi. Deux jours de plus. Je m'étais engagée à ne plus jamais boire en présence de mon enfant. Je n'ai pas rompu cet engagement. Et je ne le ferai pas.

Mon téléphone est chaud dans mes mains. Je compose le numéro de David Smythe. Il n'a pas l'air surpris d'avoir de mes nouvelles. On se donne rendez-vous plus tard pour une promenade dans le parc.

29

La journée est assez fraîche pour enfiler un manteau et un bonnet, une journée de novembre à l'air vif. Je porte Marmie en écharpe, à l'intérieur de mon bon manteau en poil de chameau, un retour à ma gloire passée. Quand j'arrive, il est assis sur le banc près du kiosque à musique, deux gobelets de boisson chaude de chez Insomnia à la main, un trait de mousse au-dessus de sa lèvre supérieure. C'est quoi le problème avec la forme de sa bouche ?

« Vous buvez toujours du thé ? demande-t-il en me tendant un gobelet.

— Merci. C'est devenu une addiction maintenant. » Je m'assieds à côté de lui, Marmie se tortille et ronronne.

« Je vois que vous avez amené le chaton.

— Je ne sais pas quoi faire d'elle. Elle pleure dès que je suis dans une autre pièce. Elle est tellement avide d'affection.

— Vous êtes sûre que c'est ce dont vous avez besoin en ce moment ?

— C'est pour Tommy. Je lui ai promis. »

Nous restons assis en silence pendant que je libère Marmie et la pose sur mes genoux. Il lui gratte le ventre. « Elle est mignonne. » J'aimerais me laisser aller contre lui, poser ma tête sur son épaule, et cette pulsion est si folle, me sentir aussi vulnérable me fait peur. Je me rapproche un peu plus. « Il fait froid. »

Il acquiesce, son corps se détend, ses jambes s'écartent, sa cuisse touche la mienne. Je me demande pourquoi il a accepté de me rencontrer, mais je ne veux pas le lui demander.

« C'est le banc sur lequel j'étais assise la dernière fois, dis-je. Quand j'ai soudain remarqué que Tommy courait de long en large au bord de la mare, vous vous souvenez, je vous en ai parlé.

— Oui. Et c'est le moment où vous pensiez vous être évanouie, c'est ça ? Quelque chose à propos d'un vieil homme et d'une attaque de canards et de cygnes sifflants ?

— C'est ça. Oui, et je m'étais trompée de pied en lui enfilant ses chaussures. Il n'arrêtait pas de trébucher et je n'ai même pas pris la peine de les changer. »

Nous sirotons tous les deux nos boissons chaudes, David caressant distraitement le ventre du chaton.

« Qu'avez-vous vu ce jour-là à la pizzeria ? »

Un vide s'installe entre nous. Il s'éloigne de moi, imperceptiblement. « Je ne sais pas trop quoi répondre à ça, Sonya.

— Pourquoi ? C'était si moche ?

— Je pouvais lire le stress chez Tommy. »

Je ne sais pas ce qui aurait été le pire : s'il avait dit que j'avais l'air d'une ivrogne, ou ça, cette attention portée au stress de Tommy. Je retire le couvercle du gobelet et contemple le liquide sombre. Oui, c'est pire. La honte me donne la chair de poule, ça picote et mord.

« Vous pouviez voir que Tommy était un petit garçon stressé ?

— Il avait ces grands yeux dans lesquels se lisait la peur, et vous aviez l'air un peu hystérique, à bout de nerfs. »

Je repense à tout ça. Je n'avais pas mangé depuis plusieurs jours, j'avais pris une cuite et mon fils était affamé. Et maintenant, peut-il voir que je suis en état de post-cuite ? Je ne me sens pas hystérique, juste fatiguée et déçue et vidée. Et si je suis honnête, et si je cède, la culpabilité pourrait juste m'anéantir. J'aurais dû chausser mes grandes lunettes à la Jackie O. Je suis sûre que j'ai les mêmes yeux creux que mon père avait dans les années qui ont suivi la mort de ma mère, ceux que mon fils a depuis que je l'ai abandonné. J'espère que le blanc de mes yeux n'est pas jaune. Quels autres signes ? Étonnamment, mes mains ne tremblent pas, bien que mes doigts soient agités par intermittence. L'odeur qui pourrait émaner de mon corps ; ça fait ça, même plusieurs jours plus tard. *Ça pue mauvais, Yaya !* Tommy avait l'habitude de venir dans la chambre avec une brosse à dents, du dentifrice et un verre d'eau. Putain, Jésus a pleuré.

Je jette un coup d'œil à mes vêtements ; rien de débraillé. Des chaussettes dépareillées, sûrement, mais qui ne se voient pas. J'ai brossé mes cheveux et me suis maquillée avant de sortir, mais comme ma vue baisse dans les jours qui suivent une beuverie, j'ai probablement l'air d'une vieille chouette folle avec les cils collés par une couche trop épaisse de mascara et des traces visibles de fond de teint craquelé. J'ai de la chance de ne pas avoir tué le chaton ou mis le feu à la maison.

Imaginer Tommy avoir si peur qu'un inconnu puisse le deviner sur son visage. Je pense à la femme sur la plage et à Mrs O'Malley.

« Je puais ?

— L'alcool ? Je pouvais sentir les tentatives faites pour en dissimuler l'odeur. »

Et maintenant ? Vous pouvez le sentir maintenant ? Je ne me risque pas à poser ce genre de question.

« Vous avez pris contact avec l'assistante sociale de Tommy ?

— Oui, je la vois vendredi.

— C'est bien. Ça vous laisse du temps pour vous ressaisir. »

Bon. Que voit-il en cet instant ? A-t-il déjà « dérapé » ?

« Vous êtes déjà allée à une réunion ? »

Je demande : « On se promène ? » Je ne veux pas continuer cette conversation. Je prends le chaton et l'enfouis dans mon manteau.

« Vous devriez lui acheter une laisse !

— C'est ce que Tommy m'a dit. » Je ne sais pas pourquoi,

mais ça fait gonfler une bulle de bonheur en moi. Nous accordons nos pas et faisons le tour de la mare aux canards, sans échanger un mot. Je nous imagine, dans vingt ou trente ans, marchant ainsi, ma main dans la sienne, ou la sienne reposant doucement au creux de mes reins. Il a quelque chose du gentleman à l'ancienne, et ça m'empêche d'avoir envie de jouer avec lui, ou de le fuir, comme l'aurait fait le *moi* que j'étais autrefois. S'agit-il maintenant de mon moi « post-guérison », celui qui n'a fait qu'un petit écart, une personne sobre, qui peut apprécier la qualité du silence, la brise qui caresse mes joues, le bruissement des arbres, l'eau, les canards endormis qui se balancent paisiblement ? Aujourd'hui, pas d'attaque de canards, pas de sifflement de cygnes. Tout est serein, et je ne ressens pas le besoin de déchirer le matériau dont cette paix est faite.

« Avez-vous parlé à votre père de ce qu'il a dit aux services sociaux ? »

La mention des services sociaux efface immédiatement toute trace de calme.

« Vous pourriez avoir besoin d'un avocat. »

Il me parle de frontières floues. Est-ce qu'il cherche à jouer un rôle dans tout ça ? Je n'ai pas besoin de ça maintenant ; ce dont j'ai besoin, c'est d'oublier le temps. Encore trop secouée et fragile après ma cuite pour être capable d'appréhender ça.

« Vous êtes devenue très silencieuse. J'espère que je ne vous ai pas choquée. J'aurais cru que votre père vous aurait informée de la situation légale et de ses ramifications. »

Tu peux te les mettre au cul tes ramifications. Je fredonne en silence l'air d'une valse sur laquelle j'ai dansé dans une production avant-gardiste d'*Orgueil et Préjugés*. Je m'imagine sur scène, vêtue d'un corset, d'une robe à crinoline en soie bleu pâle et de porte-jarretelles.

« Je pense que tout le côté classe moyenne jouera en votre faveur. »

Ça va être le travail d'actrice le plus difficile de ma vie. Tous les personnages que j'ai joués jusqu'à présent ont pu donner libre cours à leurs passions et à leurs fureurs. Mon nouveau personnage s'appelle Miss Saine d'Esprit, et Saine d'Esprit doit cacher la vérité à tout prix, Saine d'Esprit doit sourire et se taire, Saine d'Esprit doit présenter au monde une apparence soignée. Mon public se lasserait sans doute de Miss Saine d'Esprit en quelques minutes.

30

« Papa ?

— Sonya, il est très tôt. » La fatigue rend sa langue pâteuse.

« Je suis désolée. Je n'arrive pas à dormir. J'ai besoin de savoir dans quelle fourrière tu as laissé Herbie.

— Attends une minute, veux-tu ? »

Je l'entends s'agiter, en faisant attention à ne pas réveiller Lara à côté de lui. Le bruit de ses pas dans les escaliers, puis le robinet qui coule.

« Qu'est-ce que tu disais, Sonya ? Tu sais qu'il n'est même pas six heures du matin ?

— C'est mon nouveau mode de fonctionnement. Où as-tu laissé Herbie ?

— Un type bien que j'ai rencontré en jouant au golf l'a accueilli chez lui.

— Tu peux me donner son numéro ?

— Je pensais que tu serais contente que ce chien soit enfin dans un environnement stable.

— Papa. S'il te plaît, donne-moi le numéro de cet homme. J'ai besoin de récupérer Herbie. »

Il siffle entre ses dents. « Tu as bu, Sonya ? Tu as l'air nerveuse.

— Je ne daignerai pas répondre à cette question. Le numéro, papa ?

— Laisse-moi l'appeler plus tard, à une heure raisonnable, et voir ce qu'il a à dire.

— Papa ? » Je sens un VA TE FAIRE FOUTRE fougueux prendre forme dans ma bouche, mais je l'avale et dis gentiment : « Tu es le meilleur. »

Il marmonne, boit son café fraîchement moulu et dit : « Je t'appelle dès que j'ai réussi à le contacter.

— Ce sera tellement bien pour Tommy d'avoir son meilleur ami à la maison, quand il reviendra.

— Je ne promets rien...

— Je sais que tu feras de ton mieux. Pour Tommy. Je te remercie. On se parle plus tard ? » Je raccroche, me félicite de ma prestation époustouflante d'actrice, jusqu'à ce que je remarque le chaton qui me regarde d'un air inconsolable en miaulant dans un coin.

Thé, toast et marmelade d'orange, thé, toast et marmelade d'orange, thé, toast et marmelade d'orange. *De délicieuses oranges ensoleillées dans un bocal, Yaya !* Trois tournées, avant de se doucher, de s'habiller « comme il faut » : un rôle de mère sobre et contrite, une jupe en dessous du genou et un polo ras du cou, les cheveux tirés en arrière. Le thé me fait pisser, ce qui est bien. Avaler un verre d'eau après l'autre, à la file, en espérant que ce sera suffisant pour éliminer les restes d'alcool dans mon organisme. David appelle pour me souhaiter bonne chance.

Maureen est une grande femme plantureuse, mais sans être maternelle, au contraire de ce que son corps pourrait laisser croire. Il y a un mur impénétrable autour d'elle, son cœur encagé dans du béton. J'admire son attitude du genre « on ne me la fait pas » ; blindée, à l'épreuve de toute tentative de déconnade, et je sais instinctivement qu'il ne faut pas trop en rajouter. Nous échangeons quelques plaisanteries avant qu'elle ne m'offre du thé. Mon quatrième de la journée. Le bâtiment est étonnamment lumineux et accueillant, fraîchement peint et égayé de très belles fausses plantes. Je passe d'ailleurs mes doigts sur leurs feuilles pour m'en assurer. L'air sent la lavande synthétique, une douce musique de fond flotte dans l'entrée, pas de la musique d'ascenseur ni de supermarché – mais du Satie, je crois.

La conversation est bien balisée : comment s'est passée votre cure de désintoxication, pensez-vous être apte à reprendre Tommy à la maison, êtes-vous d'accord pour des visites à domicile ? Voulez-vous bien souffler là-dedans, s'il vous plaît ? La question, quand elle arrive, bien qu'attendue, est un affront. Pour autant, je hoche la tête et me prête au jeu. Je retiens mon souffle pendant que Maureen lit les résultats. Elle ne dit rien, son visage reste impassible. Je sais qu'il vaut mieux ne pas lui demander ce qu'il en est ; je suis censée ne pas avoir bu une goutte depuis que je suis en convalescence. Mon pouls bat fort dans ma gorge, s'il vous plaît, s'il vous plaît, faites qu'il n'y ait plus la moindre vapeur d'alcool dans mon organisme. Il n'est pas question d'une audience au tribunal, ce qui doit être une bonne chose. Je lui dis que mon souhait avait été que Tommy aille chez son grand-père – une situation malheureuse, et plutôt mal gérée de la part de mon père, dans la mesure où aucun autre membre de la famille n'aurait pu s'en occuper.

« Les relations sont-elles vraiment si tendues dans votre famille ? »

Je réfléchis. Je ne sais pas si j'ai des cousins ; je ne sais pas si tante Amy est morte ou vivante, ni même Dom. Je ne sais pas où est Dom. J'espère qu'il va bien.

« Ma mère est morte jeune et je n'ai jamais connu ses parents – c'est la première fois que je l'exprime à voix haute – et la seule sœur de ma mère ne s'entendait pas avec ma belle-mère et mon père ne parlait plus à mon oncle. »

Maureen me jette un regard impossible à déchiffrer. Est-ce

qu'elle croit que je suis une menteuse, que je cherche à attirer l'attention, que je suis une affabulatrice ?

« Vous comprenez donc pourquoi j'ai pensé que mon père aurait dû prendre Tommy.

— Votre père a regretté de ne pas pouvoir s'occuper du garçon, mais il a dit que le comportement de cet enfant était problématique. »

Je feins la désinvolture. Qu'est-ce qu'il est allé raconter ?

« Vous êtes au courant de sa fascination pour le feu ? »

Je pense à son visage illuminé par les flammes cette nuit-là, à son enthousiasme pour tout ce qui brille et brûle. Mr Soleil, Mr Feu Follet. Est-ce que c'est devenu quelque chose de plus dangereux ? Mon petit garçon est-il un pyromane en puissance ? J'en ris presque ; il n'a pas encore cinq ans. Et pourtant…

« Je sais qu'il aime regarder les lumières qui brillent et vacillent. Il est comme sa mère.

— A-t-il déjà essayé de mettre le feu à quelque chose ?

— Non. Il aimait juste regarder les flammes.

— Et vous le laissiez faire ?

— Seulement sous surveillance.

— Et quand vous étiez dans les vapes ? »

Maureen lit un rapport. Rédigé par qui ? Il n'y a pas de rapport psychiatrique sur moi, pour autant que je sache.

« Je n'ai jamais laissé Tommy seul dans une pièce avec un briquet.

— Vous lui avez appris à craquer une allumette ?

— Non, je n'ai pas d'allumettes à la maison. »

Maureen regarde sa montre, débarrasse les liasses de papier sur son bureau.

« Il s'est passé quelque chose ? Est-ce que Tommy a causé un accident ?

— Rien de grave, Sonya. Nous pourrons parler davantage

la prochaine fois, et nous organiserons une visite supervisée la semaine prochaine.

— Super, oui. Ça veut dire que je peux aller le chercher aujourd'hui ?

— Je veux dire que vous pourrez lui rendre visite ici avec moi, la semaine prochaine.

— Oh, je vois. Alors quand est-ce qu'il rentre à la maison ?

— Ça dépend de ce qui va se passer dans les deux prochaines semaines. Nous devons nous assurer que vous êtes bien décidée à rester sobre. Vous devez travailler avec nous là-dessus. »

Je me surprends à hocher furieusement la tête. Oui, oui, je comprends, oui. Trop soumise, pas convaincante, des mots qui sonnent creux. Maureen a tout vu, je sais qu'il faut contrôler les larmes.

31

« Ils ont un grand jardin », dit mon père en parlant de son compagnon de golf qui, apparemment, serait « catastrophé » de voir le chien partir. « Il s'est très bien adapté, Sonya. »

J'aimerais demander à Herbie ce qu'il pense de cette situation, papa. Ce n'est pas une bonne idée venant de Miss Saine d'Esprit. « Laisse-moi leur parler. »

Il a l'air pris au piège, comme un écolier bien élevé qui a été surpris en train de fumer derrière le préau de l'école, son seul acte de rébellion. Lara s'affaire près du plan de travail de la cuisine et feint d'être occupée. On pourrait penser qu'elle se fait discrète, qu'elle laisse le père et la fille passer un peu de temps ensemble – personne n'est dupe.

« Je peux avoir leur numéro, papa ? » Je ne peux pas rester une nuit de plus avec pour seule compagnie mon cerveau en désordre et un chaton qui miaule.

« Ce n'est pas une bonne idée, Sonya. »

Lara toussote, un code pour son homme. « Il va falloir y aller, tu as rendez-vous chez le médecin.

— Oui, oui, c'est vrai, oui… »

Pauvre homme pathétique.

« Un ami du golf, tu dis ? Tu veux dire Gerry et Olive ? Je passerai les voir en rentrant. Ce n'est pas un grand détour. »

Lara fait du bruit avec les assiettes.

« Il n'en est pas question, s'exclame mon père. Il n'est pas chez eux, de toute façon.

— Ce chien a atterri dans une grande maison, dit Lara tout en aspergeant et frottant. Chez Ken Dunne, l'avocat. Tu devrais être reconnaissante envers ton père et ne pas le tarabuster comme ça. »

Mon père la regarde fixement tandis qu'elle marmonne dans sa barbe : « Ne me mêle pas à ça, ne m'oblige pas à prendre position. » Elle adorait dire ça, surtout après avoir ajouté une cuillerée d'hostilité et une pincée de venin dans la dispute qui se préparait, puis elle s'asseyait pour me regarder perdre le contrôle et piquer une crise.

« Écoute, Sonya. Ce n'est pas prudent que tu te mêles de ça. Fais-moi confiance. Je vais gérer ça à ma façon.

— Deux jours, papa. Quarante-huit heures. C'est suffisant pour pouvoir le récupérer, non ? Maintenant, je ferais mieux de vous laisser tous les deux pour aller à votre rendez-vous. Rien de grave, j'espère ?

— Juste un contrôle de routine.

— Très bien. Merci de t'être si bien occupé de Tommy, *ce jour-là.* » Je mets l'accent sur les trois derniers mots, pour souligner son absence toutes les autres fois.

Mon père m'embrasse précipitamment sur la joue, comme s'il se sentait coupable d'être déloyal.

J'appuie sur le champignon, tout autant un signe de satisfaction que par envie de retourner auprès de Marmie, dont les cris n'ont cessé de résonner à mes oreilles. Le retour de Herbie rendra tout tellement plus facile. Il s'occupera du chaton aussi bien qu'il s'est occupé de Tommy. Il y a eu des occasions, quelques-unes seulement, où je les ai laissés seuls tous les deux, quand je devais courir au magasin du coin pour faire des courses et que je ne pouvais pas tenir à la fois la laisse et la poussette.

Marmie est de nouveau coincée, cette fois sous le canapé. Je le repousse et, dès que je le soulève, elle bondit dans mes bras. J'ai fait des recherches sur « l'anxiété de séparation » chez les chiots et les chatons, et ça me tue de voir la douleur qu'ils éprouvent lorsqu'ils sont séparés de leur maître ou des personnes auxquelles ils sont attachés. Je dois habituer la petite bête à mes allées et venues, alors j'essaie le truc qui consiste à sortir pendant cinq minutes, puis vingt, puis deux, puis quarante. Dérouter et rassurer. Fourrer ses friandises préférées – des morceaux de fromage, du thon – dans des chaussettes et des récipients en plastique, mettre de la musique classique apaisante. Je peux maintenant quitter la pièce sans être accueillie à mon retour par une épave tremblante. J'appelle David, j'organise une nouvelle promenade dans le parc municipal. Et cette fois, en laissant le chaton à la maison, je vais montrer à quel point je peux être « normale ».

32

Les effluves du parfum dont je me suis abondamment aspergée, une douce concoction fleurie – s'est-elle dissipée ? –, tourbillonnent autour de moi dans le vent, gagnant en intensité. Mes cheveux longs me fouettent les yeux et les font pleurer, mes joues sont plus rouges que d'habitude. J'ai récemment remarqué que ma peau délicate était de plus en plus couperosée, et l'application d'un vieux fond de teint ne fait rien pour le cacher. Je l'aperçois qui fait les cent pas au bord de la mare aux canards, les mains au fond de ses poches, et je dois lutter contre l'envie de fuir. Ma voix, quand elle se fait entendre, est un chaudron bouillonnant de conneries spontanées – non filtrées : « Bonjour, c'est super de vous voir, il y a du vent et il fait frisquet, j'ai laissé le chaton tout seul à la maison, je récupère Herbie, j'ai nettoyé la maison en prévision, suis tout excitée, est-ce qu'il va accepter le chaton ? – il a l'habitude d'être le roi, mais bon, espérons qu'ils seront copains… »

David acquiesce, amusé ou perplexe, je ne sais pas vraiment.

« Salut, Sonya. » Il se penche pour ramasser une châtaigne. « Que c'est beau, et moi qui pensais que la saison était terminée. » Il examine la châtaigne. « On dirait de l'acajou poli. »

Est-ce qu'il y voit son reflet ? Je m'approche, regarde par-dessus son épaule et éprouve une étrange jalousie pour l'objet de sa fascination. « Euh, ça brille, c'est sûr. » La tension que je ressens à force de jouer Miss Saine d'Esprit commence à se faire sentir, et les coutures de mon personnage s'effilochent sur les bords.

« Le chaton est en passe d'être dressé ; il ne chie plus dès que je quitte la pièce. » Qu'est-ce que je raconte ? Il ne répond pas, se contente de sortir un autre de ses mouchoirs blancs amidonnés et d'y envelopper la châtaigne. A-t-il chez lui une vitrine pour les objets ramassés dans la nature ? Un rire incontrôlable m'échappe.

« Qu'y a-t-il de si drôle, Sonya ? »

Il me regarde, prudemment distant, puis nous surprend tous les deux en me chatouillant les côtes. Je me tortille contre lui comme un petit enfant. Une mèche s'allume entre nous qui n'a rien à voir avec l'enfance. Je le respire, une senteur d'agrume masquant l'odeur du sel et de la sueur.

Et juste comme ça, il invite l'Euphorie à entrer. Mon souffle est coincé dans ma cage thoracique, mon corps est saturé de battements. Des volutes de nuages mousseux gambadent au-dessus de ma tête, l'herbe est d'un vert éclatant, des gouttes de pluie s'accrochent encore à chaque brin, tremblantes. L'air scintille de musique.

« Ça va ? »

Que voit-il quand il me regarde ? Une femme d'un certain âge, épuisée, trop mince, les côtes saillantes et les cheveux ternes. Une blonde vannée. Une actrice vannée. J'espère que je n'étais pas en train de fredonner.

« Vous paraissez rayonnante aujourd'hui, Sonya. »

C'est bon signe ? Rayonnante, comme rayonnante de bonheur, pleine d'entrain, rayonnante d'intelligence, ou trop brillante ?

« Oui. J'imagine. » Je frissonne ostensiblement.

« Vous avez froid ?

— Un peu. On rentre ? » Je fais attention à ne pas utiliser les mots « maison » ou « chez moi ».

Il ne dit rien, se contente de marcher en tandem à côté de moi, le souffle coupé par l'air froid, comme si nous étions tous deux à la poursuite d'un dragon fantastique.

« Eh bien, c'est ce qui s'appelle du rose », dit-il lorsque nous sommes devant ma porte d'entrée. Je souris. Mes doigts sont épais et maladroits, les clés tombent, il les ramasse, nos mains se touchent. Le chaton se frotte contre mes chevilles, ronronne. C'est si doux, si douloureusement doux. Je le prends dans mes bras, l'embrasse et vais derrière dans la cour. David me suit et s'appuie contre la porte, m'observant observer le chaton.

Alors que je passe devant lui pour rentrer, mon corps se frotte contre le sien, un sein l'effleurant accidentellement. Il m'attrape, me pousse contre le réfrigérateur dont les vibrations me font vibrer. Il se fige, recule. Je l'attire de nouveau contre moi. « Tout va bien, tout va bien, tout va bien.

— Sonya, ce n'est pas raisonnable. »

Mais ai-je jamais fait quoi que ce soit de raisonnable ?

« Vous n'êtes plus mon psychologue, n'est-ce pas ? »

Il réfléchit avant de répondre. « Pas à titre officiel, mais quand même… »

En cet instant précis, j'ai envie de cet homme plus que je n'ai jamais eu envie de quoi que ce soit.

« Je suis une grande fille, David. Je suis sobre et je fais ce choix en toute connaissance de cause.

— Il est encore trop tôt, Sonya. »

On ne parle plus. Je l'attire contre moi. Je le prends dans mes bras, et son corps, raide, se détend. On se berce comme ça pendant quelques instants, jusqu'à ce que la tension devienne insupportable. Nous ne sommes plus des versions figées de nous-mêmes, nous sommes sur le point de devenir quelque chose d'entièrement différent. Les yeux de David se voilent alors qu'il fait glisser le pull de mes épaules et caresse des lèvres ma peau chaude. Il semble tout à coup pris de furie ; tout semblant de contrôle a disparu. Sa langue est dans ma bouche, une saveur métallique et le goût du café.

Je m'abandonne au plaisir d'avoir peur. Peur égale adrénaline égale aphrodisiaque. Debout sous les feux de la rampe, tous les yeux braqués sur moi, toutes les oreilles attentives à chacun des mots que je prononce, au charme que je vais tisser, la terreur orgasmique.

C'est ça : une attention tout entière tournée vers moi. J'avais oublié la puissance de cette sensation. Une sorte d'effacement. Un moment qui semble à la fois sacré et dépravé. Je suis excitée comme je ne l'ai pas été depuis ces instants où nous baisions avec Roberto dans un endroit interdit. On ne devrait pas faire ça. Une rencontre *interdite* ! C'est si romantique, et indéniablement sexy.

Quand c'est fini, après avoir finalement réussi à arriver jusqu'au lit, nous nous allongeons dans les bras l'un de l'autre, trempés de sueur. Je sais ce qui va se passer, le vrombissement, rétropédalage, le souhait que ça ne soit jamais arrivé. Aucun de nous ne parle. Dehors : la nuit, un ciel clair, comme du velours bleu marine piqueté de diamants brillants. *Prends-le et découpe-le en petites étoiles, Tommy !* Où es-tu, mon Mr Monsieur ? Mon souffle reste bloqué dans ma gorge et j'ai peur de fondre en larmes. C'est le moment que je redoute, celui où j'ai l'impression de m'être vidée. Je déteste ce moment de vulnérabilité, où je suis cul nu.

David s'endort facilement, son visage est détendu, son corps est parcouru de tressaillements. Je pose une main sur ses pommettes et suis le tracé de sa mâchoire. Impossible de gérer les sentiments que cette intimité procure. Une expérience qui m'est familière : cette poussée post-coïtale d'émotions excessives, alors que le partenaire allongé à côté de moi est inconscient. Je vais dans la cuisine, remplis une soucoupe de lait pour Marmie et la pose devant elle. La petite bête lape le lait du bout de sa langue rose.

Je suis fascinée par l'intensité de sa concentration, son absence de défense.

David dort sept bonnes heures, tandis que je fais les cent pas en regardant la télé, le son au minimum. C'est le show *Mystic Meg*, une arnaque, et un numéro de téléphone clignote à l'écran. J'attrape mon portable, je compose le numéro et je suis accueillie par une voix automatique qui me demande de composer un numéro de carte de crédit. Le visage fade, joli et jeune de la fausse Meg remplit l'écran. Ils se sont trompés lors du casting, ils auraient dû choisir une sorcière ridée aux yeux bleus perçants ; celle-ci est aussi inepte qu'un mannequin de catalogue de vente par correspondance. Je me demande qui paierait pour recevoir les conseils d'une comédienne au chômage à trois heures du matin.

Arrive un moment où je m'endors probablement plus ou moins sur le canapé – quand j'ouvre les yeux, il est debout au-dessus de moi.

« Tu permets ? » me demande-t-il en s'asseyant à côté de moi, m'attirant à lui.

Mon corps se raidit, je pue – j'ai besoin de prendre une douche, seule, mais je ne veux pas qu'il n'ait pas envie d'être avec moi. Il écarte mes cheveux de mon visage et embrasse ma joue. Qui est cette version insouciante de David ? C'est comme s'il avait transféré toute sa tension en moi après ce qui s'est passé hier soir – il devrait être mortifié par tout ça. Il devrait être très inquiet de ce qu'il vient de faire.

« Je peux te préparer un petit déjeuner ? »

Je parviens à répondre poliment : « Je m'en occuperai après avoir pris une douche.

— Ne t'embête pas avec ça. Tu es trop jolie pour ça. »

Dans quel scénario sommes-nous ? Je marche aussi lentement que possible, alors que tout mon être voudrait courir. Dès que je suis dans la salle de bains, je verrouille la porte. La douche est aussi chaude et le jet aussi fort qu'il m'est possible de le supporter. Je masse mon cuir chevelu avec mon shampoing Tesco à la noix de coco et au citron, tout mon corps absorbant cette bouffée odorante bon marché.

Je me couvre d'une grande serviette de bain et me précipite dans la chambre, en souhaitant pouvoir là aussi verrouiller la porte. Comment m'habiller ? J'opte pour une tenue discrète : chemise à carreaux et jean, pieds nus, maquillage léger. Il pousse un sifflement admiratif dès que j'entre dans la cuisine. Je suis offensée, légèrement, plus inquiète qu'autre chose. J'aurais dû m'en douter : il est accro à l'amour/au sexe. N'est-ce pas pour cette raison qu'il existe des règles strictes à respecter pendant la convalescence ? Le danger d'échanger une dépendance contre une autre. David est sobre depuis plus de dix ans, il devrait donc être capable de gérer l'intimité mais, en le regardant, il ne fait aucun doute que la dopamine, ou toute autre substance chimique très addictive, a été activée dans son cerveau. Ses yeux sont brillants, le regard perdu dans le lointain, et il est évident qu'il habite un *autre* monde, un ailleurs.

Je n'ai pas encore réussi à voir comment se manifeste son fantasme, mais je suis certaine qu'il est question de conquête : la Gente Damoiselle. S'est-il mis dans la peau d'un maître conquérant, d'un héros, d'un serviteur, ou encore d'un esclave ? Je veux vraiment qu'il parte. L'odeur des œufs me rend malade. Il me sert un monceau d'œufs brouillés sur des toasts détrempés, avec beaucoup de poivre – sans même me demander si j'en veux, il se contente de donner plusieurs tours de moulin. Tout en lui est agaçant : son sifflement stupide et joyeux, ses longues jambes maigres – le souvenir de ces jambes enroulées autour de moi m'étouffant presque –, son sourire ridicule. Je veux retrouver l'autre David, celui que j'avais envie de toucher parce qu'il était hors d'atteinte.

« Ça va, Sonya ? Tu es très pâle.

— Je n'ai pas faim, désolée. » Je repousse l'assiette. « Je n'ai pas très bien dormi… Je ne me sens jamais bien quand je n'ai pas dormi. » J'essaie de minimiser les émotions confuses qui s'emparent de moi.

« Tu veux que je parte maintenant, que je te laisse tranquille ?

— C'est peut-être une bonne idée. Je me sens un peu dépassée. » La plus grande honnêteté dont j'ai réussi à faire preuve depuis des années.

« Je finis juste mon café et mes œufs, et je m'en vais. »

Je respire plus tranquillement, l'oppression dans ma poitrine se relâche. Il mange et boit en prenant son temps.

« Ok, je file. À bientôt. Merci pour cette belle soirée. » Il m'embrasse gentiment sur les deux joues.

Je lui suis reconnaissante de ne pas avoir à le forcer à partir, comme j'ai dû le faire plusieurs fois avec Howard, en particulier les dimanches où il décidait de rester avec moi toute la journée. Parfois, je devais physiquement le pousser dehors. « Va te faire foutre, Howard », je disais. Il me lançait : « Espèce de tarée. » Mais après qu'il était parti, je passais la journée à me sentir désemparée.

« Tu es à des kilomètres d'ici, Sonya.

— Désolée. Je suis fatiguée, c'est tout.

— On se parle plus tard. Dors bien. »

Il descend allègrement l'allée du jardin, en levant la main pour saluer quelqu'un de l'autre côté de la rue. Quand je soulève les lamelles du store, je vois que c'est Mrs O'Malley. Très bien. Qu'elle voie que je suis une femme capable d'être aimée, ou une monstrueuse salope – peu importe laquelle, du moment qu'elle déguerpisse.

« Dieu merci, Marmie, il est parti ! » Je change les draps, ouvre la fenêtre, remplis une bouillotte, me glisse dans le lit, place la bouillotte au bas de mon dos, Marmie contre ma poitrine. Mon corps se ferme, une série de portes internes se verrouillent. Je me baisse et pose une main protectrice sur mon entrejambe. Je suis dégoûtée par ce que mon corps a permis. Ce n'est même pas une question de religion ou de morale, je ne sais pas ce que c'est.

Quand je me réveille, cinq heures plus tard, mon esprit est moins agité. Je regarde mon téléphone : quatre messages de David. « Merci, j'espère que tu vas bien, appelle-moi à ton réveil, c'était génial, tu es géniale. Tout va bien, n'est-ce pas ? » C'est comme si je venais de libérer de sa boîte un diable en manque de sexe.

Je me lève, mange des corn flakes secs par poignées, mets Marmie dans sa besace et marche jusqu'au parc. Le vent est capricieux, le ciel est un festival de taches bleues et blanches. Où est Tommy aujourd'hui ? Est-il dehors sous ce même ciel ? Est-il à la recherche de Mr Soleil, prétendant effacer les nuages ? Je regarde une mouette s'approcher de mare et manger le pain des canards. Un homme balaie l'air d'une main : « Ouste ! » Quel idiot, il ne voit pas que la mouette a aussi besoin de manger ? *La couleur de la glace, Yaya !* Je me demande si mon corps va me permettre de rester debout.

33

Quarante-huit heures ont passé, et aucune nouvelle de mon père. Évidemment. Il est temps de prendre les choses en main. Aller voir « le gars bien » du club de golf, l'avocat Machin chose. J'ai mémorisé son adresse la nuit où je l'ai cherché, juste après que Lara a vendu la mèche. J'ai vingt minutes de route sous le couvert de l'obscurité du début de soirée. La maison se matérialise comme dans un conte de fées, avec ses fausses tourelles gothiques, son stuc et son rose tendre. *Une maison rose bonbon, Yaya !* Une fontaine, deux BMW, un enclos pour chien, un chenil. Une bouffée de chaleur déferle en moi, ma peau est chaude et couverte de taches, comme si elle était en feu. Je suis surprise de trouver le portail électrique ouvert, mais je me gare dehors, juste au cas où. Mon sweat à capuche est remonté sur mes oreilles – bien que je sois prête à me consumer tellement mon moteur interne tourne à plein régime. « Herbie, je chuchote. Herbie, mon pote ? » Je crois entendre des gémissements ; il ferait un chien de garde merdique et, malgré sa taille, c'est un tendre, tout le monde peut le dire. Tout au moins si on prend la peine d'y regarder de près.

Un mélange d'excitation et de peur guide mes pas dans l'allée goudronnée, flanquée de faux gazon. Cette maison ridicule est grotesque tant elle est prétentieuse. Je me tiens devant l'enclos, il est là ; la cage dont j'ai rêvé, et il est là, la gueule collée au grillage.

« Herbie ? » Il lève la tête, une oreille bouge, puis il retourne à sa position recroquevillée, dos au monde. « Herbie, c'est moi, c'est vraiment moi. » Comment vais-je le faire sortir d'ici ? Il y a un cadenas. Quel genre de personne enferme un chien de garde dans une cage ? Puis je comprends qu'il n'est probablement libéré que lorsqu'ils sortent. Quel genre de personne… ?

Je cours jusqu'à la voiture, j'ouvre le coffre et je trouve le sécateur que j'ai acheté sur un coup de tête dans une jardinerie l'année dernière, alors que je m'étais imaginé faire quelque chose de « normal » comme tailler mes rosiers sauvages. Je ne l'avais pas déballé, pas plus que les gants de jardinage que j'enfile. Un délicieux frisson me parcourt. Maintenant, je suis le personnage que je n'ai jamais incarné : une criminelle dure à cuire.

De retour à la cage, je vacille un moment. Est-ce que ça va se retourner contre moi ? Je m'en fous. Ce chien ne va pas souffrir un instant de plus à cause de moi. Je me concentre pour couper le grillage ; j'utiliserais mes dents s'il le fallait. Je coupe et coupe jusqu'à ce que finalement une partie cède et que je fasse un trou. Herbie pleurniche bruyamment. « Tout va bien, mon vieux, ce n'est que moi. » Il me regarde droit dans les yeux et je suis aspirée dans un tourbillon d'une telle tristesse que je me demande si je referai surface un jour. « Mon chéri. » Il se relève, les pattes flageolantes, la queue se déplaçant involontairement en un cercle irrégulier comme si elle avait oublié comment remuer. J'entends des voix à la porte de la maison. Le trou est assez grand pour y entrer et je m'accroupis dans le noir à côté de mon garçon – sa grosse tête se retrouve soudainement sur mes genoux. Je le berce : « Chut. »

Herbie, tout va bien, Yaya est de retour, c'est vraiment la vraie Yaya !

Les voix expriment des remerciements, merveilleux parcours aujourd'hui, *adios*, adieu, à la prochaine. « Allez, mon vieux. » Nous devons sortir d'ici avant que le portail électrique se referme.

J'essaie de pousser le corps de Herbie à travers le trou mais il semble étourdi. Je passe en premier. « Viens, Herbie. » J'élargis le trou et, comme un animal de cirque bien entraîné, il saute à travers le cerceau et nous courons tous les deux vers la voiture.

Herbie est paniqué, il respire vite et fort, et sa grosse langue pendante essaie d'attraper de l'air pour se rafraîchir. J'aurais dû lui apporter un bol d'eau. Je repense à l'enclos : y avait-il de la nourriture ou de l'eau ? Je m'imagine jeter un feu d'artifice imbibé de kérosène dans la boîte aux lettres, laisser une bombe à caca sur le pas de la porte, rayer la BMW bleu nuit métallisée avec son numéro d'immatriculation daté de cette année.

« Herbie ? » Il semble hésiter ; peut-être que tout ça se déroule comme un rêve, auquel il prend soin de ne pas croire au cas où il se réveillerait en ayant froid, seul dans sa cage. Je jure de le reconquérir et, instinctivement, je sais qu'il faut y aller doucement. Je baisse la vitre arrière, même s'il fait froid et humide, et il sort sa grosse tête, la langue au vent.

« Home sweet home », dis-je en arrivant à la maison. Tout son corps tremble. Le pauvre. Mon cœur est plein à craquer, il oscille là-dedans comme un ballon trop gonflé et non arrimé, susceptible d'éclater à tout moment. J'ouvre la portière arrière ; il bondit dans la cour, renifle. Il lève la patte et s'élance dans le méli-mélo de broussailles qu'est mon jardin de devant.

J'ouvre la porte d'entrée. « Marmie ? J'ai un ami à te présenter ! » La petite chatte sort en trottinant, toute confiante, voit l'énorme chien aux longs poils et s'enfuit, Herbie lui courant après. Les cris de peur de Marmie retentissent autour de nous. Je n'avais jamais pensé à Herbie comme à un chasseur de chat. Il ne lui ferait rien s'il l'attrapait – n'est-ce pas ? –, à moins que ses mois de captivité l'aient changé. Je récupère Marmie sous le canapé, je lui chante des berceuses à l'oreille. La chatte est toute raide. Le téléphone sonne.

« Allô ?

— Salut, je peux passer et apporter de quoi manger ? »

Sa voix, chaude et familière. Je sens cette bonne vieille froideur s'insinuer en moi.

« Je suis occupée. Merci quand même.

— Vraiment ? Tu fais quoi ? »

Face à cette série de questions au caractère invasif, je dresse un mur de protection.

« Demain est un jour important. Je vais voir Tommy.

— Tu auras peut-être besoin d'une oreille attentive après ça. Je suis là pour toi, tu le sais.

— Merci, David. Je te dirai comment ça se passe. » Cousue dans le tissu de cette déclaration, il y a la directive implicite de me laisser tranquille jusqu'à ce que je décide d'appeler. « À bientôt. » Je raccroche.

L'anxiété monte, mes extrémités sont chaudes et prises de tressaillements. Je passe l'heure qui suit à chercher sur Google des informations sur « la formation de liens affectifs entre chien et chat » et je reçois tellement de recommandations contradictoires que la brume commence à se lever devant mes yeux.

La porte qui donne sur la cour est grande ouverte et j'assiste à une confrontation de dessin animé, Marmie crachant et donnant des coups de griffes dans le vide, Herbie immobile, figé. Il ressemble à David la nuit dernière qui regardait mon corps nu. Les premières vingt-quatre heures sont les plus intenses, disait un article, après quoi ils commencent un peu à se détendre en présence l'un de l'autre. D'une certaine manière, je suis contente de cette distraction. Marmie est de plus en plus turbulente, elle tourne autour de lui, crache, puis s'enfuit. Le pauvre vieux chien ne la poursuit même pas, il se contente de regarder dans sa direction, en haletant. Pendant ce temps, les SMS continuent d'arriver : Où/Quoi/Pourquoi/Qui ? Qui, en effet ! Qui es-tu pour me poser ces questions ? Ça me donne envie de sortir et de baiser un inconnu au hasard.

On sonne à la porte. On appuie plus longtemps que ne le veut la politesse. Hors de question qu'on me maltraite, et, de toute façon, impossible de me faire confiance et de savoir si je ne vais pas perdre la tête. L'excitation monte. Une voix retentit à travers la fente de la boîte aux lettres. Herbie commence à aboyer, Marmie miaule.

« Sonya, ouvre cette porte. MAINTENANT. » Je m'approche de la porte pour pousser le verrou quand j'aperçois le gris métallisé d'une Cortina devant la maison. Mon taux d'adrénaline s'effondre si brutalement que j'ai l'impression que je vais tomber. Comme j'aurais envie que cette scène se déroule maintenant : celle de l'amant obsédé, dément, rejeté qui surgit à la porte de l'objet de ses fantasmes les plus fous, commettant un acte magnifique et violent. Et ça, à ce moment-là, c'est bizarre et je le sais.

« Sonya, je sais que tu es là. Tu peux maintenant ajouter "voleuse" à la liste de toutes tes putains de conneries. »

Qu'est-il advenu de toutes mes anciennes certitudes – que mon chien m'aimerait et n'aimerait que moi, que David resterait un client de la pizzeria sympa, un inconnu, et que mon père affecterait toujours au moins de rester poli, dans la retenue ? J'ai l'impression d'avoir avalé un breuvage des enfers : cette nuit passée dans les draps emmêlés m'a fait passer d'un monde à l'autre. Regardez, le chaton s'est transformé en Chat du Cheshire, avec un sourire jusqu'aux oreilles, Herbie porte un chapeau de Chapelier Fou ! Et mon père ? La Reine de Cœur dehors, trépignant, sans se soucier des bonnes manières.

Il ne servirait à rien d'engager la conversation – à rien du tout. Je m'installe pour regarder, à travers les lamelles des stores, mon père s'essouffler, de la même manière qu'il me regardait quand, adolescente, je hurlais et fulminais, sa devise étant alors : « Ne jamais nourrir la colère en y prêtant attention. »

« Un comportement inacceptable, Sonya, vraiment, pire que tout. Je t'ai élevée mieux que ça. » Pauvre papa, il a vraiment perdu son sang-froid. Comme prévu, il s'essouffle et s'éloigne à grands pas dans l'allée, la colère visible dans chacun de ses muscles crispés. J'entends quelqu'un le saluer, et sa réponse bourrue : « Pas maintenant, Mary. » Je me tourne vers mes deux protégés, qui semblent être parvenus à une trêve, Marmie frottant son délicieux petit nez contre celui de Herbie, abasourdi.

La nuit est plutôt agréable avec les deux tourtereaux qui se regardent chacun d'un côté du lit. C'est réconfortant d'avoir ces corps chauds allongés là, qui n'attendent rien de moi. Je dors d'un sommeil réparateur, sans visite du dentiste dément, de mes poupées d'enfant, ni aucune des sensations de chute ou d'étouffement dans la merde. Au réveil, j'ai l'impression d'être emplie de couleur verte : arbres, sauterelles, herbe, la couleur des bourgeons, la couleur du renouveau.

Je traverse la matinée lentement et, étrangement, me délecte des autres messages de David : « Bonjour, Bonne chance pour aujourd'hui, Je pense à toi. » Ça m'est si peu familier, je pourrais peut-être m'y habituer. L'exemple donné par les animaux doit me radoucir. Je prends mon temps avec ma tasse de thé, la couve des deux mains, en contemple la texture, en savoure le goût, l'odeur. Sœur Anne avait raison : les petits plaisirs de la vie peuvent vraiment vous combler. Herbie semble en état de choc, comme quiconque le serait après avoir été libéré de prison, pour se retrouver dans un lit chaud et parfumé avec un magnifique petit félin en guise de compagnon.

Je m'habille avec soin, me force à manger des toasts et une banane, je parle à Herbie et Marmie, leur disant d'être sages, d'être gentils l'un envers l'autre. Maintenant que je sais que Marmie est capable de se défendre et qu'elle gagnerait probablement dans n'importe quelle bagarre, je ne m'inquiète pas de les laisser seuls. C'est juste que je n'arrive toujours pas à me sortir de la tête certaines images morbides : le chaton dans la grande gueule du chien, ou les yeux du chien arrachés.

34

Je me gare devant le bâtiment flambant neuf construit au milieu d'immeubles délabrés, je suis très en avance. Ajuster le miroir de courtoisie, me regarder, sans me voir. Mon image a toujours été un peu floue, elle ne m'a jamais été donnée que par le regard des autres. L'impression que j'ai de moi est celle d'une étrangère qui me juge, assez durement. Retourner le miroir.

Maureen est là pour m'accueillir. J'ai tellement envie de poser ma tête sur sa poitrine généreuse, qu'elle me caresse les cheveux. Je secoue la tête et tape du pied aussi discrètement que possible – suffisamment pour déconcerter les créatures, les empêcher de s'envoler. Inspirer : une pause sacrée.

« Ça va, Sonya ?

— Bien, merci, tout va bien.

— Tommy sera là dans quelques minutes. Je vais d'abord passer un peu de temps seule avec lui, puis vous pourrez le voir.

— Seule, ou… ?

— Je serai là, juste pour la forme. Suivez-moi. »

Je suis fascinée par cette masse de chair qui se dandine et se déplace avec une telle assurance, une telle grâce. C'est comme si les différentes parties de son corps se parlaient entre elles, hochant toutes la tête pour s'accorder. Dans son bureau, on me demande de souffler dans un alcootest, puis de faire pipi dans un flacon. On m'offre du thé, et le téléphone sonne.

« Il est arrivé. Vous m'attendez ici quelques minutes ? »

J'acquiesce et presse mes mains l'une contre l'autre. Je m'assieds car j'ai peur que mes jambes soient agitées de secousses et me trahissent.

« Respirez, Sonya. Je sais que c'est difficile. »

Elle se dirige vers la porte, puis se retourne. « Hé ! Sonya ? Vous êtes la mère ici, ne l'oubliez pas. »

Et elle est partie, la honte dans son sillage.

On frappe à la porte, et une voix se fait entendre : « Vous voulez bien me suivre ? »

Déjà ? Une petite femme maigre aux cheveux gris, et qui ressemble à un Lurcher, arbore un grand sourire pincé. « C'est ici. » La porte s'ouvre, et il est là : minuscule – tellement plus petit que dans mon souvenir, assis au petit bureau des enfants avec ses chaises en plastique violet et sa table rose vif. Il porte des vêtements que je n'ai jamais vus auparavant : une petite marinière et un pantalon de velours côtelé bleu. Quelqu'un a opté pour le look « mignon ».

« Salut, Tommy ! »

Maureen est assise, aussi discrètement que le permet sa corpulence, dans un coin reculé de la pièce, près de la fenêtre. Elle a un dossier sur les genoux et feuillette des papiers, ou fait semblant. Tommy ne me répond pas, et je sens immédiatement que je suis de retour là où j'étais au début de sa visite au centre de désintoxication. J'aurais dû apporter quelque chose de familier, mais quoi ? Il n'a jamais été un enfant qui aime les peluches, vu qu'il en avait une grosse et vivante à ses côtés.

« Herbie est de retour ! » Il lève les yeux, incrédule. Combien de fois les adultes lui ont-ils raconté des mensonges ces derniers mois ? « Hier. Il est revenu hier. Il a demandé de tes nouvelles ! » Il baisse les yeux sur la table. « J'ai aussi Marmie à la maison, la petite chatte tigrée, tu te souviens ? Celle que tu as choisie l'autre jour ? »

Il a du mal à contenir son excitation, je peux voir la bataille qui se joue en lui : ne lui fais pas confiance, c'est dangereux ; et pourtant, une partie de lui veut surgir, courir vers moi et se nicher à l'intérieur de moi.

« Ils s'aiment bien. Je pense que le pauvre Herbie est un peu amoureux. »

Il se tortille sur son siège en plastique. « Ne dis pas de bêtise, Herbie est beaucoup trop grand. »

Mon cœur, un poing serré, atterrit avec un bruit sourd dans mon estomac. Depuis quand prononce-t-il parfaitement ses « r » ? Où est He'bie ? Quelqu'un a dû passer du temps avec lui, à corriger son langage de bébé. J'aimerais gifler violemment ce quelqu'un.

« Et les chiens ne peuvent pas tomber amoureux des chats, idiote. »

Idiote ? Tu veux dire Yaya ? Dis-le, s'il te plaît, dis-le. Je veux que le mot sorte de sa belle bouche en bouton de rose.

« Ils ont l'air d'être bons copains, pourtant. »

Il fait semblant de ne pas être intéressé, prend un livre dans la pile sur la table, le feuillette et se fixe sur une page avec un kangourou et un bébé dans sa poche.

« J'ai bricolé une poche comme ça pour Marmie ! »

Il lève la tête pour m'observer.

« Nous sommes allés au parc avec elle et les gens ont ri et nous ont montrées du doigt, mais tu sais ce que je dis toujours ? »

Tommy baisse les yeux sur le livre, faisant semblant de lire.

« ... Qui se soucie de ce que pensent les autres ? Laisse-les regarder, ils n'ont rien de mieux à faire. » Un léger sourire apparaît au coin de sa bouche. L'attention de Maureen se déplace ; ses antennes s'agitent. Quel genre de mère nourrit son fils avec des opinions antisociales, à la limite de la paranoïa, comme celles-là ? L'envie de choquer monte en moi, Maureen étant maintenant classée dans la même catégorie que toutes ces vieilles biques autoritaires qui n'arrêtaient pas d'intervenir. Une vague de chaleur déferle en moi et j'ai envie d'enlever mon haut, de dévoiler mon corps tonique face au gros matelas usé de cette femme, mou au milieu, qui prend subrepticement des notes sur moi. Que dirait une « bonne » mère maintenant ?

« Seulement certaines personnes, bien sûr, Tommy. Des gens qui n'ont rien de mieux à faire que de regarder. » Je m'enfonce un peu plus, là. Pourquoi ne m'a-t-on pas donné un manuel de la bonne mère quand il est né ? Je cherche et cherche encore des souvenirs de ma propre mère, des souvenirs concrets, des souvenirs qui ne seraient pas flous. Je veux dire, j'avais huit ans, pas huit mois, quand elle est morte, mais il n'y a rien là, au-delà de cette sensation d'étourdissement, au-delà de mes propres inventions. Ne savaient-ils pas que je n'avais aucune clé le jour où ils m'ont laissée partir seule de l'hôpital juste après l'accouchement ? Le seul soutien qu'on m'avait alors offert était une infirmière de la santé publique qui m'a dit en passant : « Êtes-vous sûre de pouvoir vous débrouiller toute seule ? » J'avais hoché la tête, les larmes aux yeux, les cheveux gras (probablement), et avais répondu : « Bien sûr, je vais bien, tout va bien » – puis, au bout de six mois, l'infirmière avait disparu. *Maureen, apprends-moi des choses, sois comme une mère pour moi, pour que je sache quoi faire.*

Après un long silence pesant, Maureen dit : « Tommy, parle de l'école à ta maman. Qu'as-tu appris à l'école aujourd'hui ? »

L'école ? Je ne me souviens pas d'avoir donné la permission de l'envoyer à l'école. Je ne veux pas qu'il soit brutalisé, et il est trop petit.

Il parle d'une voix sourde, atone : « J'ai appris à épeler "maman" et "papa". »

A-t-il fait exprès de dire ça, juste pour m'énerver ? Ma main me démange. Je la frotte fort. C'est exactement pour ça que je ne veux pas qu'il soit contaminé ; il ne grandira pas en se comparant aux autres.

« C'est génial, maman, non ? » demande Maureen.

Qui est cette « maman » dont elle parle ? Je hoche la tête, j'arrive à dire un « Oui » avalé et puis : « Bravo. Tu es un petit garçon intelligent. » Je sens que ça sonne faux, comme une caricature de la femme au foyer des années 1950 qui sourit bêtement à la caméra alors qu'elle est secrètement sous l'emprise du Valium et du gin, piégée, furieuse de l'injustice du rôle qu'on lui a assigné.

« Je leur ai dit que je n'avais pas de papa », dit Tommy. Le regard de Maureen me transperce. Je vais devoir trouver le bon script ici.

Je fais une tentative : « Tu as un papa, Tommy, bien sûr que tu en as un. Tu te souviens que je t'ai dit que ton papa t'aimait beaucoup ? »

Il regarde le plafond et au-delà, dans la sphère céleste, avec ce visage rêveur que je connais si bien, et met son pouce dans sa bouche, puis le retire, se sentant coupable. Je suis tellement soulagée de voir qu'il n'a pas renoncé à sa vieille habitude – il n'a pas été totalement détruit ni reconditionné. Je vois la marque à la jointure de son pouce et j'ai envie d'attraper sa main pour l'embrasser.

« Mon bel ange gardien dans le ciel, dit-il.

— C'est ça », dis-je, renforçant le mensonge devant une professionnelle.

Dieu sait quelles répercussions en découleront, bien que, pour être honnête, si vous deviez mettre une mère et son fils dans une position aussi contre nature, toutes les mères échoueraient à un moment ou à un autre. *Je ne suis qu'un être humain*. J'essaie de me parler d'une voix apaisante et non critique, d'être ce parent aimant que je n'ai jamais eu en grandissant. C'est ce que beaucoup de gars ont dit dans les réunions : ces voix hypercritiques, celles qui sont pleines de dégoût de soi et de jugement, sont susceptibles de tout foutre en l'air en un instant.

« Ils nous ont demandé de dessiner une image de notre maman et de notre papa », dit-il. Au moins, il me parle, mais je ne peux m'empêcher de penser qu'on lui a imposé ces réflexions, qu'il me teste en quelque sorte. Comment osent-ils supposer – je veux dire, à notre époque ? Les bébés-éprouvettes, un parent, deux pères, deux mères, toutes les variantes de la « famille » dansent devant mes yeux. Je suis directement catapultée vers mes propres expériences en classe, mes tentatives d'invention de figure maternelle avec une auréole au-dessus de sa tête, les autres ricanant ou, pire, me rejetant. Je ne veux pas qu'il soit soumis à ce niveau de ridicule.

« Qu'as-tu dessiné, Tommy ? Tu as apporté ton dessin ? »

Il secoue la tête. « Je leur ai dit que mon papa est dans le ciel. J'ai dessiné toi, moi et Herbie. »

Bravo, c'est mon fils, qu'il reste lui-même.

« Herbie ? C'est ton toutou ? » demande Maureen.

Toute retenue disparaît : il bondit de la chaise, repousse la table, le livre tombe par terre, le dos cassé en deux.

« Quand est-ce que je pourrai voir He'bie ? Quand, Yaya ? Maintenant ? » Les vieux termes affectueux sortent de sa bouche et je veux tomber à genoux et embrasser ses pieds parfaits. Au lieu de ça, je me tiens bien droite, les pieds bien campés, et je dis : « Bientôt, chéri, je suis sûre que Maureen va se débrouiller pour que tu rentres à la maison très, très bientôt, dis-je en regardant Maureen.

— Quand, Mau'een, quand ? » Tommy va vers elle et tire sur sa manche.

Maureen baisse les yeux sur ses notes, se ressaisit, puis parle d'une voix basse et raisonnable : « Bientôt, Tommy, bientôt, comme le dit ta maman.

— Maintenant, dit-il d'abord doucement, en secouant la tête

encore et encore. Pas bientôt, pas bientôt, pas bientôt. Maintenant. Je veux aller voir He'bie maintenant, maintenant, maintenant, maintenant.» Il est tout excité, il est tout rouge, il a chaud. Ayant retrouvé sa voix, il n'arrête pas de parler: «À la maison maintenant, Yaya maintenant, Yaya maintenant…»

Maureen semble tout à fait calme face à cet emportement. J'ai envie de me joindre à la danse de l'indignation de mon fils, mais je dois maintenir au moins un semblant d'équilibre, alors je vais vers lui, j'entoure de mes bras son petit corps chaud et tremblant et je le sens redevenir mou. Il se blottit contre moi, reniflant et frissonnant.

Au bout de quelques minutes, Maureen dit calmement: «Ok Tommy. Nous devons y aller. Dis au revoir à ta maman maintenant. Tu la verras la semaine prochaine.»

Je me détache de lui et le remets doucement debout. Il s'accroche à mes genoux, pousse sa tête contre ma jupe, essayant de disparaître sous elle.

«Je pense que ce serait mieux si Tommy rentrait à la maison avec moi maintenant. Il a assez souffert.» Je sais que c'est impossible, et Maureen n'a pas le pouvoir de décision, il y a des cases à cocher, un protocole à suivre. Désormais, Tommy ne me verra plus comme la femme qui l'a rejeté, il saura qu'il est désiré par sa mère. Laisse-le déchaîner sa colère contre cette autre femme, sa famille d'accueil, le monde extérieur.

«Vous savez que ce n'est pas possible aujourd'hui, Sonya, dit Maureen d'une voix tendue.

— Mais pourquoi, pourquoi, pourquoi, pourquoi?» Il continue encore et encore, une explosion d'incompréhension.

Une fois que ce «Pourquoi» aura planté sa graine en lui, ses racines deviendront solides et profondes, et aucun effort ne pourra les déterrer. Je devrais le savoir.

Je me penche vers lui et lui chuchote à l'oreille: «Chéri, ce ne sera plus très long maintenant. Nous pouvons compter les jours ensemble. » Je me tourne vers Maureen, je suis ma boussole interne pour minimiser le drame. « Pouvez-vous nous dire combien de temps en gros ?

— Je vous le dirai la prochaine fois, d'accord, Tommy ? Plus que sept dodos avant que tu revoies ta maman, d'accord ? »

Il renifle, s'essuie le nez sur sa manche, me regarde dans les yeux avec une telle confiance que ce regard pourrait me briser en deux.

« Voilà, Tommy, encore sept dodos. On peut le faire, n'est-ce pas ? »

Il acquiesce, essaie d'être un grand garçon, fort, tous ces clichés qu'on lui a inculqués, je parie. Il tend ses mains vers moi et ramène ma tête à son niveau. Il pose ses cils sur ma joue. Un baiser papillon.

35

Le restaurant est bruyant, l'éclairage trop vif; l'endroit est bondé et animé par une jovialité forcée qui me donne envie de partir à peine arrivée. Des effluves de sauce tomate en boîte cuite au micro-ondes, des serviettes de table assorties à la couleur des murs, des rayures vert tilleul et violet sombre, dans un grotesque effort de décoration. De la pop en musique de fond – une jeune chanteuse qui se prend pour une louve, une de ces « féministes » libérées sexuellement qui se tortillent en sous-vêtements dans une cage ; quelque chose à propos de rêves brisés, de salauds qui « volent » les cœurs, de ouais, ouais, ouais, je suis si sexy, sexy, sexy…

« Laisse-moi te gâter, avait-il dit. Laisse-moi t'emmener dans un endroit agréable. » Ça faisait si longtemps que je ne m'étais pas mise sur mon trente-et-un, pour parader au bras d'un homme dans l'arène publique, que j'ai laissé un frisson d'excitation m'habiter pendant tout le temps qu'il m'a fallu pour me préparer, même si je savais que c'était le plus grand fantasme de tous : la plus grosse dépendance synonyme de grosse défonce, et tout ce qui s'ensuit. En rentrant chez moi pour retrouver la maison propre, la sensation des cils de mon fils sur mes joues, le chien et le chaton endormis sur le tapis du salon, je pouvais presque imaginer un monde où de bonnes choses se produisaient et continueraient à se produire. Puis il avait sonné. J'avais accepté, dans un moment de faiblesse teinté de rose. Et parce que le frigo commençait à murmurer à mon oreille.

J'avais décidé d'aller d'abord me promener dans le parc, notant avec une intense concentration la beauté des feuilles tombées, craquantes de givre sous mes pieds, et les silhouettes des arbres presque nus contre le ciel haut, un dôme presque bleu. La conscience du moment présent : un antidote à l'irrésistible envie. Marmie avait l'air si mignonne avec l'une des lourdes laisses de Herbie attachée à son minuscule collier à clochette. Elle a très bien supporté la laisse, compte tenu de sa nature fougueuse. Bien sûr, il y a eu de nombreux regards tournés vers nous mais, cette fois, ils étaient accompagnés de sourires et de « oh ! » de la part de plusieurs enfants : « Je veux faire ça avec Milou, maman. » Maman a souri avec indulgence en nous voyant passer, puis a dit, un chuchotement porté par l'air pur et vivifiant : « C'est tout simplement bizarre. » *Qui se soucie de ce que les autres pensent, Yaya ?* J'ai souri, en remuant du popotin.

Maintenant, vêtue d'une robe vintage des années 1950 – un témoignage de ma précédente incarnation en tant que vedette londonienne –, je fais la queue dans cette franchise faussement italienne de la banlieue de Dublin, suréclairée, guindée, quand je le vois arriver. Mon espoir, quelque part dans ma cage thoracique, une chose qui bat et palpite, s'élance vers lui, comme s'il dévalait du haut des montagnes russes. Il a l'air exagérément apprêté, aspergé d'une concoction chimique, une odeur de propre qui me monte directement aux narines, et un jean à la taille trop haute. Édulcoré et brillant. Il s'avance vers moi, avec un sourire possessif, et m'embrasse sur la bouche.

« David Smythe, dit-il à la jeune fille de l'accueil, jolie et mal fagotée, qui rougit de la poitrine à la racine des cheveux.

— Suivez-moi », dit-elle en lissant sa jupe sur ses hanches et sa croupe osseuses. Elle nous conduit jusqu'à notre table, dans ce qui devrait être une alcôve confortable, sauf que la lumière au plafond est aussi blanche et éblouissante que celle d'une salle d'interrogatoire. Je me glisse sur la banquette en similicuir, collante et chaude contre mes cuisses gainées d'un collant voile 40 deniers. Malgré le jugement que j'ai porté sur la fille rougissante qui s'est enfuie, un faon timide, une bouffée de chaleur me colore rapidement les joues.

« Tu es magnifique », me dit-il, ce qui m'énerve encore plus, et toute cette lumière, scrutatrice, est irritante.

Un serveur arrive et verse de l'eau glacée dans mon verre. Je bois goulûment, avec l'envie de retirer le glaçon et de le frotter sur ma peau en feu. Je m'assieds sur mes mains.

« Tu as l'air un peu nerveuse, remarque-t-il. La journée s'est bien passée ? »

Comment répondre à la question sans l'offenser ? Je tente un sourire. « Bien, super, je n'ai pas eu un moment à moi, tu sais. Et toi ? Comment s'est passée ta journée ?

— J'ai eu une super journée, en fait. Une journée où j'ai pu être utile. On m'a appelé pour intervenir auprès d'un jeune garçon, sa famille malade, folle d'inquiétude. Incroyable comme la présence d'un médiateur neutre et compétent peut désamorcer une situation tendue. »

Il est littéralement gonflé de suffisance en racontant les faits de son opération de « sauvetage » réussie. L'air bourdonne autour de ma tête, plein de jugements, et certains d'entre eux doivent atterrir. Ses mains commencent à déchiqueter une serviette. Les miennes sont chaudes et me démangent ; je déplace mon corps pour qu'elles ne puissent pas échapper à son poids.

La serveuse réapparaît. « Êtes-vous prêts à commander ?

— Je vais prendre une pizza végétarienne et une salade composée, dis-je, car je n'ai pas d'autres options.

— Donnez-moi juste une minute, dit David en lisant attentivement le menu, son doigt courant sous le texte. Je vais prendre un steak au poivre, saignant.» Dans l'espace confiné, sa voix résonne.

«Quelque chose à boire ?

— De l'eau, ça ira, merci, dit-il.

— En fait, je vais prendre un Coca.

— D'accord.» La serveuse repart.

«Tu manges vraiment du bœuf ? Des vaches élevées avec des méthodes peu humaines, j'imagine.»

Il baisse les yeux sur ses doigts, qui continuent à s'agiter et à déchiqueter sa serviette. «Je vais manger ce que j'aime.» Je laisse ça en suspens. Il a l'air si puéril.

«David, tu as déjà été marié ?

— Je ne vois pas quel rapport ça peut avoir avec quoi que ce soit, dit-il.

— On n'est pas dans une séance de thérapie. C'est une question simple.

— Oui, Sonya. Brièvement. Et toi ?

— Tu sais bien que non.»

Et je pense à quel point la situation est inégale ; combien cet homme en sait tellement plus sur moi que je n'en sais sur lui. Il a semblé très mal à l'aise à l'évocation de son mariage. «Tu travailles toujours comme avocat ?

— Qu'est-ce que c'est ? Une putain d'inquisition ?» dit-il en souriant, essayant de flirter un peu.

Les plats sont servis. C'est aussi fade et insipide que cet endroit. Je regarde son steak avec un certain dégoût. David n'arrive pas à avaler plus de trois bouchées, mes commentaires sur les origines douteuses de la vache résonnent encore. Je secoue la tête pour avoir les idées claires. Je suis en train de ruiner une soirée parfaitement réussie. «Tu cherches toujours à détruire ce qui est bien» – un des refrains de Howard. Il avait raison, et il avait tort : il n'y a pas eu de décision consciente de ma part, c'est juste arrivé, les voix sont arrivées, les images ont afflué, les créatures se sont réveillées. Je suis bien partie pour suivre le même chemin maintenant ; je sais quelle tête je fais.

David m'observe. « Je me demande pourquoi tu ressens le besoin d'être si mordante, Sonya.

— Désolée, dis-je, en mentant. Je suppose que nous ne sommes juste pas compatibles. »

Il rit.

Je suis sortie de mes rêveries intérieures dramatiques. « Qu'est-ce qu'il y a de si drôle ?

— Toi : Juste. Pas. Compatibles. Pourquoi ? Parce que j'ai dit que tu étais mordante ? C'est le mieux que tu puisses répondre ? »

Ce n'est pas une tactique à laquelle j'ai déjà été confrontée, et j'ai l'impression d'avoir été malmenée et jetée à terre, tous les paris sur moi, une perdante inattendue. Pourquoi se donne-t-il la peine ? Pourquoi ne se barre-t-il pas et ne me laisse-t-il pas tranquille, comme tous les autres ?

« Eh bien, tout ça ne m'intéresse pas, et toi non plus. Qu'est-ce que tu en dis ? » je déclare, obéissant à un réalisateur qui me pousserait à jouer une scène à la Liz Taylor dans *Qui a peur de Virginia Woolf?*

« Tu es si transparente. Tu ne vas pas te débarrasser de moi si facilement. »

Va-t'en, reste, va-t'en, reste, va-t'en, reste, va-t'en, reste, va-t'en, va-t'en, va-t'en, c'est tellement plus facile si tu t'en vas… « Un classique merdique à la Groucho Marx, Sonya. » Je peux entendre la voix de Howard.

« Je pense que tu as sous-estimé mon endurance », ajoute David en souriant.

J'ai envie de mettre sa main entre mes jambes. J'ai envie de poser ma tête sur son épaule.

36

Trois semaines passent, ponctuées par mes visites à Tommy et mon jeu conflictuel avec David, le classique « va-t'en-reviens » qui ne semble pas le perturber et qui me fait penser que j'ai peut-être enfin le bon partenaire. Il ne se dévoile pas beaucoup, sauf au lit. Je l'interroge sur son enfance, son travail, son ex, mais il détourne toutes mes questions, tout le temps. C'est drôle comme je révise constamment mon opinion sur lui : Mr Sobre, Mr Solide, Mr Sécurité, Mr Sournois, Mr Sexy. Il est le candidat parfait pour mon jeu de noms. Mr S. Il est très sérieux (Mr Sérieux !) au sujet de ma convalescence, il surveille mon assiduité aux réunions.

Comme il est hors de question que je compromette le retour de Tommy, j'assiste à toutes les réunions, en étant toutefois peu attentive. J'entends la voix de Jimmy dans ma tête : « Prends ce que tu veux et laisse le reste. » Parfois, quelque chose me touche, me sort de mon égocentrisme, me fait sentir que je fais partie de l'espèce humaine. D'autres fois, quelqu'un dit quelque chose, et je ressens ce qui est le plus rare : une certaine parenté. En général, ça concerne les voix dans la tête, les instructions hypnotiques, l'addiction au danger, l'attitude « allez tous vous faire foutre ». Bien que personne ne dise directement qu'il voit son acolyte incarnée, la diablesse démente, je sais qu'ils la voient.

Je sais aussi que c'est une chose pour laquelle il n'existe pas de langage commun.

Quant aux solutions ? Le truc du « je ne peux pas, Dieu le peut, laisse-le faire » me semble toujours une échappatoire. Une partie de moi croit encore à la volonté, au besoin de volonté, à la possibilité d'exercer cette volonté. Et pourtant, je sais que c'est plus fort que la faiblesse, cette dépendance, c'est plus fort que n'importe quelle volonté humaine, aussi forte soit-elle. La prière ? J'aime bien tout le truc du « courant transformationnel » que sœur Anne m'a fait miroiter, mais je n'arrive pas à en ressentir l'effet, même si j'essaie très fort. Que m'avait-elle dit d'autre – quelque chose à propos de la prière comme un lien ou un pont entre le désir et l'appartenance ? C'est bien aussi. Un truc auquel se raccrocher. Et Dieu aime les bonnes manières. Je prie pour ne plus être bourrée en présence de mon enfant. S'il vous plaît et merci. C'est sérieux : je me débats avec ce que signifie être une bonne mère. David dit que le *moi parental* doit passer en premier. Sœur Anne dit que la seule façon d'être un parent aimant est de trouver le sens de l'amour. Dieu, le père aimant, la gentille mère.

On ne m'a pas donné de date pour le retour de Tommy à la maison. En quoi est-ce dans son intérêt ? Il est de plus en plus renfermé et n'a montré aucune émotion depuis son premier accès de colère. Il porte son silence comme un bouclier.

C'est aujourd'hui ma quatrième visite « supervisée ». Le ciel est bas et lourd, la lumière a cette qualité laiteuse qui me donne la nausée. J'attends un peu avant d'entrer, j'essaie de me calmer. Des palpitations dans ma poitrine, dans ma gorge.

À l'intérieur, il n'y a personne à la réception et je m'assieds, me lève, fais les cent pas, me rassieds, croise les jambes, les décroise, les croise à nouveau, détache mes cheveux, les attache en une queue-de-cheval, ouvre mon sac à main, me mets du brillant à lèvres, puis je remarque que Maureen est là – depuis combien de temps assiste-t-elle à ce spectacle ? « Bonjour, Sonya. Venez avec moi. » Nous marchons, désynchronisées, l'air autour de nous est épais et nous sépare, nous traversons le couloir à la forte odeur de désinfectant, peint d'un blanc éclatant, maculé de traces de petits doigts.

« Comment allez-vous, Sonya ? » Maureen n'attend pas la réponse pour se lancer dans la liste des questions obligatoires, puis passer à l'humiliation de l'alcootest, bien qu'elle regarde à peine les résultats avant de dire : « Nous pensons que vous êtes prête. »

Vraiment… incroyable… mais quoi ? Non… vraiment ? Les créatures se sont réveillées et je sens leurs petites ailes battre contre ma trachée. De petites garces prises de frénésie. Je place ma main sur ma gorge. Comment Maureen peut-elle savoir que je ne vais pas étouffer Tommy avec mon trop-plein de besoins, ni mettre le feu à la maison, perdre la mémoire, perdre la tête, m'évanouir, ou l'affamer ? Comment peuvent-ils dire que je suis prête alors que je ne me suis jamais sentie aussi peu prête ? Exactement le même sentiment que j'avais juste avant de monter sur scène, je m'en souviens, sauf qu'une fois sur scène j'étais brillante. Toutefois, je n'ai pas besoin de monter « sur scène », d'être *brillante* – juste d'être présente, sobre, normale.

« Je vois… Quand ? je demande, la respiration sifflante

— La semaine prochaine. On doit le préparer, et vous aussi, bien sûr. »

Maureen est distraite, elle est déjà passée au cas suivant.

« Clare m'a parlé de certaines inquiétudes qu'elle a pour Tommy, en particulier son obsession pour le feu. Nous devrons surveiller ça. »

Obsession. C'est un mot un peu théâtral, même pour moi. Il n'a même pas cinq ans. Que lui offrir pour son anniversaire ? Une lance à incendie ? Je sens un rire mauvais monter. *Pas maintenant, Sonya, pas maintenant*.

« Sonya ? Vous m'avez entendue ?

— Bien sûr, Maureen. Merci de m'avoir prévenue. »

Cette capacité à me contrôler est en train de se développer. Comme hier soir avec David quand je lui ai dit qu'il fallait ralentir les choses, et il a semblé bien l'accepter. C'était très adulte et civilisé – contrairement à mon habitude qui est de faire preuve de froideur et de rétropédaler. Est-ce que j'apprends à communiquer, à me connecter de manière réelle avec quelqu'un qui pourrait être bon pour moi ?

« Sonya… ? Nous laissons Tommy rentrer chez vous plus tôt que d'habitude grâce à votre père. Il dit qu'il peut se porter garant pour vous, et qu'il veillera sur vous. »

Un joli air de valse s'échappe des haut-parleurs mais, malgré tous mes efforts, je n'arrive pas à en retrouver le titre. Mon père le saurait. Mon père, qui a été en contact avec cette inconnue, étrangère à notre famille, n'a pas décroché une seule fois le téléphone au cours des trois dernières semaines. A-t-il vraiment promis de « veiller » sur nous ? Je vois combien il serait facile de le croire. Je ressens une colère familière et, pourtant, même s'il ne réapparaît plus jamais dans ma vie, il a orchestré ce retour prématuré à la maison. Peut-être que d'une certaine manière il se soucie de nous, peut-être qu'il porte le poids d'une certaine culpabilité enfouie en lui après tout.

« Sonya, vous avez entendu ce que j'ai dit ?

— À propos de mon père qui se porte garant pour moi, oui.

— Et le reste ? Le suivi obligatoire pour vous et Tommy.

— Oui, oui, bien sûr… »

Maureen n'a pas l'air convaincue, mais n'a pas non plus l'air de vraiment s'en préoccuper, ce qui me fait penser que mon instinct était juste – elle est débordée et manque de moyens. J'étudie son visage aux traits relâchés et son corps mou, je m'enfonce davantage : elle a tout vu. Elle va laisser un petit garçon retourner chez une femme qui est capable de l'étouffer avec un trop-plein d'amour – ou est-ce un besoin ? Le souvenir de cette nuit-là me trotte dans la tête, me terrifie. Était-ce l'alcool, ou serais-je pire sans ?

Je me dirige vers la plante araignée en plastique sur le rebord de la fenêtre, posée là comme pour absorber les rayons du soleil, et je frotte l'une des feuilles à la surface brillante entre mon pouce et mon index.

« C'est très ressemblant », dis-je à Maureen, qui ne lève pas les yeux de sa paperasse. Je me penche pour sentir. Artificiel. Toxique. Détestable. Quel est l'intérêt ?

Un coup poli à la porte m'interrompt.

Maureen lève les yeux de son dossier. « Il est là. »

Je hoche la tête. Je ne sais pas où regarder, quoi faire de mes mains, comment me tenir. *Je suis une mouette – non – non, je suis une actrice*. Ma mouette s'est cassé une aile et se débat dans les broussailles. Donnez-moi le texte, quelqu'un, s'il vous plaît. Un cauchemar récurrent à l'approche des premières. Un souffleur, s'il vous plaît.

Tommy est introduit dans la pièce par la dame de la dernière fois, celle qui ressemble à un chien et qui ne prend même pas la peine d'échanger un bonjour, mais le pousse doucement vers nous et le laisse là. Il paraît submergé par l'espace contenu dans la pièce. Il porte un nouveau survêtement, tout en brillance synthétique. Qui a pensé que c'était une bonne idée ?

« Bonjour, Tommy. »

Il secoue la tête, les mains enfoncées dans ses grandes poches inutiles.

« Comment vas-tu, mon cœur ? »

Il enfonce davantage ses mains dans ses poches, comme s'il voulait s'y perdre.

« Herbie et Marmie sont les meilleurs amis du monde maintenant ! »

Ses yeux parcourent la pièce, mais ne se posent sur rien.

« Marmie ? Maureen demande.

— Notre chaton. »

Maureen baisse les yeux. « Ce sera bien, n'est-ce pas, Tommy ? »

Il ne dit rien.

« Ils sont impatients de te voir, T.

— Sonya, c'est vous qui allez annoncer la bonne nouvelle à Tommy, ou bien je m'en charge ? »

J'y vais progressivement, j'essaie d'abord d'établir un contact.

« Tommy ? »

Je veux qu'il me regarde.

« Maureen a dit que tu pouvais venir à la maison avec moi dès la semaine prochaine. »

Il érafle une de ses nouvelles baskets ridicules, avec des lumières clignotantes sur les semelles. Quel genre de personne… ?

« Tommy, ne… » J'ai élevé la voix.

Maureen soupire ostensiblement, et je ne peux pas lui en vouloir. C'est l'instinct maternel.

« Tu as entendu ça, Tommy ? Tu vas rentrer à la maison avec ta maman la semaine prochaine ! » dit Maureen.

Il ne dit toujours rien.

« Tu es d'accord avec ça, Tommy ? »

Il a quatre ans – il ne devrait pas avoir à répondre à des questions comme ça.

« Est-ce que tout va bien, Tommy ?

— Oui, merci. Je peux amener mon Jupiter ?

— Jupiter ? »

Il imite le bruit de sirène d'un camion de pompier dans un dessin animé : pin-pon, pin-pon.

« Ah oui, le camion de Sam le pompier. »

L'ironie de la chose ne m'a pas échappé. Ils ont cédé à son obsession, on dirait même qu'ils l'ont nourrie.

« Bien sûr que tu peux, mon chéri. N'est-ce pas, maman ?

— Évidemment, oui, bien sûr.

— Donc, nous vous verrons tous les deux ici vendredi prochain et tu pourras rentrer chez toi voir tes amis à fourrure, Tommy. Tu es d'accord ? »

Peu importe ce que Tommy pourrait dire maintenant, la case est cochée, et mon fils est sur le chemin du retour à la maison. Je pense au garçon pieds nus qui a grandi dans ma rue ; au garçon à la cafétéria là-bas ; au Mark de Linda quand il était enfant, devenu violent ; à Jimmy, alors jeune garçon chargé d'adrénaline ; à celui qui a vu son père se jeter dans le canal ; au garçon qui s'est soûlé avec son père à onze ans, qui s'est shooté avec sa mère à treize ans ; à tous les garçons que le monde façonne sous diverses formes d'hommes durs, brisés et fanfarons. Mon propre père ? David – enfant ?

Et je regarde mon petit garçon, portant les mauvais vêtements, vivant une vie qui n'est pas la sienne dans ses baskets clignotantes et son survêtement en polyester. Il ne connaîtra jamais son père.

Nous échangeons des au revoir maladroits et nous nous dépêchons de nous quitter. La voiture ne peut pas rouler assez vite aujourd'hui. Les chuchotements commencent : *Prends quelques petites gorgées et je viendrai à ton secours*, ou quelque chose comme ça. Licence poétique.

La perspective d'être à la maison me fait peur, mais la perspective d'une réunion me fait encore plus peur. Je devrais y aller, mais je ne peux pas supporter d'être dans une pièce remplie d'adultes tendus et abîmés qui se lamentent sur leur passé, remettant leur volonté et leur vie à une divinité de conte de fées. Je sais que ce n'est pas juste, et que ce n'est pas un point de vue réaliste, mais merde, c'est ce que je ressens en ce moment. Trop d'honnêteté, trop d'introspection. Remercions Dieu (Il/Elle/Ça) pour la thérapie animale : les deux poilus amoureux fournissent un grand divertissement, Marmie garde le pouvoir, l'encercle, donne de grands coups de patte. Notre bon vieux et grand garçon se divertit. Le téléphone clignote. Je ne suis pas d'humeur. J'allume la télé, je zappe au hasard, je m'arrête sur une rediffusion de *Bâtir son rêve*, un épisode que j'ai vu avec Tommy où un couple construit une maison avec des pneus récupérés, et dont nous avons tous les deux adoré l'idée : « Une maison sur roues qui ne va nulle part ». On a ri jusqu'à en pleurer. Je m'autorise à ressentir toute la violence de ces cinq mois où il m'a manqué, une pluie de coups qui s'abat sur moi.

37

David ne cesse d'appeler. Bon sang, pas très perspicace pour un soi-disant « psychologue ». Je pensais avoir clairement exprimé mon besoin d'espace, et qu'il m'avait entendue. Il envoie un SMS : Inquiet pour toi, vais passer. Quelque chose qui me semble à la fois ne pas tourner rond et être pourtant parfaitement normal. C'est peut-être l'occasion de laisser quelqu'un entrer, de laisser quelqu'un se soucier de moi. À moins que ce ne soit une autre occasion de lui dire d'aller se faire foutre. Les contradictions habituelles ; mais je ne peux pas nier le frisson d'excitation à l'idée qu'il ne renoncera pas. Ai-je enfin trouvé cette paire de bras qui me tiendront, même si je pique une crise d'enfant gâtée ?

Dans ma chambre. À appliquer du rouge à lèvres nacré sur mes joues et ma bouche. À changer trois fois de vêtements avant de me décider pour ce que je portais initialement : un jean moulant et un tee-shirt à manches longues. L'image que me renvoie le miroir est floue. Aller dans la salle de bains et me brosser les dents, tirer la langue, la gratter pour qu'elle soit propre.

On sonne à la porte. Qu'il semble ne jamais être à plus de dix minutes de chez moi est troublant. Je ne sais même pas où il habite ; j'essaie de me convaincre que ce n'est pas si bizarre.

On ne se voit que depuis quelques semaines. J'ouvre la porte, le chien aboie, le chaton miaule. Il entre.

« Tu devrais leur dire que je suis le bienvenu ici. »

Sa voix recèle une tension que je n'avais encore jamais perçue chez lui.

« Tu veux un café ?

— Non.

— Tout va bien ?

— J'ai beaucoup de mal à accepter qu'on m'ignore, Sonya. Tu t'en souviens ? On en a parlé.

— Je ne t'ignorais pas. Je t'ai dit que j'avais besoin d'espace.

— Mais tu ne le pensais pas vraiment, hein ?

— Si, en fait. J'essaie de gérer certaines choses avec Tommy. Il rentre à la maison vendredi.

— Eh bien, c'est une raison de plus pour toi de tendre la main. »

Son ton est pieux et très irritant.

« Je t'ai dit que j'avais besoin de temps.

— Bon, je sais que tu ne le penses pas. » Il s'approche de moi en souriant – un sourire possessif.

Je m'éloigne.

« Comment s'est passée ta journée, David ? Qu'est-ce que tu as fait ?

— Une journée chargée, comme toujours, tu sais…

— Je ne suis pas sûre de le savoir.

— Plus chargée que la tienne, en tout cas. » Il sourit de nouveau, se radoucit.

« En fait, je suis allée voir Tommy aujourd'hui. »

Comment a-t-il fait ça ? Avoir retourné la situation pour que ce soit moi qui doive me justifier et m'expliquer ?

« David, je me disais… J'aimerais bien aller chez toi un jour.

— Pourquoi ?

— C'est une demande plutôt normale, j'imagine. Je ne sais pas où tu vis.

— Je préfère être ici. »

Est-ce censé être une réponse raisonnable ?

« Tu es superbe, Sonya.

— J'ai soif. » Je vais dans la cuisine, me verse un verre d'eau et l'avale d'un trait.

« Tu ne m'offres pas un verre ? » demande-t-il en se penchant sur moi et en ouvrant le placard. Malgré moi, je sens cette décharge électrique entre nous. Une vague chaude traverse mon bassin, tout à la fois douloureuse et très agréable.

« David, j'aimerais en savoir un peu plus sur toi.

— Vraiment, maintenant ? » Il s'avance vers moi, fait tinter son verre contre le mien et m'attire à lui de sa main libre.

Mon corps devient un jouet entre ses mains. J'essaie de lui échapper. « Tu as des frères et sœurs ?

— Pas que je sache. » Il pose son verre, prend le mien, se penche pour m'embrasser.

« Tu as encore tes parents ?

— Qu'est-ce que tu as, Sonya ? »

Il commence à m'embrasser plus intensément, sa langue fouillant ma bouche, rendant impossible toute conversation.

Je le repousse ; rejet et attirance. « Tu travailles toujours comme avocat ?

— Tu ne vois donc pas que je suis très occupé ? » dit-il. Il me caresse les cheveux, ce qui me donne l'impression d'être toute jeune, vulnérable et aimée. Je ne me souviens pas qu'on m'ait jamais caressé les cheveux.

« David, tu crois que c'est une bonne idée ? Tu crois que *nous* sommes une bonne idée ?

— Je ne suis pas sûr d'être capable de réfléchir, là, maintenant. » Il me serre tout contre lui, m'entoure de ses deux bras et commence à nous bercer. Herbie et Marmie se rapprochent, comme pour veiller sur moi.

« Que crois-tu que dirait sœur Anne si elle nous voyait maintenant ? je chuchote.

— Je pense qu'elle serait extrêmement jalouse ! Cette nonne a un petit faible pour moi. »

Je réfléchis à ça. Sœur Anne semblait tellement blindée contre les conneries. Je suis sûre qu'elle serait consternée si elle découvrait ça.

Il pose sa main sur l'intérieur de ma cuisse. Herbie commence à grogner, intensifiant le côté dramatique du moment, ce qui m'effraie et m'excite à la fois.

« Tu es sûre d'être d'accord avec ça ? » demande David, sans attendre de réponse. Il commence à baisser la fermeture éclair de mon jean, ses doigts me cherchant. Je suis en proie à la lutte habituelle : tu sais où ça va mener, retiens-toi, vas-y doucement, fais-le pour de vrai, vas-y doucement... Avant d'être habilement entraînée vers un territoire où la pensée n'existe plus.

Ce qui suit est tout sauf lent. Il s'empare de moi avec une urgence qui frise l'agression. À un moment donné, il se lève et renvoie les animaux dans l'entrée, ferme la porte de la cuisine et me hisse sur le plan de travail, avant de finir par m'allonger par terre. Il me retourne, comme s'il était déterminé à marquer chaque partie de mon corps. Quel est ce fantasme ? Je me sens m'envoler, je nous regarde d'en haut. Mon corps offre une résistance silencieuse, une raideur à laquelle il ne prête pas attention, à laquelle je ne prête pas attention. Je me demande si c'est une sorte de punition pour toutes ces questions que je viens de lui poser.

Il me soulève, comme une enfant, et m'emporte dans la chambre, m'allonge doucement sur le lit, m'embrasse partout. Pendant tout ce temps, je ne dis rien, choquée, rendue brièvement muette. Il s'endort facilement, tandis que je reste immobile à ses côtés ; les animaux grattent à la porte. J'entends une susurration indistincte, un dangereux appel à l'aide. Je place un oreiller sur ma tête et roule loin de lui, je me blottis tout au bord, le plus loin possible de lui.

« Tu vas bien ? » murmure-t-il, et j'aurais préféré qu'il évite de murmurer. Il s'approche de mon côté du lit, tend la main vers moi.

« Mmm, mmm. » Je lui tourne le dos.

Il m'enveloppe d'un bras. Un boa constrictor. Je le repousse.

« Trop lourd.

— Désolé. Hé, je suis affamé. Je vais nous chercher quelque chose, j'imagine que tes placards sont vides, comme d'habitude. »

J'acquiesce, ayant désespérément envie qu'il disparaisse. Il se lève, s'habille rapidement, m'embrasse sur la joue, arrange mes cheveux derrière mon oreille, souffle doucement dedans.

« Te sauve pas. Reste où tu es. Je vais nous chercher une bonne pizza végétarienne. » On dirait qu'il parle à une enfant, ou à une handicapée. « Tu vas bien ? » Ma tête bouge de haut en bas, oui monsieur, oui monsieur, comme en guise de soumission. Il m'embrasse doucement sur le front et part.

Dès que je suis sûre qu'il est parti, j'appelle mes deux animaux de compagnie dans la chambre. Ils tremblent tous les deux. Nous avons tous besoin de distraction. « On va se promener ? » Hurlements de joie. J'enfile plusieurs couches de vêtements confortables et sors pour aller au parc, ma capuche sur ma tête. Je me demande ce que tout ça signifie. Je marche, je marche, je marche. Il fait nuit. Tommy ? Tommy, où es-tu, comment vas-tu, p'tit bonhomme ? Tout ce que j'entends, c'est mon propre souffle dans mes oreilles.

38

Après une nuit passée à me battre contre mon dentiste dément armé d'un marteau-piqueur et mes poupées Pierrot me lançant des instructions joyeuses, *Ouvre grand, ma chérie*, je me retrouve dans un état de somnolence, debout dans la cuisine baignant dans la violente lumière du soleil, des rires fous résonnant encore dans mes oreilles. La bouilloire est allumée, le thé arrive. Quand je suis rentrée, l'absence de David a provoqué un sentiment familier d'abandon, ce qui est ridicule étant donné que c'est moi qui l'ai laissé poireauter devant ma porte pendant des heures. Je me demande combien de temps il a attendu. Je regarde Herbie et Marmie en file indienne dans le jardin, la chatte s'arrêtant pour faire pipi partout où Herbie lève sa patte. « Herbie ? » Il m'ignore, toute son attention tournée vers la chatte. Je sens la piqûre du rejet me mordre.

Mon portable me brûle les mains. Qui appeler ? Personne ne me vient à l'esprit. Il est encore trop tôt pour mon père, je sais comment il fonctionne. Et David ? Je ne parviens pas à débrouiller les sentiments contradictoires qui m'agitent. Sœur Anne et Jimmy me diraient tous deux de demander conseil. Et merde ! Je me mets dramatiquement à genoux, ce qui me fait mal, j'essaie différentes versions de *S'il vous plaît, aidez-moi*, puis je me laisse aller à une incantation répétitive du rosaire, ce qui ouvre un espace en moi, contrebalance les autres pensées – semblables à des lévriers qui se précipitent vers un chenil sombre et miteux et une mort précoce et certaine.

Quand j'ouvre les yeux, je trouve Herbie en train de me lécher le visage. Merci, mon vieux ! Plus que deux jours avant que Tommy ne rentre à la maison. Sa voix résonne, une musique de générique grinçante et lancinante, *Pourquoi, Yaya, pourquoi, pourquoi, pourquoi, mais pourquoi, Yaya, pourquoi, pourquoi, pourquoi*… un crincrin sans fin. Il faut que j'arrête ça : je trouve l'aspirateur, le mets en marche. Le chat et le chien courent et se cachent, et je continue à en pousser la tête dans les coins sombres et poussiéreux, luttant contre la saleté.

Je fais de longues promenades, en essayant en vain d'être présente ; tout est filtré par une lentille longue distance. J'assiste à une réunion, j'écoute sans écouter, j'entends sans entendre. La Prière de la sérénité m'aide, cependant. Des mots apaisants en boucle : sérénité, acceptation, courage et sagesse, sérénité, acceptation, courage et sagesse. Que Dieu m'accorde un peu de tout ça. Je réussis à aller au Tesco, à acheter des bâtonnets de poisson pané, des corn flakes, de la marmelade, du pain, de la nourriture pour chien, de la nourriture pour chat, du papier toilette, des bananes, des galettes de pommes de terre, des haricots ; je ne m'en sors pas trop mal, et malgré les sensations – on me tire les cheveux, des doigts me grattent le cuir chevelu et m'attrapent –, je suis capable de contourner le rayon des boissons alcoolisées. Pas question de recommencer, pas question de compromettre le retour de mon bébé. Bizarrement, l'idée d'une « pause sacrée » suggérée par Jimmy est utile, l'espace qu'elle crée, juste assez pour couper le circuit avant le *black-out avant l'alcool* qui, je le sais maintenant, existe.

Le vendredi arrive enfin. Je m'habille avec soin, applique un peu de rouge sur mes lèvres, puis l'essuie. J'ai froid aujourd'hui, après une nouvelle nuit de sommeil perturbé ; je me dis que c'est la raison pour laquelle j'ai la tremblote. M'installer dans la voiture, respirer. Baisser la vitre, sortir la tête, accélérer, tirer la langue, attraper le vent et les minuscules gouttelettes d'humidité.

On me laisse patienter quinze minutes dans la salle d'attente surchauffée. J'enlève les premières couches de vêtements.

Je demande à une réceptionniste que je n'ai jamais vue : « Excusez-moi, pourriez-vous aller chercher Maureen ? »

La jeune femme, au visage enduit d'un maquillage plâtreux bon marché qui fond dans cette chaleur contre nature, répond sans même lever les yeux : « Elle sera là quand ce sera le moment. »

Effrontée. Je me lève, m'étire en un geste grandiloquent, me dirige vers la fenêtre, souffle sur la vitre et dessine un cœur. La réceptionniste ne dit rien. L'impression d'être observée, je me retourne, vois Maureen debout dans l'embrasure de la porte. Cette femme se matérialise comme si elle sortait de la brume.

« C'est juste un truc que Tommy et moi aimions faire, dis-je en frottant la condensation sur la vitre avec ma manche.

— Désolée d'avoir été un peu retardée, Sonya. Tommy semble un peu perturbé aujourd'hui. J'avais besoin de passer du temps seule avec lui. C'est bon maintenant, vous pouvez y aller quand vous voulez. »

Quoi ? Non. N'ai-je pas droit à un peu de temps seule avec vous ? À quelques conseils ?

Tommy apparaît, conduit par la même femme-chien que précédemment.

« Merci, Sally, je m'en occupe », dit Maureen.

La femme me regarde avec un violent dégoût – son seul moyen d'exprimer son jugement sur ces êtres égoïstes, puérils qui se prennent pour des mères – et repart. Je n'ai pas l'occasion de lui dire que je suis tout à fait d'accord.

Tommy traîne un sac à roulettes d'enfant en forme de camion de pompier. Oh, non. Il porte les baskets clignotantes, son vieux jean et son sweat à capuche.

« Salut, fiston. Tu es prêt à partir ? »

Fiston. D'où ça sort, ça ?

Il regarde Maureen, puis moi, et fait un signe de tête.

« Herbie a hâte de te voir.

— Vas-y, Tommy, tu es un gentil garçon. Nous nous reverrons très bientôt, et j'ai le numéro de Clare si tu veux lui parler de quoi que ce soit. »

Elle est tout affairée maintenant et nous pousse vers la porte.

« Les réunions sont obligatoires, Sonya, vous n'avez pas oublié ?

— Non, je m'en souviens.

— Et il doit continuer à aller à l'école.

— Oui, oui…

— C'est obligatoire, Sonya. Peu importe ce que ressent Tommy. Il doit y aller. Nous vérifierons.

— D'accord.

— Et nous allons organiser une visite à domicile très bientôt.

— Ok.

— Restez en contact étroit avec votre père. »

L'ironie de la chose.

Maureen pousse la porte, la tient ouverte.

« Il fait froid. Restez bien au chaud, à l'abri. »

Trop d'emphase sur le dernier mot. Congédiés avec un sourire crispé, un signe de la main, un « À bientôt, Tommy », et puis la porte se referme et nous sommes tous les deux dehors, chacun évitant de croiser le regard de l'autre.

« La voiture est par là, Mr T. » Je m'apprête à prendre son sac, mais il me repousse. « Merde ! C'est bon ! D'accord ? ! »… J'aimerais pouvoir retenir les mots au moment où ils m'échappent.

Je tiens la portière arrière ouverte, et il grimpe dans la voiture, toujours agrippé à son nouveau bagage. J'essaie de l'attacher, mais il ne veut toujours pas lâcher le sac, il le pose sur ses genoux comme un animal de compagnie, et je dois donc tendre la ceinture par-dessus. Me suis souvenue de la ceinture : c'est un bon début. J'allume la radio, je la bidouille jusqu'à ce que je trouve de la pop, inepte et optimiste – je ne suis pas d'humeur à être ignorée. Je démarre à fond, dans l'espoir d'obtenir une réaction.

« Vroum, Tommy, tu vois ? Yaya est toujours le coureur automobile le plus rapide que tu connaisses ! »

Il fourre son pouce dans sa bouche et regarde par la fenêtre.

Je crie pour couvrir la musique : « Envie d'une bonne glace ? » même si c'est tout à fait inapproprié à la mi-novembre.

Il s'approche de la portière, écrase son nez contre la vitre. Je chante en même temps, *Ooh, I'm your baby, baby, baby*, jusqu'à ce que je me retourne et voie qu'il a les doigts dans ses oreilles. Je m'arrête, comme si j'avais reçu une gifle. Je monte le son de la radio pour éviter que des mots trop violents puissent sortir de ma bouche.

« Home sweet home, T », dis-je alors que nous prenons le virage qui mène à notre maison, m'attendant à moitié à des applaudissements et des cris d'excitation. Il ne va tout simplement pas céder d'un pouce. Je gare la voiture sur le trottoir, je cours ouvrir la porte d'entrée et Herbie et Marmie sortent pour aller faire pipi sur les parterres de fleurs mortes. Tommy descend de voiture, toujours accroché à son ridicule sac à roulettes, le pressant contre sa poitrine. Il regarde autour de lui, hébété, comme s'il était aveuglé par la lumière après des jours passés dans une cellule obscure. Herbie va vers lui, puis recule. Tommy ne réagit pas.

« Tommy, voici Marmic.

— Non. Trop gros », dit-il, avant de remonter l'allée et d'entrer dans la maison.

Lorsque je réussis à ramener les deux autres à l'intérieur, je trouve Tommy dans le salon, en train de déballer et de plier ses vêtements. Il les pose soigneusement au bout du canapé. Qui lui a appris à faire ça ? « Tu veux regarder Jeremy Kyle, Tommy ? »

Allumer la télé, se mettre au diapason des cris rauques, quelle que soit sa réponse. Besoin de prétendre que les choses peuvent être comme avant. Herbie renifle Tommy, me regarde puis regarde à nouveau Marmie. Oui, Herbie, il a une odeur différente. Un chatouillement persistant dans ma gorge provoque une quinte de toux si forte que je suis pliée en deux. Tommy ne lève même pas les yeux, parfaitement concentré. Avant, quand je toussais, il était à côté de moi et me caressait les cheveux.

Je m'assieds sur le canapé et tapote le coussin à côté de moi, invitant Herbie et Marmie à monter. Tommy termine son pliage, nous regarde, nous sommes tous les trois assis avec suffisamment d'espace entre nous mais il grimpe sur le fauteuil, tout seul. Il ne s'est jamais assis dans ce fauteuil auparavant. Aucun de nous ne l'a jamais fait – c'est un vieux truc bosselé, laid et cassé, et je décide à cet instant de m'en débarrasser.

« Quelqu'un a faim ? »

Je me lève sans attendre de réponse, j'allume le gril, je sors les bâtonnets de poisson et je crie pour être entendue dans le salon : « Marmie aussi aime les poissons, Tommy. On les aime tous. » Je reste là à regarder le gril, sans rien voir, jusqu'à ce qu'il devienne évident que de la fumée s'en échappe. *Bordel de merde, Sonya*. Entendre ma propre voix, celles de mon père et de David en même temps. Attraper les bâtonnets noircis, me brûler le bout des doigts, les balancer sur une assiette et emporter la plaque fumante dans la cour. Je sens la présence de Tommy dans l'embrasure de la porte.

Il s'approche de l'assiette de bâtonnets de poisson, en soulève un et grignote le bord extérieur.

« Tommy, ne fais pas ça, c'est probablement encore cru à l'intérieur. »

Il avale. « Brûlé.

— Oui, Tommy, c'est ça. Depuis quand Yaya fait-elle les choses autrement ? »

Il renifle la pièce, inspire, ferme les yeux. Il hoche la tête, comme s'il était satisfait de ce qu'il sent, puis retourne au salon en fredonnant un générique que je n'ai jamais entendu auparavant. Je le suis, ne sachant trop comment jouer le jeu. Herbie saute du canapé et s'avance vers lui en agitant la queue avant de la rabaisser entre ses pattes, mais Tommy l'ignore soigneusement. Il s'installe de nouveau sur le fauteuil et observe la pièce comme s'il ne l'avait encore jamais vue, il regarde les animaux d'une manière qui me fait penser au garçon du café. Il n'a que cinq ans, Sonya, seulement cinq ans dans une semaine. On devrait peut-être organiser une fête d'anniversaire, inviter tous les gens qu'on connaît. Qui, exactement ? Clare, Maureen ? Probablement contraire au protocole. Mon père ? David ?

Et ses petits camarades de classe ? L'école est obligatoire, Maureen a été très claire là-dessus. Je me demande si je pourrais retrouver le cracheur de feu avec qui je suis sortie – imaginez l'excitation de Tommy ! Je le regarde qui prétend être absorbé par la télé et je décide de lui offrir la meilleure fête de tous les temps avec des feux d'artifice, des cierges magiques et des roues de Catherine[1]. Il y a quelque chose dans ces cercles de feu qui tournent, une trace d'un souvenir d'enfant, un vertige, juchée tout là-haut sur les épaules de mon père, une sensation d'appartenance à lui, au monde. Le feu a fait ça pour moi aussi, il a brûlé le reste de la merde. Une sorte de purification, j'imagine. J'essaie de mieux me souvenir, mais ça m'échappe, me laissant grande ouverte à la douleur de ces retrouvailles qui nous rendent tous si froids et méfiants les uns envers les autres. Le rejet de Herbie par Tommy me touche au plus profond. « Un trou en forme de Dieu ». J'entends les voix des hommes dans les réunions, et j'en comprends le sens.

1. La roue ou le moulinet de Catherine est un type de feu d'artifice composé soit d'un tube en spirale rempli de poudre, soit d'une fusée inclinée montée avec une épingle en son centre qui dessine un cercle de feu après allumage.

39

J'appelle le centre de désintoxication et, bien évidemment, ça sonne occupé ; je laisse le téléphone en mode rappel – décrochez, quelqu'un, n'importe qui, ça m'est égal, juste quelqu'un qui sait ce que je ressens. Finalement, une réceptionniste qui s'ennuie me répond et me dit qu'ils sont tous à la prière.

« C'est urgent, dis-je. Bipez Jimmy Maloney, s'il vous plaît.

— Rappelez entre dix-sept heures trente et dix-huit heures trente demain soir. » Elle a raccroché.

Peut-être devrions-nous manger ? Je pense à l'un des slogans utilisés dans les réunions : « PAUSE – Faim Colère Solitude Fatigue ». J'ai ricané la première fois que j'ai entendu ça ; toutefois, je me pose maintenant des questions. Un ventre plein peut apaiser. Je fais des sandwichs au beurre de cacahuète mais je n'ai aucun appétit pour ce genre de carburant. Tommy ne mange que la mie et laisse la croûte. Une certaine fébrilité s'empare de moi, les créatures s'agitent. Je dis « promenade » dans l'espoir de détourner leur attention. Tommy va près de la porte, décroche les laisses et me les tend. Les animaux gémissent comme s'ils n'avaient jamais vu le monde extérieur.

Je prends les laisses que me tend Tommy. « Merci, Mr T. Tu veux bien mettre ton manteau ? »

Il le fait et enroule son écharpe autour de son cou sans que je le lui demande.

Dehors, il pleut un peu, du crachin et un peu de vent, le mélange que j'aime le moins : modération et hésitation. Tommy attache la laisse de Marmie, l'air ravi malgré lui, tandis que je tiens Herbie qui tente de s'échapper. Au feu rouge, Tommy s'arrête, bien qu'il n'y ait pas de circulation ni dans un sens ni dans l'autre. « Pas de voiture, Tommy. Allez, on fait la course » – et je traverse la route en traînant Herbie derrière moi. Un camion qui fonce apparaît et me cache la vue de Tommy. Herbie tente de me ramener sur la route, ses aboiements déchaînés soulignant ma panique. Tommy ne bouge pas jusqu'à ce que le petit homme vert apparaisse, puis il regarde à droite et à gauche avant de traverser. Qui a façonné cette version de mon petit garçon ? Je me retiens de jurer et cours à sa rencontre au milieu de la route, lui offrant ma main, qu'il ignore. « Bravo, Tommy », dis-je, en me calant sur le nouveau scénario. Il a l'air de ne pas m'avoir entendue. « On va à l'aire de jeux ? » je demande, comme une adulte qui fait passer les besoins de son enfant avant les siens. Je ne l'ai jamais amené là-bas avant – allergique aux autres familles, aux regards, aux cris des enfants, à l'amusement forcé.

« Les animaux sont interdits. »

Est-ce le fruit de mon imagination, ou est-ce que Herbie le regarde ?

« Ok. La mare avec les canards ? »

Il acquiesce. J'aurais dû apporter du pain. Plus de « j'aurais dû », un autre conseil précieux entendu lors des réunions. Ce sont les « j'aurais dû » qui créent la honte, induisent à l'autoflagellation, qui ne mènent qu'à une seule voie. Ça semble tellement réducteur et simpliste ; mais ici, je me raccroche à tout ce qui peut me garder dans le droit chemin. Nous sommes assis sur un banc, la pluie est fine mais persistante, Tommy balance ses pieds. Comme j'aimerais lui arracher ces baskets absurdes et les jeter dans l'étang.

Marmie se cache sous le banc, Herbie semble regarder dans le vide, cette odeur qui émane de ses poils, celle de chien mouillé.

« Herbie ? Viens ici, mon garçon. » Je tapote le banc entre Tommy et moi, l'invitant à monter, pour atténuer la gêne qui flotte entre nous. Il ne bouge pas.

« Il pleut », dit Tommy.

Je vérifie les messages sur mon téléphone. Rien.

« On va au kiosque à musique, Tommy ? Il ne pleut pas là-dessous. »

Il se lève, satisfait de cette idée, et s'en va tout seul, en tête de la meute.

Est-ce que nous redeviendrons un jour une meute ? Dans le kiosque à musique, je danse une gigue irlandaise : *a haon, dó, trí, ceathair, cúig, sé, seacht, a haon, dó, trí, a haon, dó, trí*. « Allez, Tommy », je pousse des hurlements pour accompagner les paroles, je lui attrape les mains – un faux pas – et il recule.

Il s'est éloigné jusqu'au bord de la balustrade et regarde la mare aux canards, le dos raide. « On peut rentrer maintenant ? » demande-t-il. Je remarque qu'il ne dit pas « à la maison ».

Je ne peux pas retrouver le confinement de ces pièces, ça me rend claustrophobe ; j'ai besoin d'être fouettée par le vent, la pluie, j'ai besoin d'espace, de voir l'horizon. « Dans un moment, Tommy, d'accord ? » Il ne répond pas. J'attache les animaux à la balustrade, je dis à Tommy de s'en occuper et je descends du kiosque à musique sous la pluie. Commencer par trottiner, puis courir, et je perds Tommy de vue pendant un moment alors que je fais le tour du parc. Ma diablesse est là, cachée dans les buissons, la salope. J'accélère, mes clignotants allumés.

Au troisième tour, je vois Tommy debout au centre du terrain, qui tient en laisse les deux créatures trempées. Encore un tour. Je fais signe. Personne ne me fait signe en retour. Mon cœur. Je fais deux tours de plus, mes tendons me font mal, mes tibias me font mal, mes poumons explosent, mon pouls palpite dans mon cou. Je m'arrête, je vomis un peu, je me sens momentanément mieux, puis je retourne vers le trio.

« Bien, rentrons tous à la maison, d'accord ? »

Je surprends Tommy levant les yeux au ciel. Je repars pour retrouver la sortie, étourdie. Malgré mon épuisement physique, un éclair de colère brute me traverse. Comment osent-ils m'enlever mon fils et le remplacer par cet étranger moralisateur, obéissant à un petit homme vert et levant les yeux au ciel ? J'accélère le pas et ne me retourne pas pour voir si tous me suivent. Je m'élance sur la route glissante sans attendre que les feux changent – depuis quand j'attends le petit homme vert ? – et je continue à courir jusqu'à la porte de la maison. Alors seulement je me retourne et les vois tous derrière moi. Déglutir. Je dois lutter contre l'envie de me mettre à genoux et de me jeter à leurs pieds.

Une fois dans le couloir, nous restons figés et nous nous observons les uns les autres. Tommy claque légèrement le bout de la langue contre le palais, incitant les animaux à le suivre. Ils se déplacent comme un seul homme jusqu'à la cuisine, le bruit du robinet qui coule, les placards qui s'ouvrent et se ferment. Je les suis et le vois debout sur le plan de travail, en train de chercher un bol.

« Tommy ? »

Il fait semblant de ne pas m'entendre.

« Tommy ? C'est trop haut. Laisse-moi… »

Quand je m'approche, il tressaille. Je le soulève, le fais redescendre, remplis un bol pour les animaux, le gobelet en plastique pour lui. Il me tourne le dos.

Un mal d'amour qui me ronge tout entière, me mord et me démange. Je me retrouve devant la porte d'entrée, j'attrape mes clés, mon portefeuille. Claquer la porte. La sorcière blanche me tient sous son emprise. Je m'assieds dans la voiture, démarre, fais gronder le moteur. C'est le moment de l'abandon inconscient ; une autre part de moi me regarde – les anges, le bien et le mal, qui se battent. Entendre les voix entendues au cours des réunions : rusées, déroutantes et puissantes. Demande de l'aide, quelque chose à l'extérieur de toi, une puissance supérieure, quelque chose dans la nature, un arbre, un membre du groupe, peu importe qui ou quoi, demande, c'est tout. Sois humble. Sœur Anne ? *Aidez-moi, s'il vous plaît*. L'Homme Là-Haut ne le fera pas, la Mère Divine est trop abstraite, les anges trop éphémères… pas assez… substantiels. Besoin de quelque chose de solide, de réel, auquel me raccrocher, besoin d'entendre une voix pour interrompre les miennes. J'attrape mon téléphone, balaie la liste de mes contacts, je fais fi de mes dernières impressions la dernière fois où je l'ai vu. Il répond. « Tu peux venir ? »

J'avais pensé qu'il pourrait y avoir un résidu de blessure ou de colère, mais il répond sans une once de récrimination. « Bien sûr, mais tu penses vraiment que c'est une bonne idée pour votre première soirée ensemble ? »

Des mots sortent de ma bouche, des mots qui disent que je n'ai pas confiance en moi, qui expliquent que Tommy m'est devenu étranger, sa méfiance, mes impulsions contradictoires ; des mots dont je sens qu'ils ne devraient jamais être prononcés à voix haute ; mais je suis impuissante face à l'anxiété du moment, cet élan qui m'emporte.

Je murmure : « S'il te plaît, viens. »

Je peux entendre un changement de registre dans sa voix avant même qu'il ne parle. Il a retrouvé son ton sentencieux : « Ne bouge pas. J'en ai pour deux minutes. »

Je sors de la voiture, j'ouvre la porte, je clame, calmement, depuis l'entrée : « J'avais juste besoin d'aller chercher mes lunettes de soleil », ce qui est ridicule car il n'y a pas un brin de soleil aujourd'hui. « Je vais prendre une douche, Tommy, d'accord ? » Il m'ignore. L'eau pourra peut-être m'aider.

Quand je sors, enveloppée dans une serviette, je vois mon garçon qui caresse les animaux, leur parle tout bas, les rassure. Le trio forme un cercle fermé, dont je suis exclue.

« Tommy ? »

Il lève la tête.

« Tu vas te doucher, une bonne douche chaude ? Je ne veux pas que tu prennes froid. »

Il secoue la tête.

« D'accord, mon chéri. On va te sécher, te mettre des vêtements propres. »

On sonne à la porte.

« C'est juste un ami. Vas-y, maintenant, va dans la chambre et change-toi. » J'essaie de prendre la voix de la mère efficace, qui sait se débrouiller. Il ne bouge pas. Depuis quand ai-je un ami ?

40

David est sur le pas de la porte, une boîte à pizza à la main.

« Merci d'être venu, dis-je d'une voix exagérément joyeuse. C'est la pizza de l'autre soir ?

— Qu'est-ce qui se passe ? » Sa voix est la même que celle de mon père. C'est suffisant pour résister à toute envie obsessionnelle, j'y vois plus clair soudain. « Tu devrais t'habiller, dit-il plus doucement. Je ne veux pas que tu prennes froid » – ce sont exactement les mêmes mots que j'ai dits à Tommy il y a quelques instants.

Il entre. Tommy est debout dans l'encadrement de la porte de la chambre, pâle et immobile.

« Tu te souviens de David, Tommy ? Le gentil monsieur qui a payé notre pizza un jour ? »

Tommy m'ignore, repart dans la chambre, les animaux le suivent, il ferme la porte.

« C'est compréhensible, vu les circonstances, dit David.

— Je vais juste m'habiller.

— Super. Je vais mettre la pizza au four, pour la garder au chaud. »

Je pense à l'odeur des bâtonnets de poisson brûlés, aux morceaux congelés dans le four, ne dis rien.

« Tommy, ça te va ? » je demande, en retournant dans la chambre. Et *moi*, ça me va ?

Il me tourne le dos et retire ses vêtements mouillés, utilise la même serviette avec laquelle il a séché Herbie et se frotte tellement fort qu'il s'écorche presque la peau. J'essaie de rire, désinvolte. « C'est bon, je pense que ça suffit. Tu veux mettre ton pyjama ? » Il enfile son jean, son tee-shirt et son sweat à capuche. Je m'assieds devant le miroir de la coiffeuse, me brosse les cheveux avant d'allumer le sèche-cheveux sur la puissance maximale. Les deux animaux sursautent. « Tu veux que je te sèche les cheveux, mon gars ? » je demande à Tommy, qui m'ignore et part dans la cuisine, les animaux dans son sillage. J'entends marmonner. Enfiler rapidement une robe tee-shirt à manches longues informe, mettre du mascara, tirer mes cheveux en arrière et les attacher avec un élastique.

« Tu es bien belle. Maman est jolie, n'est-ce pas, Tommy ? »

David tient Tommy dans ses bras devant l'évier de la cuisine pour qu'il se lave les mains. Le corps de Tommy est tout raide. David fait comme si de rien n'était. Je m'assieds à table pendant que David sèche les mains de Tommy avec un torchon, puis l'invite à s'asseoir.

« C'est une pizza végétarienne. Je sais que tu n'aimes pas manger des animaux », dit David à Tommy, en coupant sa tranche en petits morceaux, debout, penché sur lui.

Tommy mange tout, jusqu'à la dernière bouchée.

« Quand a-t-il mangé pour la dernière fois ? »

Je pense au sandwich au beurre de cacahuète qu'il a grignoté.

« Avant qu'on aille au parc.

— Vous êtes sortis sous la pluie ? »

Il n'y a pas de bonne réponse à cette question.

« Ce p'tit bonhomme me parlait de l'école.

— Je suis désolée que tu doives y aller, Tommy.

— Je crois que tu vas t'apercevoir qu'il aime bien ça, Sonya.

— C'est vrai, Tommy ? »

Il regarde par la fenêtre, puis se tourne vers Herbie et Marmie, puis de nouveau vers la fenêtre, le regard agité, ses yeux ne se posant jamais longtemps sur ce qu'il voit.

« Il m'a dit que sa peinture était accrochée au tableau et qu'il avait reçu une étoile dorée.

— C'est super, Tommy. Je t'ai toujours dit que tu pourrais être un artiste !

— Ou peut-être ingénieur, architecte, quelque chose avec des perspectives d'avenir ? » suggère David.

Tommy hoche la tête, comme s'il pensait que c'était une très bonne idée. Est-ce qu'il sait au moins ce que signifie « perspectives d'avenir » ?

« Tu veux une tasse de thé, Sonya ? »

Non, putain, je n'en veux pas. « S'il te plaît, dis-je, en levant la main, pas de lait.

— Tu ne sais donc pas encore que je te connais suffisamment maintenant ? » Il regarde Tommy en disant ça et il rit. « Pas de lait pour ta maman. »

Tommy rit lui aussi, imitant David – un rire qui ne lui ressemble pas. A-t-il bu du lait de vache directement à la brique en carton depuis notre séparation ? Je ne pense pas que je pourrais le supporter.

« Tu manges, Sonya ? dit David.

— Bon d'accord, juste une goutte alors, avec mon thé. » Miss Saine d'Esprit fait une apparition au titre d'invitée.

« Tu ne crois pas que tu pourrais laisser ce chien dehors ?

— Herbie est un chien d'intérieur. Et de toute façon, il pleut dehors.

— Tu ne veux pas lui trouver une niche ? »

Je regarde Tommy, qui me fixe durement.

« Absolument hors de question. Ce chien a été suffisamment traumatisé.

— Je ne te demande pas d'acheter une clôture électrique ! »

Tommy se lève et va dans le salon, s'assied par terre et, pour la première fois depuis son retour à la maison, il met ses bras autour du cou de son copain. Je regarde la scène, reconnaissante.

« Ce n'est vraiment pas hygiénique, marmonne David, debout derrière moi.

— Tu parles exactement comme mon père. » J'essaie de rire.

« C'est ta réponse habituelle quand on te dit quelque chose qui ne te plaît pas ? »

Je l'attire dans la cuisine, j'essaie de provoquer une certaine complicité entre nous, de récupérer un peu de pouvoir, je murmure : « Je t'ai manqué ? » Je ne reconnais plus l'homme qui m'a prise sur le sol de la cuisine. Je me demande si j'ai tout inventé.

« Sonya, je n'ai pas aimé le ton de ta voix quand tu as appelé. Tu te souviens de l'incident dans le parc ? »

Je me sens exactement comme avant, quand je disais un secret à mon père, qu'il me regardait comme David me regarde maintenant et que, plus tard, au cours d'une dispute, il l'utilisait contre moi, ou pire encore, qu'il l'avait dit à Lara et qu'elle me le balançait pour conclure : « Pas étonnant que les filles à l'école ne te parlent pas. »

« Tu as insinué certaines choses, Sonya. Et puis tout à l'heure, ta voix, elle contenait en elle la possibilité de tout ça. »

Tout ça quoi, exactement ? Qu'est-ce que je lui ai dit ? Je n'aurais jamais pris la fuite, laissé Tommy seul dans la maison. Je dois juste apprendre à maîtriser mes pulsions, à m'apaiser.

« Nous savons tous les deux de quoi tu es capable, n'est-ce pas ? » continue-t-il.

Je pense aux gars qui, dans les réunions, parlent de ce que signifie être un adulte mature, savoir discerner, se protéger, ne pas devenir la proie de personnes malveillantes. Je pense à Linda, j'imagine Mark l'embrouiller avec ses questions, des questions auxquelles elle ne peut répondre correctement, des questions destinées à la faire trébucher quels que soient les tournures et les sons auxquels sa bouche peut donner forme.

David va dans le salon. « Ça va Tommy ? Ça doit être dur, hein ? C'est bizarre de revenir dans ton ancienne maison ? »

Herbie émet un faible grognement.

Je les rejoins au salon. « Pas vraiment, n'est-ce pas, Tommy ? Il faut juste quelques jours pour s'habituer les uns aux autres, c'est tout. »

Tommy nous regarde tous les deux avec la même indifférence, ce qui provoque un blocage, la sensation d'avoir une pilule rugueuse coincée dans ma trachée.

« Ok, Tommy, il est temps de dire bonne nuit et merci à David, dis-je, en femme responsable de sa maisonnée, maîtresse sous son propre toit.

— Est-ce que tu aimerais que je reste, Tommy ? demande David.

— D'accord, dit Tommy.

— David, on peut se parler en privé ? »

Je ferme la porte derrière nous ; je lui parle à voix basse et, je pense, raisonnablement, sans la moindre trace de séduction ou de chantage. « Je crois que tu avais raison tout à l'heure, quand tu as dit que Tommy et moi devrions passer du temps seuls ensemble pour notre première nuit.

— C'était avant que tu me dises ce que tu m'as dit.

— Tu rends tout ça beaucoup plus stressant que ça ne devrait l'être.

— Sonya, tu ne vas piquer une crise et effrayer ton fils plus qu'il ne l'est déjà, non ?

— Que crois-tu que je ferais, David ?

— Tu te souviens au moins de ce que tu m'as dit au téléphone ? »

Un bourdonnement insistant commence à résonner dans mes oreilles. Des fragments flous, aucun souvenir conscient, aucun, à part celui d'avoir décroché le téléphone et l'impression que j'aurais dû empêcher ma bouche de parler.

« Je ne me le pardonnerais jamais si je vous laissais seuls tous les deux. »

Respirer, avaler, respirer, avaler. Le volume du bourdonnement augmente et me donne envie de me boucher les oreilles. Une impulsion ridicule. Rien de tout ça n'est réel. David est là uniquement parce qu'il se soucie de moi, qu'il a mes intérêts et ceux de Tommy à cœur. Et je lui ai demandé de m'aider.

« Ça va ?

— Oui, ça va.

— C'est faux, n'est-ce pas ? » Il se rapproche de moi. « C'est bon, mon cœur. Tu n'es plus seule pour affronter tout ça. » Il va me prendre dans ses bras. Mr Douceur et Lumière… *Mr putain de Lunatique*.

Une partie de moi veut se radoucir, céder, mais « mon cœur » – jamais un homme ne m'a appelée comme ça avant aujourd'hui et ça ne colle pas. Je ne suis pas ça, je n'ai aucune envie d'être ça pour qui que ce soit. J'ai envie de le repousser, de le mettre à la porte, mais je ne peux pas prendre le risque de traumatiser Tommy en faisant une scène dès sa première nuit à la maison.

« Merci, je marmonne, la tête enfouie contre sa poitrine. Merci.

— Je suis là, tu le sais.

— Ce n'était que passager, *tu le sais*. »

Je le repousse doucement, le regarde dans les yeux, je lutte contre l'envie de secouer ma tête pour la vider de tout ce qui s'y est accumulé. Tout se passe là-dedans maintenant. Il se penche pour m'embrasser sur la bouche, je le laisse faire. « Bon, allons lui dire que tu restes, d'accord ? » Il m'embrasse à nouveau.

Je rouvre la porte du salon. « Tommy, David va dormir ici. C'est d'accord ? »

Tommy hoche la tête, mais pas de son plein gré, comme s'il était contrôlé par un marionnettiste.

« Où est-ce qu'il dort, Sonya ? » demande David.

Il sait bien qu'il n'y a qu'un seul lit dans cette maison.

« Peut-être que tu devrais lui laisser le lit et dormir au salon avec moi ? »

Tommy secoue la tête, il tire sur les ficelles du marionnettiste.

« C'est bon, Tommy. Je viens avec toi. »

Tommy regarde David de travers.

« Herbie, Marmie. Venez », lance Tommy.

Et le chat et le chien se mettent au pas pour le suivre.

« C'est l'heure de lire une histoire », dis-je à David qui s'installe sur le canapé, avant de suivre moi aussi Tommy dans la chambre.

Tommy sort un grand livre d'images de Sam le pompier.

« Et les histoires inventées par Yaya ? Nos aventures sur les vagues, Tommy ? »

Il lève les yeux, secoue la tête, puis enlève ses vêtements et les pose soigneusement sur la chaise.

« Tu as besoin d'un coup de main, Tommy ? »

Son corps se raidit. Je reconnais ce signe. Une fois qu'il est en pyjama et sous la couette, j'invite Herbie et Marmie à monter sur le lit. Tommy a l'air content. Je commence à lire : « Quand il entend la cloche de l'incendie, Sam le pompier est là à l'heure, il met son manteau et son casque en moins de sept secondes... » Oh, non. J'essaie d'imiter le bruit d'un vrai camion de pompier, mais j'échoue lamentablement. J'essaie d'inventer une histoire différente, plus excitante, en ajoutant quelques kangourous volants, des vagues géantes appelées Walter et Wendy, et des pays lointains faits de diamants en chocolat, mais Tommy m'arrête.

« C'est pas ça l'histoire. Recommence. »

Je feinte légèrement, en changeant un peu les mots : « Le petit bonhomme jaune à la mâchoire volontaire est le héros d'à côté...

Il est toujours à l'heure avec son camion propre qui étincelle (oui, vraiment !), houhou... »

Tommy me lance un regard méfiant avant de commencer à entonner sa propre version : « Vite, vite, Sam le pompier, Mr Calme et Gentil... Parce qu'il va sauver la journée... »

Je me penche pour l'embrasser sur le front et continue à lire jusqu'à ce qu'il arrête de chantonner et que sa respiration ralentisse. Allez, Sam !

41

David paresse, sans chaussettes, les pieds sur la table basse, en train de lire *Bonjour tristesse*. « Je comprends mieux, Sonya », dit-il en souriant.

Inutile de répondre.

Je murmure : « Je crois qu'il est prêt à s'endormir. »

Il tapote le coussin à côté de lui.

« Ce canapé est trop inconfortable pour y dormir.

— Pas de problème. Je vais installer les coussins par terre. Tu peux me trouver une couverture ?

— Sur le dossier du canapé », dis-je en me penchant sur lui.

Sa main remonte le long de ma cuisse et il m'attrape tout là-haut, tordant les chairs, les pinçant. Je repousse sa main, mais ses doigts continuent d'avancer, essayant de se frayer un chemin à l'intérieur.

« David, ne fais pas ça. Tommy dort dans la chambre d'à côté.

— On ne fera pas de bruit !

— Je veux veiller sur lui, m'assurer qu'il ne s'inquiète pas. »

Pendant ce temps, ses doigts font leur chemin. Je suis sèche et ça fait mal.

« Ce n'est pas normal, Sonya. Tu l'étouffes. Tu veux un fils codépendant ? »

Qu'est-ce qui, ici, n'est pas normal, exactement ?

« Viens ici, arrête de parler, et… viens ici. »

Je me penche sur lui, j'effleure ses lèvres de ma bouche, j'aimerais qu'il retire ses doigts.

« Tu n'es pas d'humeur ?

— De toute évidence, je suis un peu stressée.

— Ça va t'aider à te déstresser. »

Il essaie de m'attirer à lui, mais mon corps s'y oppose. Il retire sa main, me regarde avec une expression d'enfant blessé juste avant d'avoir le temps de recomposer ses traits en un visage d'adulte plus raisonnable et compréhensif.

« Va le voir. Nous avons tout notre temps. »

Il se lève, se dresse au-dessus de moi, me prend dans ses bras et me murmure à l'oreille : « Dors bien, bébé.

— Toi aussi » est à peu près tout ce que je peux dire.

Je vais dans la chambre, je murmure : « Tommy ? », qui me répond : « Oui ?

— Je suis si heureuse de te revoir, Tommy, tu ne peux pas savoir. »

Il fredonne la chanson de Sam en dormant.

Herbie soupire. Je devrais le laisser sortir pour qu'il fasse pipi mais je ne veux pas aller ouvrir. Il devra attendre. Je pousse une chaise sous la poignée de la porte, sans trop savoir pourquoi. Cette nuit-là, je rêve d'une odeur de peau roussie.

Lorsque je me réveille, les doigts du soleil se faufilent sous le store, et je serre mes jambes l'une contre l'autre, puis les croise et reste allongée. Faites qu'il soit parti, me dis-je, avant de remarquer que les yeux de Tommy sont ouverts et qu'ils me jettent un regard perçant.

« Bonjour, Mr T. Que diriez-vous d'attraper quelques rayons pour moi ? »

Il ne bouge pas.

Herbie est allongé par terre, au pied du lit, et il tremble.

« Herbie a fait pipi », dit Tommy.

Bien sûr, le pauvre. Marmie est toujours recroquevillée en boule sur le lit, ronronnant doucement, inconsciente de la détresse de son ami.

« Ok, c'est bon, Herbie, ok, t'es un bon garçon », dis-je en sortant du lit. J'entrebâille la porte et peux voir la forme froissée de David sur les coussins par terre. « Venez », dis-je à voix basse. Nous nous faufilons dans la cuisine et fermons la porte derrière nous sans faire de bruit. Une odeur suffocante de gaz me prend à la gorge. Ai-je laissé le brûleur allumé ? J'ouvre la porte qui donne sur la cour pour dissiper l'odeur d'œuf pourri. Je tripote les boutons des brûleurs de la gazinière.

« Bizarre. Tommy, tu as allumé le gaz ? »

Il baisse les yeux d'un air coupable.

« Quand ? Au milieu de la nuit ?

— Je pouvais pas dormir. Des grillons dans ma poitrine.

— Ce n'est pas prudent de faire ça, tu sais ? »

Il mord sa lèvre inférieure.

« Tu t'es servi de l'allume-gaz ?

— Je n'ai pas réussi.

— Tu as donc essayé ? »

Il a l'air malheureux, il lutte contre les larmes. Je lui ébouriffe les cheveux et je cherche le bouton d'alimentation à l'arrière du four. Je vais devoir me rappeler de couper l'arrivée du gaz tous les soirs maintenant. Et cacher tous les briquets qui sont dans la maison.

« C'est bon, chéri, ne recommence pas, c'est tout. »

Herbie sort, va directement vers une plante en pot, morte depuis longtemps, lève la patte et laisse échapper un jet dru et continu. Marmie reste là, attendant patiemment son tour pour grimper dans le pot, s'accroupir et s'imprégner de l'odeur du chien.

L'eau bout quand David débarque dans la cuisine en caleçon.

« Il fait froid ici. Tu veux bien fermer cette porte ?

— On a besoin d'aérer.

— C'est quoi cette odeur ?

— Tu veux bien te couvrir, David ?

— Désolé, je dors encore à moitié, j'ai oublié que le petit était là. »

Ah oui, et c'était quoi ce cirque hier soir, alors ?

Il retourne dans le salon, s'habille.

« Corn flakes, Tommy ?

— Oui, s'il te plaît, dit-il bien poliment.

— Tu prends du lait de vache maintenant, mon cœur ? David en a mis au frigo. »

Il secoue la tête avec véhémence. Je ne l'ai pas complètement perdu.

« Pourquoi le Mr Pizza est ici, Yaya ?

— C'est un ami, Tommy. Il a juste dormi ici hier soir.

— Je peux aller à l'école ? »

J'ai du mal à respirer. Je n'ai pas pu m'empêcher de remarquer son uniforme soigneusement repassé et plié au milieu de ses affaires.

« C'est une belle journée, dit David en revenant dans la cuisine.

— Oui, nous allons nous préparer et rendre visite à grand-père, dis-je.

— Tu es sûre que c'est ce qu'il veut, Sonya ?

— Bien sûr que oui. Il sera ravi de voir Tommy, n'est-ce pas, Munchkin ?

— Gand-pè'e ?

— Tu ne devrais pas donner de faux espoirs à cet enfant. »

Que sait-il exactement que je ne sais pas ? Je revois mon père lui donnant sa carte de visite. David l'aurait-il appelé ? Y a-t-il eu un échange d'argent ?

Paranoïa, Sonya. C'est la fatigue qui fait ça ; elle mobilise l'artillerie lourde.

« On l'appellera d'abord, n'est-ce pas, T ? »

David remplit la bouilloire, l'allume.

« On va prendre une douche. Tu peux y aller.

— Quoi ? Tu me mets à la porte avant même que j'aie bu mon café ? Tu sais que je suis bon à rien sans mon café du matin. » Il me fait un clin d'œil.

Je m'étonne qu'il fasse étalage d'une telle familiarité devant Tommy.

« Sers-toi, dis-je. On discutera plus tard, d'accord ? Je suis sûre que tu as une journée chargée. »

Il ouvre bruyamment les placards, fait tinter la tasse sur le plan de travail. Ne devrait-il pas être parti travailler ? C'est bizarre qu'il ait autant de temps libre.

Je regarde Tommy, une colère protectrice s'empare de moi. « On va la prendre cette douche ?

— D'accord. » Quelqu'un a dû l'habituer à se doucher.

« Eh bien, j'étais ravi de te rencontrer, Tommy. Nous nous verrons plus longtemps la prochaine fois. » David le salue.

Tommy me regarde. Je le conduis à la salle de bains, où il me dit d'attendre dehors parce qu'il est assez grand pour se laver tout seul. Je ne comprends pas pourquoi ça me fait aussi mal.

J'entends David se déplacer lourdement dans la cuisine, claquer les tiroirs inutilement. J'écoute la voix de Tommy qui fredonne. La porte d'entrée s'ouvre ; Marmie et Herbie se jettent sur moi.

« J'y vais, Sonya. Ce serait peut-être une bonne idée d'aller à cette réunion de huit heures ce soir. Je reviendrai, je ferai du baby-sitting.

— Merci. Je te tiendrai au courant.

— C'est au foyer municipal.

— Oui. Merci. »

Je force sur le potentiel subconscient (j'ai toujours excellé à jouer un cran en dessous) – *va te faire foutre, et ne m'oblige pas à le dire.*

Il me regarde. L'intensité de son regard me pénètre. J'ai du mal à la déchiffrer.

« À plus tard, alors.

— Je t'appellerai. »

Il lève la main, un geste brusque et dédaigneux. « Ces réunions ne sont pas facultatives.

— À plus tard, alors. » Et la porte d'entrée se referme. Je souffle.

Je parle à Tommy par l'entrebâillement de la porte de la salle de bains : « N'oublie pas de te laver derrière les oreilles, mon chéri. »

Je trouve de l'eau de Javel dans les placards de la cuisine, me mets à genoux et frotte la tache sur le tapis de la chambre où Herbie a fait pipi, et le peroxyde non dilué me brûle les mains. Tommy est à la porte, il me regarde, emmitouflé dans une énorme serviette de bain, et je dois me retenir de le prendre dans mes bras et de le bercer. Nous avons encore du chemin à parcourir.

« Où il est parti ?

— Il est rentré chez lui, Tommy. » Je ne peux pas m'empêcher de demander : « Tu l'aimes bien ? »

Il hausse les épaules, se sèche et s'habille.

« Il n'aime pas Herbie. »

De nouveau le « r » parfait.

« Non, il ne l'aime pas. Et Herbie passera toujours en premier.

— He'bie a changé. »

Je ne peux retenir un sourire, j'aime ce manque de constance. Il ne saura jamais que Herbie a été mis en cage.

« Il va juste nous falloir un peu de temps pour réapprendre à nous connaître, d'accord ?

— D'accord », dit-il, avec un sérieux dans la voix qui n'est pas de son âge. J'avais oublié ce trait de sérieux chez lui, comme un vieil homme, et il semble encore plus manifeste maintenant. Je suis bien déterminée à le faire rire à nouveau.

« Qu'est-ce qu'on va faire aujourd'hui, p'tit bonhomme ? »

Il semble surpris par cette question, ce qui me fait penser à notre ancienne relation, quand il était toujours l'otage de mes caprices et de mes humeurs.

« Tu veux aller te promener dans les collines ? »

Il semble stupéfait par cette suggestion tout à fait normale. Une randonnée, saine, salutaire, et après nous irons voir son grand-père.

Plus de normalité. Je fais rouler le mot dans ma bouche, en savoure la texture, le goût. Oui, je pourrais m'habituer à ça, comme boire du thé.

42

Les collines sont boueuses, il y fait froid, et c'est un peu trop pour Marmie, qui se fige périodiquement, les poils dressés, sifflant après quelque chose qu'elle seule peut voir. Au-dessus de nos têtes et sous nos pieds, tout est gris, une vaste étendue monochrome. Herbie me tourne autour frénétiquement, Tommy dit qu'il est fatigué et, franchement, moi aussi. Je m'ennuie. Ça me rappelle les dimanches de marche en montagne que j'ai été forcée d'endurer avec mon père et Lara, qui m'habillaient – et s'habillaient – avec tout l'attirail requis. Je détestais ces bottes hideuses et ces pantalons imperméables brillants et froissés, mais je dois en admettre l'utilité lorsque je vois mes baskets légères pleines d'eau et mon jean trempé. Même lorsqu'il ne pleut pas, l'air est mouillé, et je ne peux m'empêcher de penser à comment réagirait David avec cette odeur de chien mouillé dans la voiture.

« Allez mauvaise troupe, on rentre à la maison ? » je demande après avoir passé une demi-heure à marcher, à m'arrêter, à cajoler le chat, à être dévisagée. Foutus promeneurs du week-end. Ils sont partout, avec leurs stupides bonnets à pompon en laine, humides et puants. Tommy crie « OUI » et court vers la voiture à la vitesse de l'éclair. Un sprinter, un fou de vitesse, comme moi. Nous trottons dans son sillage, et j'entends sa voix s'effilochant dans l'air mouillé : « On fait la course. Allez, on se dépêche, les lambins. » Et je fais ce que tout parent « normal » ferait – je ralentis pour que mon fils puisse gagner. Avant, je n'étais pas capable de le laisser gagner quel que soit le jeu.

On s'entasse dans la voiture, l'habitacle est embué, et oui, ça pue à plein nez. Je baisse toutes les vitres, je mets la musique à fond, j'appuie sur le champignon et, cette fois, Tommy se joint à mes cris d'excitation, bien que les animaux se contentent de se serrer contre le siège arrière, tout tremblants.

« Où va-t-on, Tommy ?

— Chez gand-pè'e, répond-il.

— Ok, accrochez-vous… »

Je n'ai pas réussi à le joindre ce matin, bien sûr que non, mais j'ai laissé un message mesuré et poli disant que Tommy et moi aimerions le voir, et que ce serait bien si nous passions. Ça ne devrait pas être un trop grand choc si nous débarquons tous.

Je laisse Marmie et Herbie dans la voiture, leur dis que je n'en aurai pas pour longtemps. J'appuie sur la sonnette, d'abord poliment, puis en insistant davantage. Je sais qu'ils sont là, la voiture est dans l'allée. Il ne peut pas m'ignorer à un moment aussi important de la vie de Tommy, et de la mienne. Une vague de chaleur, la musique, un bourdonnement indistinct. La mélodie devient plus nette quand Tommy l'interrompt : « Peut-être que gand-pè'e n'est pas là, Yaya ? »

Patience, Sonya, patience. Je retourne le mot dans ma bouche, il est collant et doux, comme un marshmallow. J'avale. Difficile à digérer.

Tommy met sa main dans la mienne, et je sens que je réintègre mon corps.

Je le regarde, lui adresse un clin d'œil. « Oui, tu as raison, mon chéri. Merci de m'avoir fait comprendre cette évidence ! »

Il sourit, soulagé.

« Où va-t-on maintenant, Tommy ?

— C'est l'heure de nourrir les aminaux ? demande-t-il.

— Et si on allait chercher une pizza pour tout le monde ?

— Les chats mangent de la pizza ? » Cette idée a l'air de l'étonner.

« Probablement pas, mais on peut en prendre une pour nous et rentrer à la maison pour ouvrir sa boîte de beurk.

— Beurky-beurk », dit-il en se bouchant le nez.

L'idée de revoir cette grossière petite demoiselle à la pizzeria provoque en moi une décharge d'adrénaline. Je n'ai pas oublié qu'elle m'a humiliée en public. Et, soudain, mon esprit est concentré sur une seule chose : la vengeance. Déplacée, peut-être, mais quand même.

C'est quelqu'un d'autre derrière le comptoir. Je suis de mauvaise humeur, j'avais vraiment besoin de me défouler sur cette petite moins-que-rien mais, aujourd'hui, c'est un jeune homme, dirait-on, qui sert et, d'après son dos, il est costaud et musclé, probablement un accro à la muscu. Je suis sur le point de lui donner un conseil du genre « tout est question de modération, fiston » (car je suis certaine qu'il consomme des stéroïdes), quand le garçon se retourne et me regarde droit dans les yeux. *Mr Tenue de service*. Le garçon du café au centre de désintoxication. Il sourit, narquois, un sourire provocateur. Qu'est-ce qu'il fait dans le coin ?

« Tiens, tiens, la banshee », lance-t-il.

Comment ose-t-il, et devant mon fils de surcroît ?

Il se penche par-dessus le comptoir. « Et lui, c'est votre pauvre petit merdeux ? »

Je regarde dans la salle. Seulement deux autres adolescents, attendant leurs petits pains à l'ail, regard perdu dans le cyberespace. Qu'est-ce qu'ils regardent ? Du porno – bien sûr que c'est du porno. Je m'approche de l'un d'eux, regarde par-dessus son épaule, mais je ne vois rien, la lumière éblouissante m'aveugle. Le garçon me jette un regard distrait, s'éloigne, ne se déconnecte pas de son fantasme sordide. Probablement un de ces jeux où ils se promènent en camionnette blanche, ramassent des prostituées et les assassinent. Les pensées commencent à se développer dans ma tête, à m'envahir, chacune plus sombre et plus extrême que la précédente. Je secoue la tête. Le garçon derrière le comptoir m'observe attentivement.

« Qu'est-ce que je te sers ? demande-t-il à Tommy, gentiment, je crois.

— N'impo'te quoi de végéta'ien, répond Tommy, mon petit garçon, si intelligent.

— Pas de p'oblème, poursuit le garçon. Qu'est-ce que tu aimes ? Tout ? »

Est-ce que j'ai bien entendu ?

« Juste du f'omage et des tomates, s'il vous plaît.

— Tu es bien poli, jeune homme. C'est ta mère qui t'a appris la politesse ? »

Ne pète pas les plombs devant ce petit morveux impudent, Sonya. Ne lui donne pas ce plaisir une seconde fois.

« Ton patron connaît ton histoire ? je demande.

— Quelle histoire ? » Il parle très fort pour alerter les autres personnes présentes dans la pièce.

« Il pourrait être intéressé de l'entendre de ma bouche… » Je continue, sachant que je devrais m'arrêter, mais je suis sous l'emprise de quelque chose de bien plus puissant que moi. Qu'est-ce qu'il a, ce garçon ?

« Il m'a déjà mis en garde, mais je ne savais pas que c'était contre vous », poursuit le morveux, son sourire me renvoyant directement à ce terrible moment de la cure de désintoxication. Le bruit des battements d'ailes, des créatures déjà en vol, filant droit devant elles. La brume blanche se lève. Non, s'il vous plaît, pas ça. Pas maintenant, pas devant Tommy. *Aidez-moi, s'il vous plaît*. Et je fais ce que je dois faire : j'invoque le visage de Jimmy, celui de sœur Anne, les mots du rosaire, et je les invoque encore et encore, encore et encore, *Je vous salue Marie, pleine de grâce, Marie, Mère de Dieu, dispensatrice de vie, Mère divine aux lèvres sanglantes et au sourire écaillé, le sourire de la mère, le sacrifice de la mère, vous êtes bénie*. Je me laisse remplir. C'est ça. Je la sens. Des bras qui m'étreignent, me tiennent tranquille.

« Yaya ? » La voix de Tommy interrompt mes pensées.

« Ta mère va bien ? » demande le garçon.

Je sens la pression de la petite main de Tommy qui serre la mienne.

« Parfaitement bien. Bon, tu peux nous servir deux margaritas, s'il te plaît ? »

Je repense à la première fois où j'ai rencontré David, ici même, il y a plusieurs mois, à sa sobriété, à son air sûr de lui, le contrôle de soi, sa *gentillesse*, et je n'arrive pas à concilier tout ça avec l'homme que je connais, que je ne connais pas ou que je ne veux pas connaître. Je me penche pour embrasser Tommy sur le front.

Le garçon a l'air terrorisé.

« Dépêche-toi, tu veux ? dis-je

— Le patron m'a dit de m'assurer que vous pouviez payer avant de vous servir », dit-il.

Je regarde Tommy et je pose un billet de vingt euros sur le comptoir.

Le garçon le prend, le tenant loin de lui comme s'il était contaminé, et le met dans la caisse, me rendant cinquante centimes.

Je lui dis : « Garde la monnaie. »

Il passe la commande et s'éloigne. Je l'observe. Il a l'air d'aller mieux, les muscles lui vont bien, bien qu'ils soient apparus trop soudainement. Quel est le destin de ce garçon ? Je pense à l'homme qui a vu son père se jeter dans le canal le jour de son quarantième anniversaire.

Il dit tout bas : « Content de voir que vous allez bien, vous savez, après ce jour-là, et tout ça... »

Je fais semblant de ne pas savoir de quoi il parle, puis j'ajoute : « Tu as l'air en forme toi aussi. »

Il acquiesce sèchement d'un hochement de tête, annonce la commande des adolescents, des petits pains à l'ail, en effet, et je me demande si j'avais aussi bien deviné le reste. Le porno, sans doute, les jeux vicieux, probablement, mais ce garçon et le canal ? Je regarde le jeune homme solidement bâti ; il a maintenant un travail stable, il gagne de l'argent, et je ne peux donc m'empêcher d'être remplie d'espoir.

Il me tend la boîte, baisse à nouveau la voix et me dit « Dieu vous bénisse » quand je repars.

Je ne pense pas que c'était ironique.

43

« Le dernier arrivé est un chieur.

— Caca-prout », dit Tommy.

Je crie : « Vous voulez vous joindre à nous, Mrs O'M ?, quand je vois notre perfide voisine qui nous observe planquée derrière sa haie bien taillée.

— Non, Yaya, pas Mary La Sorcière, dit Tommy.

— Ne t'inquiète pas, Mr T, elle n'osera jamais. »

Qu'est-ce que le « p'tit bout de chou » a bien pu endurer dans cette maison, et combien de nuits y a-t-il passé avant d'être placé ? Je refuse d'y penser, repousse ces ruminations.

« Bonjour, Tommy, dit Mrs O'Malley. C'est si bon de vous revoir tous ensemble à la maison. »

Salope. La forme, le goût, la force de ce mot, qui sonne de manière satisfaisante, pertinente, me remplissent entièrement. J'attrape Tommy par le bras et le tire jusqu'à la porte d'entrée.

« Aïe, ça fait mal.

— Désolée, Mr T. Désolée. Il faut qu'on mange.

— Oui, Yaya. Les aminaux aussi.

— Oui, Tommy, je sais. »

Tommy me surveille de près. Il ouvre le frigo, renifle, y jette des regards anxieux.

« Jus d'o'ange, Yaya ? »

Je sors une bouteille de jus d'orange du placard. Son corps raidi se détend immédiatement. Mon Dieu, c'est donc comme ça que ça va se passer à partir de maintenant ?

« N'oublie pas le beurky-beurk de Marmie et Herbie.

— Après nous, T. Quand nous aurons mangé.

— Non, maintenant. Ils ont faim. Et ils ont besoin d'eau.

— Tiens. » Je lui tends le bol, le prends dans mes bras pour le soulever en faisant attention à ne pas trop le serrer et j'ouvre le robinet de l'évier de la cuisine.

« Assez, Yaya, dit-il, le bol déborde. Yaya ?

— Oui, mon chéri. Je suis là.

— Pas dans les vapes. »

Mon Dieu. « Merci. » J'articule avec soin. Est-ce que je peux faire ça ? Faire quoi exactement, Sonya, quoi ? Il manque quelque chose.

« À qui parles-tu, Yaya ? »

Je ne m'étais pas rendu compte que je parlais à voix haute.

« Mon ange gardien, dis-je en essayant de sourire.

— Mon ange gardien s'assit des fois près de mon lit quand t'étais pas là.

— À quoi ressemblait-il ou ressemblait-elle ? » J'y vais doucement, consciente que c'est la première fois qu'il parle de notre séparation.

« Des fois à He'bie.

— Tu entends ça, Herbie ? »

La queue du chien tape sur le carrelage de la cuisine.

« Et des fois à gan-pè'e et à Mr Pizza.

— Des versions géantes ?

— Non.

— Oh. Tu trouves qu'ils se ressemblent, T ?

— Ils ont la même voix.

— Oui, ils ont la même voix.

— J'espère que gan-pè'e viendra me voir bientôt. Il a p'omis. »

Vraiment ? Je trouve ça presque insupportable. Qui fait de fausses promesses à quelqu'un de si petit ? Je lui sers sa pizza, qu'il mange méthodiquement, en mâchant soigneusement. Je me force à avaler deux parts.

« Tommy ? » Je m'efforce de parler sur un ton prétendument désinvolte, pour ne pas l'effrayer. « Tu as mis le feu à quoi dans la maison de Mrs O'Malley ?

— Rien, Yaya !

— Et dans celle de Clare ?

— Seulement Mr Bougie et Mrs Allumettes.

— Et tu as essayé de mettre le feu à la maison ? »

Il me regarde comme si j'avais vraiment perdu la tête, que je l'avais laissée ailleurs, comme si seule une personne exceptionnellement stupide pouvait poser une pareille question.

« Mais tu voulais le faire ? » Je ne peux pas m'en empêcher.

Il m'ignore, se penche pour caresser Herbie.

« Je vais juste aux toilettes, Tommy », je dis.

Il ne répond pas.

Je ferme la porte de la salle de bains derrière moi et me regarde dans le miroir. Je vois une personne floue qui me regarde, ce qui n'est pas inhabituel. Ce qui est inhabituel, c'est un pain de savon de Marseille encore dans son emballage. Je n'aurais jamais acheté cette merde. *Lave ta bouche et tes pensées, Sonya*. Une voix désincarnée.

« Yaya ? » crie Tommy à travers la porte. Est-ce que je parlais encore à voix haute ?

« Tout va bien, Mr T. Je fais juste caca », dis-je en espérant le faire rire, mais je me souviens de notre précédente politique de la porte ouverte. Mon Dieu, l'alcool a vraiment abaissé les limites.

« J'ai fini ! dis-je en sortant.

— Ça pue mauvais, Yaya ! » Il balaie l'air de sa main.

Je me pince le nez. « Caca prout, prout, prout. »

Il commence à rire silencieusement. Je peux voir l'effort qu'il fait pour se retenir. Je le chatouille sous les bras. Il explose, des larmes coulent sur son visage. Je ne sais pas s'il rit ou s'il pleure, probablement les deux.

« Tommy, tu voudrais bien me parler de ton séjour chez Clare ? Me raconter un truc ?

— Caca prout, prout, prout !

— Est-ce que Clare t'a appris à allumer une allumette ?

— Ça pue mauvais, mauvais, mauvais !

— Et l'école ? Tu es content d'y retourner ?

— La couleur des mouettes, dit-il.

— Tu parles des nuages ou du bâtiment ?

— Gris blanc gris.

— Pas étonnant que tu sois si bon en dessin ! On va sortir notre livre de coloriage, mon petit artiste ? »

Il bondit presque sur ses pieds tant il est excité. « Oui, Yaya.

— Tu sais que bientôt c'est ton anniversaire, Tommy ? On va faire une fête ? »

Il va fouiller dans le tiroir au fond de la commode Ikea que je n'ai pas pris la peine de monter correctement et en sort des crayons, des paillettes, de la colle et un album.

« Qui viendra à la fête, Yaya ? »

Clare, Maureen, mon père, Lara, David ? Pas vraiment la bande rêvée pour un enfant de cinq ans.

« Et tes copains de l'école, Tommy ? »

Il hausse les épaules. « Miss Maeve, dit-il.

— Ta maîtresse ? Tu l'aimes bien ?

— Elle m'a donné des étoiles dorées. »

Il est concentré, il frotte de la colle en bâton sur une page blanche et secoue le tube de paillettes en forme de triangles irréguliers.

« Tommy, c'est vraiment magnifique ! »

Il me regarde, ravi. Je m'éclaircis la gorge, parle à voix basse :

viens me retrouver dans mon orbite. « Viens, douce nuit, viens, nuit amoureuse nuit au front noir. »

Tommy a l'air ravi. Je monte sur le canapé, je lisse ma robe, je donne de la voix, une voix pleine et sonore :

« Donne-moi mon Roméo, et quand il mourra... Vas-y, Tommy... C'est quoi la suite ? »

Il se lève et, de toute sa hauteur, saupoudre le papier de paillettes. « Prends-le et découpe-le en petites étoiles...

— Oui ? Et après, mon brillant, étincelant, petit garçon...

— Oublié, Yaya.

— Et il rendra le visage du ciel si beau..., je l'encourage.

— Que le monde entier sera amoureux de l'éblouissant Mr Soleil et cessera d'adorer Mrs Nuit !

— Magnifique paraphrase, Tommy, tu es vraiment mon petit génie !

— B'avo, b'avo, b'avo, Yaya ! »

Je salue d'une révérence et un nuage de paillettes tombe sur ma tête. Tommy en jette des poignées comme des confettis. Une crispation dans mes tripes. Il faut que ça cesse.

« Ok, c'est bon, maintenant. C'est toi qui vas passer l'aspirateur ? »

Encore une fois, ce don inné pour briser le bonheur des autres. *Égoïste, égoïste, égoïste.*

« Je suis désolée, Tommy, je ne voulais pas... »

Tommy m'ignore et n'essaie pas d'arranger les choses, comme il l'aurait fait normalement.

Je continue : « Et si on faisait tes premières invitations pour la fête et que tu les apportais à l'école demain ? »

Il met le bout d'un crayon rouge dans sa bouche.

« Du sang succulent, appétissant, Mr Dracula ! » je hurle – en découvrant mes canines.

Pas la moindre trace de sourire. Il s'essuie la bouche avec sa manche.

« Cette fête, Tommy. De combien d'invitations avons-nous besoin ? Dix, vingt ? »

Merde, un goûter d'enfants. Comment je fais ça ? Je vais probablement devoir organiser des jeux. Le jeu de la statue, je peux faire ça, une chasse au trésor, quoi d'autre ? Je peux me déguiser, puiser dans mon passé, porter un tutu, danser avec quelques cierges magiques. Une bonne fée enflammée ! Je vais chercher Mr Cracheur de feu. Mes pensées s'accélèrent.

« Yaya ? »

Cette foutue diablesse a fait une apparition fantôme. Si je ne lui prête pas attention, elle ne pourra pas me posséder. Fais un putain de petit effort, Sonya.

Je respire profondément. « Qu'est-ce que tu en penses, Tommy ? On peut inviter tous tes petits amis samedi, avec des guirlandes lumineuses, des cupcakes, des Krispies, des chapeaux en papier, des cierges magiques, des roues de Catherine... » L'excitation monte. Ce souvenir brumeux de ces roues de feu qui tournent s'empare de moi. Un moment lumineux, étincelant. Il y avait aussi des moments heureux.

« Yaya ? » Il essaie de m'interrompre à nouveau.

« Qui sont tes amis à l'école, Tommy ? »

Il me regarde d'un air absent.

« Tu as parlé de l'école à David, non ? »

Il hausse légèrement les épaules.

« Pourquoi tu ne me parles pas à moi, ta mère ? » Je parle vite, d'une voix aiguë. « Avec tout ce à quoi j'ai renoncé pour toi ? » Une ombre noire me talonne. J'essaie de la repousser. « Tommy, j'ai besoin des noms. Des noms, Tommy, des noms. »

Est-ce que je viens de crier ? Tommy grimace et se replie sur lui-même. Herbie grogne.

Un souvenir surgit, comme une gifle sur la joue. « Réveille-toi, princesse, c'est ton anniversaire. » On me sort de mon lit, on me tire par un bras en bas de l'escalier et je me retrouve dans une pièce remplie de bougies et de lumières scintillantes. De la musique retentit, une musique kitsch, à la Abba, et, alors que je me frotte les yeux, je vois une femme dans un tutu, couverte de paillettes de la tête aux pieds, qui me dit « danse, chérie, danse ». Des flocons de neige multicolores, des flocons de neige savoureux, des bonbons tombant du ciel. « Une si jolie petite fille. » On me fait tournoyer, on me soulève sous les bras et on joue à l'avion, tout là-haut, des rires dans mes oreilles. Je ne me souviens de rien d'autre que de mon père criant : « Arrête maintenant, arrête, ça suffit. » Il me ramène dans mon lit, essuyant les paillettes avec un gant de toilette humide. « Je vais t'apporter du lait chaud, d'accord ? » Il ne me souhaite même pas un bon anniversaire. Il l'a complètement oublié.

Ce n'est pas l'endroit brillant que je cherchais. Je me ressaisis, je regarde autour de moi. Tommy a l'air trop abasourdi pour pleurer. Je range le tube de paillettes dans le tiroir que je referme d'un coup sec.

Tommy a les yeux fermés et murmure quelque chose – une prière ? Il embrasse Herbie sur ce point sensible entre les deux yeux.

Je compose le numéro de téléphone de mon père, je recommencerai jusqu'à ce qu'il réponde. Je dois savoir. Que s'est-il passé dans mon enfance, quelles sont les parties manquantes ? Finalement, la voix de Lara répond : « Qu'est-ce que tu veux, Sonya ?

— Je dois parler à papa et si tu ne me passes pas cet homme, mon père, au téléphone tout de suite, je viens avec le chien, le chat et Tommy, et je campe sur le pas de ta porte jusqu'à ce que tu nous laisses entrer.

— Je pense que tu ferais mieux de lui parler. » J'entends marmonner.

« Papa ?

— Oui, Sonya. Qu'est-ce qu'il y a ?

— J'ai besoin de te parler de ma mère. Que s'est-il vraiment passé ? »

Il soupire. « Oh, pour l'amour de Dieu, Sonya.

— Papa, je crois me souvenir… »

Un silence puis, à voix basse : « S'il te plaît, arrête ton cinéma, ne commence pas à faire une scène, Sonya. Sois raisonnable, pour Tommy.

— C'est une réplique qui a servi pour ma mère, n'est-ce pas ? C'était tout ce que ça représentait ? Une touche de mélodrame ?

— S'il te plaît, Sonya, va à tes réunions. Tu peux avoir du soutien, cette fois. Profites-en.

— Qu'est-ce qui ne tournait pas rond chez elle, papa ? »

Je l'entends respirer d'une manière exagérée.

« De quoi est-elle vraiment morte, papa ?

— Sonya, pourquoi remuer tout ça maintenant ?

— Papa… Tu crois que je suis comme elle ? »

Il est comme essoufflé : « Oh, Sonya…

— Je veux te voir. Tommy veut te voir, tu lui as promis… »

On lui arrache le téléphone des mains. « Ton père n'ira nulle part, Sonya. Il ne va pas bien.

— Papa ? » Je crie dans le téléphone. « Tu dois me dire la vérité.

— Ça suffit maintenant, Sonya », dit Lara.

« Yaya ? » La voix de Tommy m'interrompt.

Je raccroche et m'affale dans le canapé.

« Oh, Tommy, je suis désolée, je suis tellement désolée. Je ne voulais pas… »

Il grimpe sur moi, caresse mes cheveux qui scintillent de paillettes. La chaleur et le poids de son petit corps. Son souffle dans mon oreille : un murmure divin.

44

« Debout, la marmotte. C'est l'heure d'aller à l'école. »

Je n'aurais jamais pensé dire ça un jour. Je me penche pour l'embrasser sur sa joue toute rouge. Il remue, un léger sourire aux lèvres, et je le laisse se réveiller pour aller dans la cuisine préparer le petit déjeuner. Aujourd'hui est un nouveau jour, un jour rempli de ces mêmes vulnérabilité et détermination qui suivent une explosion spectaculaire. Je n'aime pas la façon dont j'ai parlé à mon père, la façon dont j'ai exposé cette partie de moi instable et qui n'est pas en sécurité avec mon père. Je n'aime pas non plus que mon fils ne se sente pas en sécurité avec moi à cause de ce que j'ai fait.

Tommy s'habille tout seul, et je dois admettre qu'il est mignon dans son petit pantalon gris et son pull, mais... ces baskets clignotantes et ce sac en forme de camion de pompier... Je mords l'intérieur de ma joue. On mange des corn flakes et des toasts. Je fais monter les animaux dans la voiture – nous ferons une belle promenade après avoir déposé Tommy ; n'est-ce pas ce qu'une mère de famille de banlieue est censée faire ? Nous nous garons devant l'adresse que Maureen m'a donnée, qui n'est qu'à vingt minutes de route quand la circulation est dense. Elle ne m'a pas dit qu'il s'agissait d'une sorte d'institution religieuse. Quel est le problème dans ce pays avec ses hauts lieux de l'enseignement ?

Une croix imposante au-dessus de la porte voûtée, instrument de torture, symbole de souffrance, des préfabriqués regroupés autour de la chapelle, blottis dans son ombre.

Tommy descend d'un bond, nous saluant tous d'un geste de la main.

« Tu as mon déjeuner, Yaya ? »

Le déjeuner ? Oh merde, j'étais censée faire un sandwich, mettre une boisson, une pomme dans son sac.

« Je reviens avec, T. À quelle heure tu déjeunes ? »

Il hausse les épaules.

« Je m'en occupe, ok ? Vas-y, maintenant, et amuse-toi bien. N'oublie pas de donner les invitations pour ton goûter d'anniversaire. »

Je suis toujours à la place du conducteur, le moteur de la voiture tourne au ralenti. Il acquiesce, envoie des baisers à Marmie et Herbie, puis hisse son sac ridicule sur son épaule. Je reste là à le regarder jusqu'à ce qu'il disparaisse derrière la porte, puis je baisse les yeux sur mon téléphone. Huit appels manqués de David. J'appuie sur le champignon.

« C'est l'heure d'aller courir, les gars. »

Je m'arrête devant les grilles du parc municipal, et même si je porte un jean et des bottes, je me mets à courir. Je laisse Herbie et Marmie en liberté. Beaucoup de regards. Je fais de mon mieux pour les ignorer mais je ne peux m'empêcher de faire un doigt d'honneur à une vieille peau particulièrement curieuse. « Ces animaux devraient être chez eux ou tout au moins ce chien devrait être tenu en laisse. » Les mots de cette femme me poursuivent. Je cours plus vite. Je finis par m'arrêter, j'ai un point de côté, je vomis un peu, j'attache les laisses du chat et du chien, et je retourne à la voiture en boitillant. Après avoir couru avec des bottes, les muscles de mes tibias m'élancent.

Aller jusqu'au Spar, acheter un sandwich au fromage, ça devrait aller, une pomme, des chips Tayto – est-ce que ça va ?

– et vite retourner à l'école. J'entre dans l'enceinte de l'école, je regarde l'îlot de préfabriqués, insignifiants et fragiles, comme le sanatorium et l'unité de sevrage au centre de désintoxication. Combien de ces petites personnes iront là-bas plus tard dans leur vie ? Certains, mais pas Tommy, je vais m'en assurer. « Il est assez jeune pour se remettre de tout ça » – la voix de Jimmy résonne dans mes oreilles.

« Ok, les amis, soyez sages. Ce ne sera pas long. » Je parle à travers la vitre de la portière, presse mon nez contre. Je suis certaine de voir Herbie m'adresser son sourire de dauphin. Je suis en train de le reconquérir.

J'appuie sur la sonnette à l'entrée et j'attends. Une femme à l'air frustré et à la bouche qui tombe ouvre la porte. J'entends les gars du centre : « Si la vie vous donne des citrons… » Je sais que j'ai un sourire en coin.

« Bonjour, en quoi puis-je vous aider ?

— Je suis la mère de Tommy Moriarty. J'apporte son déjeuner. »

La femme prend le sac du bout des doigts, bras tendu.

« Il est en quelle classe ?

— Je ne sais pas… La plus petite. Il a quatre ans, cinq la semaine prochaine. »

Je jacasse, me sens jugée. Une mère merdique avec son déjeuner bon marché acheté au Spar, et en retard.

« Oh, c'est le petit Tommy qui est arrivé tout seul ce matin ? On a essayé de vous appeler.

— Non, vous devez vous tromper. Je l'ai accompagné moi-même en voiture ce matin. »

La femme me regarde fixement, vraiment fixement, un regard scrutateur. Je détourne les yeux.

« À quelle heure finit-il ?

— Vous avez une pièce d'identité ? demande la femme en regardant le sac d'un air suspicieux.

— Pardon ?

— La preuve que vous êtes bien celle que vous prétendez être. »

La femme continue sa fouille, qui commence à être envahissante. C'est exactement ce que j'ai ressenti au cours des jours qui ont suivi la mort de ma mère, quand tous les yeux, à l'école, étaient braqués sur moi, m'épinglant, à l'instar d'une espèce rare et dangereuse. Je colle ma langue dans la plaie cicatrisée de ma joue. Respirer, se calmer, prier.

« Je vais rentrer chez moi et aller chercher mon passeport », dis-je. Miss Saine d'Esprit dans le rôle principal.

La femme hoche la tête, tout en me brûlant de son regard grossissant ; comme si elle me regardait à travers une loupe.

Je tourne les talons. « N'oubliez pas de donner à Tommy son déjeuner, d'accord ? »

La femme répond : « Vous n'avez pas reçu la liste des aliments acceptables ? » Je ne me retourne pas, je continue, je repars à la voiture, au sanctuaire des animaux. « Nous n'acceptons pas les chips, surtout pas les Tayto. » La voix me poursuit. « En revanche, les sandwichs, ça va. »

Je me gare devant ma porte et vois Mrs O'Malley dehors, en train d'arroser ses plantes. En novembre ? L'Homme Là-Haut n'arrose pas assez ? La colère me traverse, me prend à la gorge, me secoue un peu.

Quand j'ouvre la porte, une forte odeur d'eau de Javel me surprend. Ai-je laissé le bouchon de la bouteille ouvert, l'ai-je laissée couler ?

« Bonjour, Sonya. »

Il porte le tablier à froufrous que Tina m'avait donné. Est-ce qu'il essaie d'être drôle ?

Herbie et Marmie me suivent, la queue basse, les poils hérissés.

« Tu n'es pas surprise de me voir ? » dit-il.

L'absurdité de la situation m'incite à la jouer à l'envers.

« Je devrais l'être ?

— Tu n'as pas répondu au téléphone. J'étais inquiet.

— Tout va bien.

— Ton père n'est pas de cet avis.

— Tiens donc.

— Il m'a demandé de venir voir comment tu allais.

— C'est gentil.

— Comment s'est passé le départ du p'tit bout de chou pour l'école ? »

Comment est-il… ?

« Je dois retourner le chercher à midi et demi. Je vais vite prendre une douche.

— Tu as mangé, Sonya ? Tu as l'air un peu nerveuse.

— Comment es-tu entré ?

— Tu m'as donné une clé, tu t'en souviens ? »

Je ne m'en souviens pas, mais j'essaie de m'en convaincre – même si je sais que je n'aurais jamais fait une chose pareille.

Il ouvre la porte qui donne sur la cour et « Ouste ! » dit-il en chassant les animaux.

Un courant d'air froid entre dans la pièce. Personne ne bouge.

« Ils n'ont pas l'habitude qu'on leur parle comme ça. Ferme la porte, s'il te plaît, David. Il fait un froid de canard.

— C'est mieux que de puer. »

Un silence s'installe, empli de battements d'ailes.

« Ça va, Sonya ? Tu es un peu pâle. Assieds-toi.

— Quand as-tu parlé à mon père, David ? »

Il ignore ma question, me force à m'asseoir d'une pression sur mon épaule.

Le bruit des battements d'ailes s'intensifie, me donne l'impression d'être dans une soufflerie.

« Je pense que tu es sur le point de faire une rechute. Tiens, je t'ai fait un sandwich au fromage, j'ai pris des chips Tayto et une pomme. »

Je regarde mon assiette. C'est exactement le même déjeuner que celui de Tommy. Je regarde David, j'essaie de le visualiser dans le détail, mais je n'obtiens qu'une silhouette floue.

« Tu veux que j'aille chercher Tommy ? demande-t-il d'une voix posée, alors qu'il me sert un thé.

— Quoi ? Non, non merci. Je dois y retourner avec une pièce d'identité de toute façon.

— Une pièce d'identité ? Pourquoi ? Qu'est-ce que tu as fait, Sonya ? Tu les as déjà inquiétés ? » Il sourit chaleureusement. Une blague partagée. Il ferme la porte sur les animaux.

Je sirote mon thé. Il est délicieux. Réconfortant et ordinaire.

« Allons-y ensemble. »

Je pense au regard de cette femme. L'opinion qu'elle a de moi, un regard qui juge, un regard inquiet. Ce n'est peut-être pas une si mauvaise idée ; je suis peut-être Miss Moriarty, mais ça ne veut pas dire que je suis forcément mère célibataire.

« Mange, dit-il en s'asseyant à côté de moi et en coupant mon sandwich en triangles bien nets.

— Je n'aime pas la croûte », dis-je, sans savoir exactement quel rôle je joue.

Il secoue la tête, puis coupe les bords des tranches de pain en souriant. « Et maintenant, madame, c'est à votre goût ? »

Je prends une bouchée, je mâche.

Il s'approche pour m'embrasser sur la joue. « Tu m'as manqué, Sonya. »

Je souris, j'avale.

« Bon, il est temps que tu prennes ta douche, dit-il en débarrassant mon assiette avec les restes.

— D'accord, je réponds, en endossant le rôle de la "bobonne" soumise, dans une pièce féministe moderne et subversive.

— Et après, nous irons tous les deux chercher Tommy, ok ? C'est mieux de faire bonne impression dès le premier jour.

— Ce n'est probablement pas une mauvaise idée », dis-je tout en sachant que Tommy va détester que David soit là à la place de Herbie et Marmie.

« Tu as une voiture ? je demande en conduisant.

— Conduite en état d'ivresse, répond-il.

— Oh, ça fait longtemps ?

— Trois ans.

— Alors, ça doit être bon maintenant. »

Il hausse les épaules. « Je n'ai jamais beaucoup aimé conduire. »

Je repense à la première fois où je l'ai vu, l'imaginant au volant du dernier modèle BMW, une voiture parfaitement entretenue, tout en chrome et cuir polis. Je sais que les gars, là-bas, eux aussi l'imaginaient au volant d'une voiture racée. Impressions, intuitions qui partent en fumée.

« Ton ancien boulot ne te manque pas ?

— Je préfère ne pas parler de ça », dit-il en mettant la radio à fond. *Pluvieux avec risque d'averses, température descendant en dessous de zéro à la tombée de la nuit.*

Je ne peux pas croire que je lui ai permis de mettre les animaux dehors.

Après m'être garée, je me tourne vers lui. « En fait, c'est probablement mieux si tu ne viens pas.

— Mon Dieu, Sonya, tu ne sais pas ce que tu dis ! » Il descend de voiture et ferme la portière derrière lui. « Je pense sincèrement que tu feras meilleure impression si on voit que tu as un homme dans ta vie. Fais-moi confiance. »

Nous nous dirigeons vers les grilles à l'arrière, où d'autres parents attendent, principalement des femmes seules, leurs maris étant au travail.

« Tu as ta carte d'identité à portée de main ? » demande David à voix basse.

Les enfants sortent par groupes de deux ou trois. Tommy sort en dernier, la même femme que tout à l'heure sur les talons.

Il regarde fixement David.

« Où est Herbie ? »

Et voilà qu'il recommence avec ce « r » parfait.

« Ah, vous voilà. » La femme s'avance vers moi à pas menus.

Je lui tends mon passeport, sans un mot.

« J'espère que vous comprenez que c'est seulement pour le bien du garçon. Nous ne vous connaissions pas encore. C'est la personne qui s'occupait de lui avant qui l'amenait… » Elle s'interrompt, puis tend la main à David : « Mrs White. »

Une vague de chaleur monte en moi et rampe sous ma peau.

« Merci pour votre sollicitude, Mrs White. Vous avez bien vérifié ? » David montre d'un geste le passeport, qui n'a pas été ouvert, entre les mains rouges et rugueuses de la femme – qui semble avoir trop souvent fait la vaisselle, et sans gants.

Elle l'ouvre, troublée, feint de lire la première page, puis le rend.

« J'aurais pensé que vous aviez été informée que Tommy était de retour chez sa mère ? »

L'enseignante se ressaisit et observe David attentivement. « Je suis désolée, et vous êtes ?

— David Smythe. » Il prononce son nom comme si elle devait savoir qui il est.

« Je n'ai pas été informée de l'existence d'un compagnon.

— Je suis un ami de la famille. »

Je me déteste pour ça, mais je commence à me lâcher, quêtant l'approbation de cette femme : « David est avocat et c'est un psychologue qualifié, Mrs White. »

Il lui tend sa carte de visite, sourit. « Allez, viens, Tommy. On a un goûter d'anniversaire à organiser. »

L'enseignante étudie la carte un moment puis, d'une voix tendue et forcée, dit : « Ah oui, tu as de la chance, Tommy. N'est-ce pas ?

— Viens, maintenant, Tommy. » Je lui prends la main.

David se tourne vers moi, me lance un clin d'œil et, tous les deux, nous le prenons chacun par un bras et le soulevons pour le balancer. Ça semble si *naturel*. « Un, deux, trois, zou ! » Le corps de Tommy se raidit. Je connais ce signal et je veux dire à David d'arrêter, mais la maîtresse nous regarde.

Mrs White émet un rire forcé. « Eh bien, tu voles bien haut, Tommy. »

Tommy me regarde, louche, roule sa langue pour que les bords se touchent. Un petit garçon intelligent ; il ne supportera jamais d'être pris de haut. Quand je regarde à nouveau la maîtresse, je vois des émotions contradictoires se dessiner sur son visage. Une partie de moi veut se confier à elle, lui demander ce qu'elle pense de cet homme. Quelle impression fait-il aux inconnus ? Cette foutue résolution de ne jamais faire confiance à ce que mon instinct me dit n'a pas exactement établi une boussole intérieure fiable. Ok, alors Dieu, qu'est-ce que tu en penses ? Dieu ? Où es-tu, Dieu ?

De retour dans la voiture, David se tourne vers Tommy. « Hé, mec. C'est pas sympa de faire des grimaces dans le dos de la maîtresse. »

Je le regarde dans le rétroviseur. Il met son pouce dans sa bouche.

« C'est mal élevé de ne pas répondre, fiston. Ta mère ne t'a donc rien appris ? »

Ses mots résonnent en moi, avec une certaine familiarité. Lara qui me dit quelque chose de semblable et mon père qui la laisse dire.

« C'est les bébés qui sucent leur pouce, et tu n'es plus un bébé, n'est-ce pas ?

— Non, ce n'est plus un bébé. » Je l'arrête. « C'est un grand garçon, de presque cinq ans ! Tommy ? Combien d'invitations as-tu distribuées aujourd'hui ? »

Tommy continue de regarder par la vitre.

« Tu as entendu ce qu'a dit ta mère, Tommy ? »

Je donne un coup de coude à David, sans me tourner vers lui, concentrée sur la route. Je murmure : « Laisse-le tranquille. »

David se penche pour allumer la radio. Un rappeur est en train de *putain d'enculer ta mère* sur les ondes. J'éteins la radio. « Bon sang, ce truc devrait être classé X, ne pas être diffusé pendant les heures de sortie d'école.

— Tu as entendu ta mère, Tommy ? Qui fait semblant d'être responsable et concernée ?

— Je suis concernée, dis-je dans un élan de colère.

— Ok, calme-toi, Sonya, ce n'est pas le moment de me faire une scène. »

A-t-il avalé les mots de mon père ? J'appuie sur le champignon.

« Bon sang, Sonya. Ralentis. Petite personne à bord. » David essaie d'adopter un ton humoristique mais il a beau me répéter qu'il faut savoir « se laisser aller et faire confiance à Dieu », je sais qu'il en est incapable, et qu'être passager d'une voiture conduite par une femme survoltée et incontrôlable met à l'épreuve tous les aspects de sa personnalité qui normalement ont sans cesse le contrôle de tout.

« Vroum, Tommy ! dis-je en lui adressant un clin d'œil dans le rétroviseur.

— Vroum, répond-il mollement, sans conviction.

— Vroum », dit David, essayant de se faire complice.

Tommy lui jette un coup d'œil, de ce regard que je l'ai vu me lancer le premier soir de son retour : inquisiteur, froid.

Arrivé à la maison, Tommy va directement à la porte de la cuisine, l'ouvre et laisse entrer Herbie et Marmie.

« Ce sont des animaux, dit David. Ils seraient mieux dehors.

— Ce sont des animaux domestiques, David. Pas des créatures sauvages qui ont été élevées en plein air. Ils sont habitués à la chaleur et au confort de la maison.

— Ils peuvent se réhabituer à leur habitat naturel.

— Habitat naturel... une cour ? » Un grognement de cochon m'échappe.

« Tu te moques de moi ? » demande-t-il. Et je ne suis pas sûre de l'humeur que son ton suggère.

Je décide d'essayer d'en rire. Je refais un bruit de cochon.

« C'est nul, Yaya.

— Hé ! Sois poli avec ta mère, jeune homme.

— Il n'est pas impoli, nous ne faisons que jouer », dis-je. Puis je me demande pourquoi j'en suis à justifier ma relation avec mon fils auprès de cet homme qu'hier encore j'avais décidé de rayer de notre vie.

« Bon. C'est l'heure des devoirs. » Bizarrement, ça me réjouit.

« Je suis très bon en maths, dit David.

— Tu n'as pas un truc à faire, tu ne dois pas aller quelque part ?

— C'est ici que je suis le mieux. Et si je nous préparais à manger, pendant que vous vous y mettez ? »

Tommy est à genoux et chuchote quelque chose à l'oreille de Herbie.

David éternue. « Merde, mes allergies recommencent. Il faut vraiment laisser les animaux dehors pendant un petit moment, d'accord, mon pote ?

— On va aller là-bas », dit Tommy qui part, avec sa cour sur les talons, dans le salon.

« Ça t'apprendra ! dis-je en riant.

— Sérieusement, Sonya ? Tu ne vois pas à quel point ce garçon est malpoli ? »

C'est comme si je recevais un coup de pied dans le thorax, je manque même d'être pliée en deux. « Excuse-moi ? dis-je en bredouillant.

— Oh, je plaisante. Vas-y maintenant, et débarrasse-toi de ses devoirs. Je vais nous préparer une omelette.

— C'est bon, David, on vient tous de déjeuner.

— Je me sentirais mieux si je savais que Tommy a mangé correctement », dit-il en attrapant les œufs. Et, sans attendre, il en casse un dans un bol.

« Je ne pense pas qu'il voudra remanger tout de suite.

— Il ne s'agit pas de ce qu'il veut, mais de ce dont il a besoin. »

La cuisine me semble soudain trop petite pour nous deux, les murs se rapprochent. Je me sens poisseuse. Ouvrir la porte qui donne sur la cour. Respirer profondément. Il me regarde.

« Tu ne te sens pas bien, Sonya ? »

Mon pouce tressaute.

« Tu n'as plus à te débrouiller toute seule avec tout ça, tu sais. » Il commence à battre les œufs avec un fouet.

Je réfléchis à ce qu'il vient de dire. Je vois Linda dans les bras protecteurs de Mark, son visage béat et confiant.

« Tu as des problèmes de confiance, Sonya. Nous le savons tous les deux.

— Oui, je le sais. Et pour de bonnes raisons… Et maintenant, Tommy et moi avons besoin de passer du temps ensemble, seuls, dis-je d'une voix posée, qui le surprend, qui nous surprend tous les deux.

— Laisse-moi au moins finir de vous préparer cette omelette.

— Ce n'est vraiment pas la peine. »

Il secoue la tête, en essayant d'adopter un ton désinvolte.

« Quelle femme refuserait une telle proposition ?

— Merci pour ton aide, mais je suis sûre que tu as d'autres choses à faire. »

Il s'efforce de garder une attitude raisonnable et adulte, et range le bol dans le réfrigérateur. « Ajoute juste du fromage, des champignons, peut-être des épinards, pour plus tard...

— Oui, je sais.

— Et appelle-moi quand tu vas à une réunion. Au moins trois par semaine. Il faut que tu sois au top, Sonya.

— Je sais, David. » Je le regarde attentivement. « Quand as-tu pris contact avec mon père pour la première fois ?

— Il m'a donné sa carte. » Il commence à rassembler ses affaires.

« Oui, j'ai vu ça. Mais pourquoi as-tu pensé que tu pouvais l'appeler ?

— S'il m'a donné sa carte, c'est qu'il y avait une raison.

— Vous vous parlez souvent ?

— Tu détournes la conversation, Sonya. Nous discutons de la nécessité pour toi de ne pas rechuter, et toi, tu me poses des questions. C'est ta façon de faire. » Il met son manteau.

« Et toi tu ne réponds jamais. Je ne pensais pas que j'étais encore ta *patiente*.

— Tu n'as jamais été officiellement l'une de mes patientes. Tu t'es débrouillée pour que ce ne soit pas le cas, Sonya. Tu savais ce que tu faisais. »

Il a l'air vraiment secoué pendant un moment, puis change de tactique.

« Sonya, ton père s'inquiète pour toi.

— Qu'est-ce qui l'empêche de venir me voir ?

— Je suis sûr que tu connais la réponse à cette question. »

Je veux vraiment qu'il foute le camp de chez moi, maintenant.

« Nous devrions sortir dîner un soir, trouver une baby-sitter pour le p'tit. »

Je ne dis rien. Il est à la porte, attendant de voir si je réponds, se demandant s'il doit ajouter quelque chose, quand soudain, brusquement, il ouvre la porte et la claque derrière lui. Je pense qu'il est blessé.

Dès qu'il est parti, je réalise que je ne lui ai pas demandé de me rendre la clé. Est-ce mon père qui la lui a donnée ? Notre dernière conversation ne l'a pas vraiment convaincu que j'étais une mère célibataire capable de faire face à la situation.

Je vais dans le salon, où Tommy, telle une sylphide, s'éloigne avec rapidité et discrétion de la porte pour revenir vers le canapé. Je parie qu'il avait l'oreille collée à la porte ; il a eu de nombreuses occasions d'aiguiser ce talent particulier ces derniers temps. Je dois lutter contre l'envie de lui demander ce qu'il pense de cette situation, et je dois lutter encore plus fort pour ne pas le demander à Herbie.

« Hé, Mr T, combien d'invitations as-tu distribuées aujourd'hui ? »

Tommy fouille dans son sac et en sort un grand nombre d'enveloppes.

« Aucune ? Pourquoi ça, Munchkin ? »

Il hausse les épaules.

« Demain, alors ? Et si tu les distribuais demain ?

— Je ne veux pas y aller demain. »

Je devrais être contente.

« Allez, Tommy. Ça n'est sûrement pas si grave. »

Il met son pouce dans sa bouche.

« Il s'est passé quelque chose, Tommy ? »

Il me regarde comme si j'étais un puzzle compliqué. Comment assembler les pièces pour qu'elles s'emboîtent et ne forment plus qu'un tout ? De la colle forte, un cadre.

« Yaya, on peut rester à la maison ensemble, juste nous. Comme avant. »

Et qu'est-ce qu'on faisait toute la journée, avant ? On regardait des émissions de merde à la télé, on inventait des jeux ? Non, il va avoir une vie différente à partir de maintenant. Une vie faite de journées structurées, ordonnées, productives.

« Tu vas devoir aller à l'école, mon chéri. Je vais chercher du travail. »

Je ne sais pas d'où ça vient, mais dès que je le dis, je me fais à cette idée. Bien sûr, j'ai besoin d'un travail, d'une interaction avec le monde, d'argent dans ma poche, d'un but. Qu'est-ce que je pourrais faire ? Vendeuse ? Mes doigts me démangent rien qu'à l'idée. Réceptionniste ? Rien que d'y penser, le poids de l'ennui m'écrase presque. Peut-être que je pourrais penser à remettre les pieds sur scène ? Tommy a besoin de voir sa mère heureuse, épanouie, dans son élément.

J'adopte ma meilleure posture shakespearienne : les pieds fermement plantés, les épaules en arrière, la tête haute, le dos légèrement arqué, je demande l'attention de mon public captif. Je commence en chuchotant : « *Galopez prestement, coursiers aux pieds de feu, Vers la demeure de Phébus*[1]... »

Tommy applaudit. « He'bie, viens ici, He'bie. » Il grimpe sur le chien. « Hue, He'bie, à dada, hue. »

La queue de Herbie s'agite vigoureusement tandis qu'il fait le tour de la pièce en aboyant, le chaton miaule, ce qui ajoute un air entraînant à mon monologue, je suis sous les feux de la rampe.

Ma voix monte d'un ton : « ... *un cocher comme Phaëton vous fouetterait vers l'ouest, Et amènerait la nuit nuageuse immédiatement*... C'est quoi, la suite, Tommy ? »

Tommy descend brusquement de Herbie et regarde par la fenêtre. Il ne joue pas.

« Papa est là-haut, Yaya. »

1. Shakespeare, *Roméo et Juliette*, acte III, scène 2. *Op. cit.*, p. 337.

Le ciel est passé du gris de la mi-journée à l'étain du début de soirée.

Une sensation de froid atterrit dans mon estomac. De l'eau sur le feu, un arrosage. Je regarde dehors moi aussi et je frissonne.

« Peux pas le voir, Yaya. Trop tôt pour les étoiles.

— Trop nuageux pour les étoiles, Tommy. »

Le jour viendra où Tommy sera assez grand pour comprendre, et je lui dirai, il le faudra – je lui apprendrai que son père est vivant. Mais pour l'instant, le mensonge, le plus gentil des mensonges, continue.

45

Je me réveille, les draps, froids et humides, tout entortillés. Ouvrir les yeux, regarder autour de moi, tous mes bébés endormis sur le lit. Je les effleure l'un après l'autre ; j'aime les différentes textures, de cheveux, fourrure et peau.

Tommy ouvre un œil, me jette un regard farouche, renifle.

« Je ne voulais pas, Yaya.

— Quoi, Tommy ?

— Le briquet et Mr Feu dans les rideaux, il a mangé Mr Pizza.

— Oh, mon chéri, ce n'était qu'un rêve. Rappelle-toi : je t'ai dit que des choses étranges pouvaient arriver au pays de Nod, non ? Est-ce que Mr Pizza c'est David ? »

Il mordille le bout de son pouce.

« Raconte-moi tout. »

Il est tout rouge, ses yeux sont vitreux et son cauchemar lui échappe : « Une méchante bouteille à ma bouche et une vilaine fée a volé en moi et a sauté, dans tous les sens, folle, et jouait à la marelle dans mon ventre. Des ailes t'ont poussé, de grandes ailes noires ; tu as battu des ailes dans les airs, dans ma tête et partout dans moi. Mr Pizza est devenu vert comme une sauterelle, de la morve et de la moisissure, et il sentait mauvais. » Il reprend son souffle et replonge : « Le briquet dans ma main, j'ai appuyé et il y a eu du feu, Mr Rideau dans la chambre où Mr Pizza dormait.

Whooooosh ! et vite, vite, vite, chaud, chaud, crépitement, grésillement, crachat, crachat, si vite, ça a monté, monté, monté. Et *pin pon, pin pon* des petits hommes jaunes arrivent et le feu orange déchiqueté, couleurs qui changent jaune-orange-rouge, rouge-orange-jaune, Mr Pizza a fondu, odeur de fromage dégoulinant, et la vilaine fée dansait et Mr Pizza brûlait, et la fumée s'éloignait en forme de nuage. Sam le pompier… » Il s'arrête, épuisé.

Mon Dieu. Mon corps tout entier tremble. Un rêve si affreux pour quelqu'un de si petit, mais ensuite je repense à mes propres cauchemars, quand je devais me cacher sous mon lit. Tout va bien, tout va bien, tout va bien. Le temps fera disparaître tout ça. Le temps et la stabilité. Il a besoin de voir que je ne le quitterai plus jamais. Et que Sam le pompier soit là à la fin, c'est plutôt bon signe, non ?

« C'est vraiment un horrible mauvais rêve. »

Je chasse l'air autour de sa tête. « Tout est parti maintenant. Je t'ai expliqué que tout venait de ton imagination, souviens-toi. » J'écarte ses cheveux humides sur son front.

Il me repousse.

« Et Sam le pompier a sauvé la journée ! »

Il jette des coups d'œil inquiets autour de lui, il n'est plus sûr de rien.

« Tu es là maintenant, Tommy, tu es là. C'est réel. »

Il se pince la peau du dos de la main.

« C'est bon maintenant. » Je caresse doucement la marque rouge. « Regarde autour de toi, Tommy, que vois-tu ? »

Il a l'air abasourdi. « La couleur de crème glacée.

— Que vois-tu vraiment ? Herbie, Marmie et Yaya, oui ? Nous sommes tous là. » Je parle doucement.

Il balaie l'air devant ses yeux. Je prends ses mains dans les miennes et embrasse le bout de ses doigts.

« Tu es en sécurité maintenant. »

Il regarde Herbie et Marmie qui dorment encore profondément sur le lit, et commence à respirer plus régulièrement.

« Et si on te préparait pour l'école ? Tu pourrais voir Miss Maeve pour faire de la peinture ?

— Non, Yaya, non. Je veux pas. »

Exactement comme moi à son âge. Je me souviens de mon père sortant de la pièce en disant : « Arrête ton cinéma, nous partons dans vingt minutes, point final. »

« C'est à cause du mauvais rêve ? » Il secoue vigoureusement la tête.

« D'accord, Tommy, et si je venais avec toi ?

— Non non non non non non non.

— Pourquoi, Mr T ? Que s'est-il passé hier ? Tu peux me le dire. »

Il continue à secouer la tête. Herbie se tient debout de façon instable sur le matelas, s'ébroue et avance vers Tommy, s'allonge à côté de lui et pose sa grosse tête lourde sur ses genoux. Tommy se penche et le prend dans ses bras, maintenant inconsolable, tout son corps secoué de convulsions.

« D'accord mon chéri. Tout va bien. Tu n'es pas obligé d'y aller aujourd'hui. »

Il renifle, me regarde.

« Peut-être que tu me diras plus tard ce qui s'est passé, d'accord ? »

Il serre les lèvres. Cette école ne me plaît pas de toute façon, l'inquisitrice à l'accueil, cette croix – l'image même de la détresse, emblème du martyre. Je vais faire des repérages, trouver un endroit proche de mon nouveau lieu de travail, où que ce soit, un endroit plus progressiste, l'association Educate Together ou quelque chose comme ça, même si l'idée de tous ces petits priant ensemble, avec des mots qu'ils ne peuvent pas comprendre, est étrangement lénifiante. Une salle pleine d'enfants imaginant Marie Mère de Dieu dans sa robe bleue nacrée, avec son visage lumineux et l'Enfant Jésus dans ses bras ; tous hochant leur petite tête. L'Enfant Jésus. Hochement de tête. Je suis de retour dans la pièce avec la monstrueuse Marie, tous ces hommes, la tête chauve de Jimmy, de haut en bas, de bas en haut pour échapper à cette clameur. Je regarde mon fils. Il est ma priorité maintenant, et pour toujours.

« Que veux-tu faire aujourd'hui ?

— La plage, Yaya ! »

Je suis soulagée de voir qu'il s'est vite habitué à répondre à cette question. Je suis persuadée que d'autres vestiges de son conditionnement chaotique peuvent être effacés aussi facilement. Un petit être si intelligent ; une sortie est exactement ce dont nous avons tous besoin maintenant. La mer, le sable, peut-être même un sourire de Mr Soleil.

J'enfile mon maillot de bain sous mes vêtements, juste au cas où l'envie me prendrait.

Dans la voiture, mon téléphone se met à sonner. Un numéro non identifié, suivi rapidement de celui de mon père, puis de celui de David. David appelle et appelle encore, et encore. La sensation de martèlement dans ma cage thoracique commence. J'écoute ma boîte vocale : Où es-tu ?... Ton père est inquiet... L'école l'a appelé, il s'inquiète pour Tommy... Appelle-moi...

Pulsation des paupières. Contractions des extrémités. Penser à Jimmy : « Inondé d'adrénaline, ai pissé de peur. » Penser aux paillettes sur le sol, dans mes cheveux, sur mes joues. Penser à combien je devais être jolie.

J'ai le pied au plancher. Foncer jusqu'à la plage en zigzaguant. Envie d'air marin, de l'odeur du sel. De l'espace, une perspective visuelle. Arrivés au parking, nous sortons en trombe de la voiture, courons comme un seul homme jusqu'au rivage, Marmie faisant attention à ne pas trop s'approcher, Tommy et moi pataugeant dans l'eau, « Remonte ton pantalon, Tommy » – et Herbie qui commence à pleurnicher. « Ok, mon vieux, ok, je dis. Occupe-toi de Tommy, d'accord » – le visage tourné vers la vaste étendue de mer et de ciel. « Tommy, Yaya n'en a pas pour longtemps, reste là avec Herbie et Marmie, et ne parle pas aux inconnus, d'accord ? » Il hoche la tête, j'enlève ma robe et je rentre dans l'eau à grandes enjambées. Je jette un coup d'œil derrière moi, il me fait signe, je lui réponds, puis je plonge sous l'eau : ça fait trop longtemps – ça, cette sensation que je recherchais, le rafraîchissement, l'apaisement. La tête sous l'eau, le silence, un vrai silence, un silence calme et pur, tout au fond de moi. Quand j'émerge, je vérifie mon trio, tout va bien, ils attendent patiemment, je me mets sur le dos un moment, juste un moment, je me laisse flotter. La mer et le ciel sont du même gris glacial et se confondent.

Je tourne la tête et vois Tommy qui patauge vers moi. Je me remets sur le ventre pour nager, j'avance plus vite dans l'eau que je l'aurais jamais cru possible. « Stop, Tommy, pas plus loin. » Herbie hurle. Mon fils s'arrête, me fait signe. Il m'éclabousse dès que je suis à sa portée.

« Hé, qu'est-ce que tu fais, p'tit bonhomme ? L'eau est gelée.

— Plouf dans l'eau, Charlotte la Flotte. »

J'arrive à sa hauteur, il a de l'eau jusqu'au tibia, et je lui prends la main, nous courons tous les deux vers le rivage et, dès que nous touchons le sable sec, je me lance dans une roue. Il me copie, jambes écartées, petit clown culbuto. Nous rions et continuons à tourner, les bras d'abord, les jambes ensuite, les bras, puis les jambes, Marmie et Herbie courant à côté. Je me laisse tomber la première, il se jette sur moi, le visage tourné vers moi, rat-a-tat-tat, nos cœurs jouent une partition percussive erratique.

Il a la chair de poule et claque des dents. Depuis combien de temps sommes-nous allongés dans le sable ?

« Ok, maintenant, Mr T, debout. Je vais te réchauffer. »

J'enlève ses vêtements trempés, récupère ma robe, l'utilise comme une serviette pour le sécher, même si ma propre peau est marquée de cercles bleus. Je l'enveloppe dedans et cours jusqu'à la voiture dans mon maillot de bain mouillé. Du déjà-vu, sauf que cette fois je ne suis pas en soutien-gorge et culotte trempés ; cette fois, il n'y a personne qui me regarde, qui me juge, et j'ai une veste et un gilet sur le siège avant. Je mets le chauffage à fond, j'enveloppe Tommy dans ma veste et enfile mon gilet. Il n'y a pas de voix dans ma tête, pas d'instruction m'incitant à voler, à téter à la bouteille, à apaiser. Je l'attache, l'embrasse sur le front, je rentre à la maison à vitesse modérée. Je garde cette sensation que j'avais en étant sous l'eau : froid, propreté, clarté.

« Ça va, Tommy ? »

Je regarde dans le rétroviseur mon trio aux têtes rapprochées.

« Plus de Mr Feu dans la tête ? »

Il secoue la tête. « Charlotte la Flotte a tout éteint !

— Maline Charlotte la Flotte. Je t'avais dit que c'était une magicienne !

— T'es bête Yaya. L'eau gagne toujours le combat avec le feu.

— Oui, Tommy, oui, je suppose que c'est le cas, si tu arrives à temps. »

46

Quand j'ouvre la porte d'entrée, une odeur de curry envahit mes narines. Je déteste le curry, Tommy aussi. Le bruit des placards qui s'ouvrent et se ferment dans la cuisine, la radio est allumée. Herbie grogne.

« Salut les copains ! J'espère que vous avez faim. » David vient nous accueillir dans l'entrée. « Mon Dieu, Sonya. Dans quel état tu es.

— Qu'est-ce que tu fais là ?

— C'est aussi bien que je sois là, à ce que je vois.

— Je ne me souviens pas d'avoir dit que tu pouvais venir chez moi quand je n'étais pas là.

— Tu as oublié beaucoup de choses que tu m'as dites. »

Je ne réponds pas.

« Pourquoi tu es trempée ? »

Il ouvre la porte de la cuisine comme pour faire sortir les animaux dans la cour.

« Je ne veux pas qu'ils aient froid », dis-je en refermant résolument la porte.

Il soupire, comme si j'étais pathétique. « Où étais-tu ? Ton père n'a pas arrêté de m'appeler, il est fou de rage.

— Pourquoi il n'est pas là, alors ?

— Tu veux dire que tu ne sais pas ?

— Savoir quoi… ?

— Je pensais que tu le savais.

— On dirait qu'il te parle plus qu'à moi.

— Il est à l'hôpital.

— Quoi ? Qu'est-ce qu'il a ?

— Ça a été pris à temps, ils disent qu'il va se rétablir complètement. »

Je n'ai pas besoin de poser d'autres questions. Je sais. Le cauchemar récurrent de l'enfance qui revient. Le grand C. Qu'est-ce que ça dit de moi ? Je regarde le plafond, sans rien en tirer.

« Où est-il ?

— Lara a demandé qu'on les laisse tranquilles. »

Il parle à Lara ? C'est ridicule, une farce absurde.

« Je suis désolé que ce soit un tel choc. Je pensais que tu le savais. »

David se tourne vers Tommy. « Alors, jeune homme, un grand jour se profile à l'horizon. Qu'as-tu envie de faire pour ton anniversaire ? »

Tommy lève lui aussi les yeux au plafond, il réfléchit.

« On ne veut pas que maman fasse des bêtises et qu'elle gâche tout, n'est-ce pas ?

— David ? De quoi tu parles ?

— J'ai promis à ton père de garder un œil sur lui. »

La main de Tommy se tend vers la mienne. Je l'enveloppe de la mienne, la sienne est si petite.

« Est-ce qu'il te paie ? »

Il ignore ma question. « Regardez-vous tous les deux. Vous allez attraper la mort.

— Je doute fort que mon père soit au courant des à-côtés… »

Je le pousse pour aller dans la cuisine, la main de Tommy toujours dans la mienne, les animaux me suivent, je prends la casserole avec le curry et le jette à la poubelle. Je verse de l'eau pour les animaux, attrape un verre pour moi et un pour Tommy. Je fais couler l'eau du robinet, remplis le verre, le vide, le remplis à nouveau, en sirote le contenu, le vide, et le remplis encore une fois.

« Ça ne peut pas être si difficile, Sonya, de remplir un verre d'eau. »

Je me retourne pour le regarder. « Je suis chez moi, je remplis mon verre d'eau comme bon me semble. » Il y a quelque chose dans la façon dont il se tient, comme s'il envahissait tout l'espace, en propriétaire, *invasif*. Je n'invente rien – c'est ce qui se passe, juste ici, à cet endroit.

Je dis ce que j'aurais déjà dû dire à l'époque : « David, c'est ma maison et je voudrais que tu partes. »

Il jette son pull sur ses épaules, en s'assurant que chaque manche pend de manière égale. Je n'ai pas envie de rire.

« Elle ne le pense pas vraiment, n'est-ce pas, Tommy ? Maman ne sait jamais vraiment ce qu'elle veut dire. »

Il fait un geste pour prendre Tommy dans ses bras.

« David, laisse-le. »

Tommy s'est raidi et retient son souffle.

« David, je t'ai dit de le laisser, MAINTENANT.

— Ok, ok, c'est bon, Sonya. »

Il rit, pose Tommy par terre, le chatouille maladroitement.

Tommy se protège de ses bras.

« Malgré tous tes discours sur les *limites*, tu ne sais pas ce que c'est. »

Il arrange le col de sa chemise.

« Est-ce que tu m'écoutes ? »

Sa main se déplace par réflexe vers un endroit usé sur la manche de son pull-over, son pouce en fait le tour.

« Je te demande de partir. »

Il ne bouge pas. Je regarde Tommy, qui est à genoux, les bras autour des animaux. Je parle doucement.

« David… »

Il se rapproche, se penche vers moi. Je sais exactement ce qu'il faut dire et sur quel ton. Calme, décidée, j'articule clairement, laisse de l'espace entre chaque mot.

« On – Ne – Veut – Pas – De – Toi – Ici. »

Il recule comme si on l'avait frappé. Quelque chose dans son attitude a changé. Je l'ai fait. Ce n'est pas la première fois qu'il entend ça ; les mots l'atteignent en plein plexus. Cet éclair de lucidité, presque aveuglant, et je le vois comme un jeune garçon portant les vêtements d'un autre. *On ne veut pas de toi ici*. Je dois m'empêcher d'essayer d'en tirer profit si je veux arranger les choses.

« Sonya », il se rapproche.

Je détourne mon visage.

« Tu es confuse. »

Pas de confusion. Et c'est vrai : il n'y a pas de voix discordantes, pas de pulsions contradictoires. Il n'y a pas à nier ou à minimiser ce qui s'est passé. Mon instinct est le bon, intact.

« Je vais doucher Tommy et, quand on aura fini, j'aimerais que tu sois parti. Laisse la clé sur la table de l'entrée.

— Tu fais une grosse erreur, Sonya. Je vais devoir prévenir les autorités. »

Un bourdonnement sourd vrombit dans l'air.

Une ombre devant mes yeux, un changement de forme, de substance. Je cligne des yeux.

« Yaya ?

— Tout va bien, mon chéri.

— Sonya ? Tu vas piquer une crise ? » demande David.

Je me frotte les yeux, me tourne vers Tommy, qui met son pouce dans sa bouche.

« David, tu sais que faire appel aux autorités n'est jamais une bonne chose. Toi, plus que quiconque, tu devrais le savoir. Pense à Tommy. »

David pose une main sur son ventre comme pour se protéger. Toutes mes créatures commencent à s'agiter. Je n'essaie pas de les arrêter. J'ouvre la bouche pour les libérer. Elles sont silencieuses, profitent calmement de leur liberté. David regarde autour de lui, sent un changement d'atmosphère, confus. « Bon, eh bien… » Il va chercher son manteau et son sac, qui sont près de la porte d'entrée. « Si tu es sûre que c'est ce que tu veux. » Il hésite. « Mais tu n'es jamais sûre de rien. »

Je tapote Herbie, qui émet de petits grognements.

« Au revoir, soldat », dit David en saluant Tommy de manière assez pathétique.

Tommy me regarde. Je me penche pour l'embrasser sur le sommet de sa tête et retire son pouce de sa bouche. David commence à enfiler son manteau, mais son bras se prend dans la doublure de la manche. Je fais un geste pour l'aider, mais y renonce.

« Si je pars maintenant, tu ne me reverras plus jamais.

— La clé », dis-je d'une voix que j'aurais aimé trouver pour parler à mon père, à Lara.

Il fouille dans sa poche et jette la clé sur la table. « J'espère vraiment que tu sais ce que tu fais, Sonya. » Il me regarde alors comme un petit garçon perdu. Sa voix est celle d'un enfant. « Tu sais où me trouver. »

Au moment où il ouvre la porte, j'entends un tumulte, un bruit d'ailes qui volettent. Il sort dans leur sillage, les suit bêtement. Il essaie de me saluer d'un geste de la main, mais son bras semble lesté. Il se retourne, met le sac sur son épaule et s'en va. « Je veux seulement ce qu'il y a de mieux pour toi », crois-je l'entendre dire.

Je pose ma main sur ma gorge et avale facilement. Une légèreté dans mon corps. Je le regarde disparaître, son dos, un espace vide autour de lui. Un autre retournement, une autre fin, une autre relation ratée, encore plus de vide, un vide qui attend d'être rempli. À moins que. Quelque chose d'entièrement différent. Je m'aperçois que je lui souhaite d'aller bien. Je le souhaite vraiment.

Je regarde Tommy, qui court dans la cuisine en chassant et attrapant la lumière.

« Bois », me dit-il en me tendant ses mains remplies de soleil.

47

« Joyeux anniversaire, mon garçon chéri. »

Tommy se réveille, un œil toujours collé, et me regarde, le visage chiffonné de sommeil.

Je murmure : « Fais un vœu », et j'entrelace mon petit doigt avec le sien.

Il ferme les yeux, ses lèvres bougent et il marmonne. Je crois voir les mots gand pè'e, Yaya, Herbie, Marmie se former. Rien qui ressemble au nom de David. Les serrures ont été changées la nuit dernière, ce qui a entraîné un découvert sur mon compte bancaire, et j'ai été surprise de constater que j'en avais toujours l'autorisation.

« Tire, Yaya », dit Tommy en exerçant une traction sur mon petit doigt.

Je me penche sur lui, l'embrasse sur la joue avec mes cils. Je pense au slogan, celui de la prière : « Juste pour aujourd'hui ». *Juste* pour aujourd'hui, mon petit homme sera une priorité. Mon quotidien sera fait de ce mantra quotidien, ce sera suffisant.

Je cherche les coordonnées d'un entrepôt qui vend des farces et attrapes, j'appelle les trois principaux hôpitaux, je localise mon père. Je promène la fine équipe, je les nourris, fourre une invitation dans mon sac, puis j'attache Tommy sur le siège arrière. Nous allons d'abord à l'entrepôt et faisons le plein de cierges magiques, de tourniquets, de serpentins et de ballons. Mon corps s'agite quand je trouve une boîte avec écrit « Roue de Catherine ». Je l'attrape, la tiens entre mes mains, l'exaltation monte, ce souvenir d'enfance brumeux et heureux me tiraille encore. J'embrasse la boîte. « Merci », dis-je à la Femme Là-Haut. « Tommy, viens ici, c'est la Gentille Danseuse de Feu dont je t'ai parlé. Elle ne fera de mal à personne ! » Il vient vers moi, tient le paquet, respire, hoche la tête avec joie, une nouvelle lueur dans les yeux.

« Nous allons organiser notre propre feu d'artifice !

— Pchiiii, zzzz zzzz, whoosh, Yaya ! » Il parcourt l'allée du grand magasin en courant, rayonnant.

« Vous avez des costumes de Sam le pompier ? » je demande à voix basse au vendeur, qui recule en secouant la tête et en me jetant un drôle de regard.

Nous arrivons à l'hôpital une demi-heure plus tard, trouvons facilement une place dans le parking à étages, sans panique, alors que d'habitude j'aurais déjà fait une crise d'urticaire. Je me souviens du ticket, je le mets dans ma poche que je tapote et je répète « Ticket, ticket » encore et encore pendant que nous marchons vers l'entrée. Du gel vert antibactérien pour les mains, pour Tommy et moi. Je trouve le magasin, où j'achète du raisin pour mon père parce que je n'ai pas d'autre idée, et parce que c'est ce qu'on est censé faire. Je m'assure que Tommy mange un sandwich au fromage, je me force à manger une banane. Besoin de maintenir mon équilibre. Je respire profondément, je me recentre. Je m'annonce à la réception et on me dit « Aile St Michael, chambre 8 ».

L'aile privée est lumineuse et propre, l'odeur du désinfectant s'insinue au fond de ma gorge et me fait monter les larmes aux yeux. Je repère la chambre, reste à l'extérieur un moment, pose une main sur mon cœur, ferme les yeux et demande à être guidée. Quelque chose de plus grand que moi, de plus sage, une force du bien, conjurer sœur Anne, invoquer Marie Mère de Dieu, entendre le doux roulement des grains du chapelet sous mes doigts, le calme de la submersion, être portée, aller plus loin à l'intérieur de moi, m'y pencher, écouter.

« C'est bon, p'tit bonhomme ? » J'ouvre les yeux et regarde Tommy, qui m'observe avec cette anxiété qui lui est familière. Je replace une mèche de ses cheveux derrière son oreille et je pousse la porte.

Lara est assise près du lit en train de lire. Elle lève les yeux, met un doigt sur ses lèvres, « Chut, il dort », et se lève comme pour nous faire sortir de la chambre. Je reste là, la main de Tommy dans la mienne. Je m'approche du lit, soulève Tommy pour l'y installer et je pose le raisin sur la table de nuit.

Lara dit : « Je croyais avoir dit à David que nous avions besoin d'être tranquilles. Je pense que tu as déjà pris assez de place dans sa vie. »

Je sens la colère monter, mais j'arrive à la contenir – tout juste.

« Pourquoi tu parles de moi à David ?

— Ton père et moi pensons qu'il a une bonne influence sur toi. »

Pas la peine d'essayer d'expliquer. Penser à toutes les fois où j'ai essayé sans succès de faire comprendre à cette femme ma vision des choses, comment je m'énervais et perdais mon sang-froid et comment elle gagnait.

Je me penche vers mon père et murmure : « Papa. »

Il ouvre un œil, qui se fixe directement sur Tommy. « Eh bien, si ce n'est pas le petit garçon dont on fête l'anniversaire. »

Ai-je bien entendu ?

« S'il te plaît, Sonya, il faut le laisser tranquille, pas de chocs. »

Je regarde Lara droit dans les yeux, cette femme qui a débarqué dans nos vies à un moment où mon père était encore en deuil, où j'étais en deuil. Pour la première fois, je me demande ce qui lui est arrivé pour qu'elle se soit sentie si désespérément menacée par une enfant.

« Aide-moi à m'asseoir », dit mon père.

Lara et moi attrapons les oreillers en même temps.

« Lara, s'il te plaît. » Mon père lève la main d'un geste dédaigneux, un choc pour nous tous. C'est comme si sa main était entrée en contact avec la joue droite de Lara, devenue toute rouge. J'imagine que ça picote.

« Je vais aller me chercher un café. Quelqu'un en veut un ? » demande-t-elle.

Personne ne dit rien.

La large silhouette de Lara, qui prend habituellement beaucoup de place, se contracte en une ligne fine et serrée, comme si elle était en équilibre précaire sur un fil. Elle quitte la pièce de cette manière, incertaine, sur de silencieuses semelles de satin. J'aide mon père à s'asseoir, je gonfle ses oreillers. Son corps est mou, sa peau distendue et tachetée. Il semble si petit.

« Alors, jeune homme. As-tu eu de bonnes surprises aujourd'hui ? »

Tommy hoche la tête avec véhémence, un petit chiot chinois en plastique qui hoche la tête. Je pense à Jimmy. Jésus. Hochement de tête. Jésus. Hochement de tête. Mon cœur se contracte, puis se dilate.

« Un feu d'artifice ! dit Tommy.

— Mon Dieu, Sonya. »

Je tente de hausser les épaules. Ouais, et alors ?

« Seulement des cierges magiques et une roue.

— La Gentille Danseuse du Feu ! dit Tommy.

— Est-ce que ces choses sont légales ?

— On fait une fête. » Je lui tends l'invitation.

« C'est toi qui as fait ça, Tommy ? »

Il hoche la tête. « Et Yaya.

— Oui, je peux y voir là ta mère. » Il secoue la carte, de petites étoiles argentées et dorées tombent sur les draps.

« Et la mienne de mère ? » je demande.

Il ne répond pas, il se contente de regarder par la fenêtre les branches nues d'un arbre, qui touchent presque la vitre, de longs doigts scrutateurs.

« Papa ? »

Il me regarde, il me regarde vraiment. « Oui, Sonya, oui, d'accord… »

Il se laisse retomber contre les oreillers, épuisé, affalé.

« Ta mère n'allait pas bien depuis longtemps. »

Quelque chose en moi, une masse dure et compacte, commence à se dissoudre.

« Rien de tout ça n'est ta faute. Je ne pensais pas que tu t'en souviendrais. J'ai pensé que ça valait d'ailleurs mieux…

— Mais si j'étais comme elle ? » Je regarde Tommy.

« Sonya, tu n'es pas comme elle.

— Mais si c'était le cas ? » je demande tout bas.

Tommy me regarde et regarde son grand-père, qui tend la main et essuie doucement une petite étoile scintillante sur sa joue.

« Crois-moi, tu n'as rien à voir avec elle. »

C'est comme si mon père se tournait vers moi pour me regarder pour la première fois.

« Comment peux-tu en être sûr, papa ? »

Mon père regarde Tommy avec insistance. « Une autre fois, Sonya, d'accord ? »

Je hoche la tête et écarte les cheveux de mon fils de ses yeux.

« Qui vient à ta fête, Tommy ?

— Yaya, Herbie, Marmie et moi. »

Le visage de mon père, habituellement aux traits si durs et tendus, est aussi ouvert que celui de Tommy. Du soleil aux larmes en un instant.

« Et ce gentil monsieur ? David ? »

La tête de Tommy bouge de droite à gauche et de gauche à droite si rapidement qu'on a l'impression que son cou va se briser.

« Ok, ok. » Mon père me regarde. « Que s'est-il passé ?

— Tu te souviens, tu m'as toujours dit de ne pas me fier à mon instinct en ce qui concerne les hommes ?

— Sonya, c'était différent. Il est solide, c'est bien pour toi.

— Papa, tu as dit toi-même assez souvent que les apparences peuvent être trompeuses.

— Le centre de désintoxication lui a fait confiance.

— Les nonnes n'ont pas beaucoup d'expérience avec ce genre d'homme. » J'essaie de rire.

Il me regarde, puis regarde à nouveau par la fenêtre. Je me demande s'il se souvient de choses qu'il a tellement essayé d'oublier. Je comprends maintenant : comment Lara a fait partie de cet oubli. Pas étonnant que tout ce qui me concerne l'irrite et le mette en colère.

« Papa ? »

Il me regarde, méfiant.

« Rien. »

Mon père se tourne vers mon fils, soulagé. « Jeune homme, je suis honoré que tu sois venu me voir en ce grand jour. »

Tommy se chauffe au son de ces mots, le visage incliné vers mon père comme vers le soleil.

« Tommy, tu es déjà allé au zoo ?

— Non, gand-pè'e.

— Tu aimerais y aller quand j'irai mieux ?

— Il y a des 'ous là-bas ?

— Des rous, je dis. Des kangourous.

— Tu sais, fiston, je crois que c'est le seul animal qu'ils n'ont pas là-bas.

— Ça ne fait rien, Mr T. Nous avons des photos à la maison

et un jour nous prendrons l'avion pour aller au pays des rous.» Je ne ressens pas le besoin de mentionner l'enfer qui est le leur ni les habitats brûlés.

« Sonya. » *Ne remplis pas la tête de ce garçon avec des absurdités.* Je lui suis reconnaissante de ne pas le dire.

« Papa ? Tu te souviens que tu m'as emmenée voir un feu d'artifice ? Un feu d'artifice vraiment spectaculaire ?

— Oui, Sonya. Oui, je m'en souviens, c'était peu de temps après la mort de ta mère.

— C'était vraiment magnifique.

— Tu as toujours aimé les choses qui brillent, les paillettes, Sonya.

— Oui, papa. Je crois que j'ai toujours aimé ça. »

Je regarde mon fils qui, enchanté, ne quitte pas son grand-père des yeux.

« Je pense que je vais aller faire un tour et vous laisser tous les deux rattraper le temps perdu, d'accord ? »

Mon père me regarde et acquiesce. Tommy ne quitte toujours pas son grand-père des yeux.

Je me penche pour l'embrasser sur le dessus de la tête. « Je n'en ai pas pour longtemps, mon chéri. »

Je les laisse et remarque, en sortant, que tous deux ont un sourire légèrement tordu. J'écoute à la porte pendant quelques minutes

« Gand-pè'e ?

— Oui, fiston ?

— Dès que tu iras mieux, tu viendras chez nous ?

— Je pense que ça peut se faire. Il semble que ta mère va avoir besoin d'une nouvelle baby-sitter.

— Et pour He'bie et Marmie aussi. »

La voix de mon père contient un soupir réprimé. « Oui, le chien et le chat aussi... »

Dans le couloir, j'appuie mon front contre la fraîcheur du mur, puis je me retourne et je vois la nouvelle et délicate Lara, presque suspendue dans les airs, qui attend de l'autre côté, dos au mur. Je vais vers elle. « Tu voudrais bien laisser Tommy et son grand-père seuls un moment ?

— Il a été très malade.

— Raison de plus. »

Je ne me fais pas confiance pour ne pas dire ce qu'il ne faut pas, même si mon esprit est clair, sans bourdonnement, sans espace entre mes pensées – mes pensées qui ont cessé de se courir les unes après les autres, qui ne tournent plus en rond, qui ne se contredisent plus. Je sais ce que j'aimerais dire.

« Sonya ? »

La voix de Lara me poursuit.

Je me retourne. « Oui ?

— Il va s'en sortir, ça va aller. »

Nous deux, adultes, nous nous regardons comme si nous nous voyions pour la première fois.

« Sonya… ? »

Lara hésite, enlève quelques peluches de son gilet, déroule ses manches. Elle lève les yeux vers moi comme si elle allait continuer, puis baisse les yeux et secoue la tête en silence. Enfin : nous nous comprenons.

48

« Qu'est-ce que tu vois là-bas, Tommy ?

— La couleur du bonheur.

— Et quoi d'autre ? Des choses réelles ?

— Un ciel, des nuages moelleux, des nuages durs et des montagnes de nuages en guimauve. »

Un petit être avec autant d'imagination. Je me mets à chanter, d'une voix claire et maîtrisée : « Joyeux anniversaire, Tommy chéri… » Il appuie son visage contre la vitre, écrasant son nez et ses joues. Il ne plaque pas les mains sur ses oreilles, et une bulle de bonheur gonfle en moi.

« Moi aussi, je vois la couleur du bonheur, Mr T. La mienne est rose, quelle est la tienne ? »

Il ne répond pas, ce qui est bien, peut-être qu'il n'existe pas de mots, ou peut-être qu'une couleur spécifique serait trop restrictive, peut-être que c'est un spectre de couleurs. Son silence est parfait. Je n'ai pas besoin qu'il me réponde, je n'en déduirai plus qu'il est irrespectueux ou qu'il m'ignore. Il a droit à son silence.

Je conduis lentement, me réjouissant de cette nouvelle facilité avec laquelle nous pouvons ne rien dire.

Sur le chemin du retour, nous nous arrêtons au magasin du coin, les deux mêmes garçons que le jour où j'avais perdu

Tommy sont affalés derrière le comptoir – une reconnaissance partagée, bien que sagement muette.

« C'est l'anniversaire de ce p'tit bonhomme ! dis-je.

— Joyeux anniversaire, disent-ils presque à l'unisson.

— Il nous faut des Rice Krispies, des caissettes à cupcakes et du chocolat fondant. Oh, et des allumettes et des bougies ! »

Ils courent dans les différentes allées et reviennent fissa avec les articles requis.

« Merci, les garçons. C'est très gentil. On vous apportera des cupcakes au chocolat. »

Je paie, ils me saluent en souriant, soulagés. « Au revoir, le héros du jour. »

Des glapissements d'excitation nous accueillent lorsque j'ouvre la porte d'entrée et laisse sortir les animaux dans la cour ; l'air du soir est doux et agréable, ni trop froid, ni trop humide, ni mouillé, ou encore venteux, un temps que je qualifierais habituellement d'insipide. De retour dans la cuisine, je fais fondre le chocolat et le verse dans un grand bol. Une fois qu'il a refroidi, je laisse Tommy mettre ses mains dedans. Il va nourrir Herbie.

« Hé, le chocolat est un poison pour les chiens. »

Il me regarde comme s'il ne me croyait pas, mais dit : « Et pour les chats ?

— Je ne m'y risquerais pas. »

Il lèche ses doigts. « Pauvre Marmie, pauvre Herbie. » Il ferme les yeux, savoure.

« Tu veux verser les céréales ? »

Il prend le paquet ouvert et en verse le contenu. « *Snap, Pop*, Yaya.

— Ça croustille », dis-je en pétrissant le mélange. J'étale la préparation et nous en mettons une poignée dans chaque moule.

« On va les laisser reposer dans le frigo pendant un moment, ok ? »

Il ouvre le frigo, renifle, regarde autour de lui, tandis que je place le bol sur l'étagère du bas.

« Hé ! Si on gonflait des ballons, Mr T ? »

Il louche sur moi alors que j'ouvre le paquet de ballons, je lui en tends un rose, puis change d'avis et lui en donne un jaune, et en attrape un rose pour moi. Ce sera une nuit de ballons roses, je vais m'en assurer. Nous soufflons tous les deux, le sien est minuscule, le mien est énorme ; je lui dis de les tenir, je fais une boucle à chacun et les attache, puis les lance en l'air.

« Zou ! dis-je

— Zou ! » répète-t-il, pas du tout impressionné.

Les animaux adorent ça, ils aboient, couinent, jusqu'à ce que l'un des ballons atterrisse sur Marmie et qu'elle se jette dessus. Le ballon éclate bruyamment ; Tommy rit et saute sur l'autre. Je n'ai plus envie de souffler dans les autres ballons.

« Pourquoi pas le jeu de la statue ? »

Il n'a pas l'air convaincu.

« Je vais mettre de la musique et chaque fois qu'elle s'arrêtera, on devra se figer, d'accord ? » J'allume la radio, mais le CD de Billie Holiday se met en route, musique à fond : *And after all is said and done / To think that I'm the lucky one / I can't believe that you're in love with me…*

Merde. Mon fils est pétrifié, terrifié. Cette foutue chanson nous ramène tous les deux à ce moment où j'ai été submergée, possédée par un besoin terrible, où j'ai failli l'étouffer. Je passe rapidement en mode radio et je cherche quelque chose de tranquille, de la pop rétro, aux paroles sans conséquence, une chanson du groupe Dead or Alive : *You spin me right round, baby, right round, like a record, baby, right round…* J'ouvre les bras, je lui tends les mains. Il ne les attrape pas.

Il part dans le salon, ouvre le tiroir à dessin et prend les paillettes, les ramène dans la cuisine. Il enlève le couvercle, renifle, puis le referme. Mon cœur bat la chamade. Je tends la main, il y place le tube, puis j'ouvre la poubelle et y dépose les petits yeux qui clignotent.

Les chuchotements commencent, mais il y a aussi quelque chose d'autre, une tranquillité, un espace pour tout contenir.

« Sale affaire, Mr T. »

Sa tête bouge de haut en bas, de bas en haut. J'éteins la musique. Nous nous regardons.

« Il fait déjà assez nuit ? »

Il ouvre les yeux, regarde par la fenêtre. « Mmm, Mmm. »

Je prends la boîte d'allumettes et la lui tends. Il l'observe pendant quelques secondes, puis secoue la tête.

« Ne t'inquiète pas, je suis là. »

Il prend la boîte, fait glisser le couvercle, l'ouvre, son corps tremble.

« Mais Clare a dit que c'était dangereux.

— C'est bon, je te le promets, c'est sans danger puisque je suis là. Tu sais comment faire, non ? »

Il acquiesce, prend une allumette, la tient devant son visage, arrête de respirer.

Il gratte l'allumette, ses joues rougissent, ses pupilles se dilatent. Il inspire profondément, nous le faisons tous les deux. Une bouffée.

Je tiens un cierge magique devant lui. Nous avançons nos mains et approchons l'allumette du cierge, qui s'enflamme, fait des étincelles. Et nous en allumons un autre.

« Dans la cour, vite. »

Nous sommes tous les deux enthousiasmés par le crépitement, le grésillement, la beauté pure des choses qui dansent dans l'air, s'arquent et s'entrelacent, indépendamment de notre volonté, nos mains les poursuivant, la lumière des cierges se reflétant dans les yeux de Tommy. Nous dansons sur une bande sonore d'aboiements et de miaulements. Ma diablesse essaie désespérément de faire une apparition. *Putain, tu n'es plus invitée, tu n'es plus la bienvenue ici, ma chérie !*

« L'autre, Yaya.

— La roue ? »

Il acquiesce, les yeux vitreux.

« D'accord, mon chéri, et après au lit, ok ? »

Je lui offre le paquet, tout brillant et coloré, qu'il prend comme s'il contenait quelque chose de précieux, de vivant. Il enlève lentement l'emballage extérieur, de la couleur du transparent, et me tend la boîte. Une roue de Catherine sifflante, bon marché et de mauvais goût. Je l'ouvre, essaie de lire les instructions, ma vue se brouille. Je n'avais pas réalisé que c'était si compliqué, qu'il fallait un marteau, des clous et des compétences pratiques que je ne possède pas. Je vais dans la remise, je fouille et je trouve un vieux marteau couvert de toiles d'araignée que je démêle délicatement, laissant autant que possible intacte la trame délicate.

Je découvre un clou et un bâton en bois dans le fond de la boîte, qui, je suppose, est censé servir de pieu. Je plante le bâton dans le sol et attache la roue avec le clou. Le marteau glisse, ou ma main glisse, ce qui provoque une décharge dans mon pouce et mon index. Je porte mon doigt à ma bouche, le suce, une écharde s'est logée sous mon ongle. La roue est suspendue à son perchoir de façon précaire. Tommy s'en occupe et la redresse.

« Recule, Tommy, pendant que je sécurise ce truc. »

Il me lance un drôle de regard, qui suffit à m'aiguillonner. Petits coups de marteau. Maintenant : *Redresser la mèche, l'allumer à bout de bras et reculer immédiatement*. Je tire la mèche, je regarde Tommy qui me regarde.

« Tu veux l'allumer avec moi, Tommy ? »

Il court dans la cuisine, revient avec la boîte d'allumettes et, cette fois, gratte l'allumette d'un geste décidé, la flamme vacillant dans ses yeux brillants. « À bout de bras, Tommy. »

Je guide l'allumette jusqu'à la mèche, sa main dans la mienne.

L'allumette entre en contact avec la mèche, et la roue de Catherine s'enflamme. Nous courons tous les deux jusqu'à l'autre bout de la cour, les joues rouges de chaleur et d'excitation. La roue tourne, un derviche tourneur, qui nous envoûte, hypnotique, et je suis là, replongée dans une scène heureuse à laquelle j'aspirais. J'ai huit ans, perchée sur les épaules de mon père. Le feu d'artifice est si brillant et si bruyant que le son couvre momentanément mes sifflements et mes caquètements internes qui, je ne le savais pas encore, ont toujours été permanents. Mon père me montre du doigt une énorme roue de feu qui tourne. « Une roue de Catherine. » Il lève la tête vers moi. « En mémoire d'une belle jeune femme appelée Catherine, qui a été condamnée à mourir sur la roue – un instrument de torture médiéval –, en raison de ses croyances. »

Je me souviens du délicieux frisson qui avait parcouru mon corps, comme si mon père venait de partager avec moi un secret illicite. Lara est absente de ce souvenir. « Mais, selon la légende, quand elle a touché la roue, la roue s'est enflammée. Un miracle, Sonya. » Bien que je n'aie pas su exactement ce que ce mot signifiait, je savais qu'il était associé à la magie.

Je regarde Tommy, qui semble hypnotisé, le tournoiement est un antidote au mien, au sien.

« Maaanifique, sexy, soleil, sifflement, zou, Yaya, zou ! » Je serre sa main alors que la roue tourne de plus en plus vite et, dans un puissant souffle, s'élève dans les airs et s'envole au-dessus de nos têtes, un kaléidoscope d'étincelles argentées. Est-ce censé se produire ? Je ne pense pas que le mode d'emploi ait précisé que la roue devait s'envoler. Les animaux hurlent. Un bruit de sirènes au loin. « Sam le pompier », dit Tommy, deux taches de couleur sur les joues, son corps palpitant d'excitation, la vitesse s'emparant de lui jusqu'à ce que sa main se libère de la mienne et qu'il parte courir, avec en bande-son des sifflements, des crépitements et des crachotements, et la sirène des véhicules de pompier.

Soudain, la roue explose, comme une boule de feu, et fonce directement sur lui. Un bruit m'échappe, un son gargantuesque que je n'ai jamais entendu auparavant. Tommy s'arrête dans son élan, les animaux sont silencieux. *S'il vous plaît, à l'aide*, et je sens que cette demande s'incarne, qu'un courant passe. C'est donc ça, sœur Anne ? Un élan d'énergie s'empare de moi et je me jette sur lui, le repoussant derrière moi, mon corps devenu un bouclier humain. Je lève les mains et je parviens à frapper la roue en feu, la touchant avec ma paume droite, déviant sa trajectoire. Elle projette des étincelles.

« Une étoile filante, Yaya ! »

Les sirènes semblent se rapprocher, un concerto de violon hurlant, puis s'éloignent jusqu'à ce qu'il ne reste qu'un écho lointain.

« Putain, c'était moins une, Tommy. » Je le regarde, je tremble de la tête aux pieds. J'imagine ce qui aurait pu se passer.

« Putain, putain, putain de merde ! »

Sa main chaude se glisse dans ma paume déjà brûlante.

« Aïe, Yaya. » Il retire sa main, inspecte ma paume et suis les cloques du bout des doigts, puis souffle dessus. Herbie et Marmie se blottissent contre mes chevilles.

« Merci, merci, merci.

— À qui tu parles, Yaya ? »

Nos deux visages et les deux têtes des animaux se lèvent vers le ciel, comme sous l'effet d'un charme. Le ciel de la nuit bleu marine s'illumine. Nous regardons, médusés, la roue de feu s'éloigner et suivre sa nouvelle trajectoire, laissant dans son sillage un nuage de paillettes ardentes. Je me penche sur Tommy, souffle sur les petits éclats carbonisés sur son visage, place ses cheveux derrière son oreille et le prends dans mes bras. Il se blottit contre moi, ses cils effleurant mes joues, son souffle dans mon oreille : un murmure divin. Le silence tombe comme un rideau de velours. *Swish.*

REMERCIEMENTS

Merci à ma merveilleuse agente, Clare Alexander : sans son soutien, sa patience et sa vision ce livre n'existerait pas. À Ellah Wakatama Allfrey, pour nous avoir présentées : je te suis incroyablement reconnaissante. À Lesley Thorne et à tout le monde de l'agence Aitken Alexander, pour m'avoir permis de rejoindre votre extraordinaire équipe. À Geffen Semach, ma lectrice la plus patiente, mon alliée et mon amie, merci. À ma brillante éditrice Gillian Stern pour m'avoir aidée à déverrouiller le cœur de ce livre grâce à son exceptionnelle perspicacité.

À l'Art Council of Ireland pour leur précieuse bourse ; au Arvon and Tyrone Guthrie Centre pour la beauté des lieux qui m'a inspirée tout au long de l'écriture de ce livre ; à Linda Wash pour sa générosité et la vue sur la mer.

À mes premières lectrices et premiers lecteurs : Siona, Emer, Sonya, Earnan, Beth, Julie – merci. Spécial remerciement à Brian Langan pour ses remarques perspicaces et à Michelle Moran, Seamus Hosey, Hugh O'Conor et Tom Farrelly pour leur amitié et leur lecture assidue. À June Caldwell, Joanne Hayden et Elizabeth McSkeane pour leurs critiques incisives et leur soutien infaillible.

À mon éditeur intrépide et visionnaire, Alexis Kirschbaum ; je te suis extrêmement reconnaissante d'avoir cru en ce livre. À toute l'équipe de Bloomsbury pour leur professionnalisme et leur soutien, en particulier Sarah Ruddick, Laura Meyer, Rachel Wilkie, Jo Forshaw, Jasmine Horsey, Sarah McLean et à toutes celles et tous ceux qui ont travaillé sur ce livre. À Hermione Davis au bureau australien. À Greg Heinimann pour sa magnifique couverture. À Silvia Crompton pour ses talents de préparatrice de copie. Ce fut un immense plaisir de travailler avec toi.

À ma mère, mon père, Aisling, Shell, Clara et tous mes amis et ma famille proche ou lointaine. À mon frère Stephen que je veux remercier plus spécialement, pour avoir si généreusement partagé son voyage avec moi. Avec amour et gratitude envers toutes celles et tous ceux qui sont restés à mes côtés et m'ont aidée à donner forme à ce livre, d'une manière ou d'une autre.

Composition : Entrelignes (64)
Achevé d'imprimer
par CPI Firmin-Didot
à Mesnil-sur-l'Estrée, en février 2022
Dépôt légal : février 2022
Numéro d'imprimeur : 168721

ISBN : 978-2-07-294158-0/Imprimé en France

379546